Diane Guest
Geflüster im Wind

Aus dem Englischen von
Eva Malsch

BASTEI-LÜBBE-TASCHENBUCH
Band 11786

Deutsche Erstveröffentlichung
Titel der Originalausgabe: Lullaby
Copyright © 1990 Diane Guest
Copyright © 1992 für die deutsche Übersetzung
by Gustav Lübbe Verlag GmbH, Bergisch Gladbach
Printed in Great Britain Januar 1992
Einbandgestaltung: Klaus Blumenberg, Bergisch Gladbach
Titelfoto: Mall Photo Design
Satz: hanseatenSatz-bremen, Bremen
Druck und Bindung: Cox & Wyman Ltd.
ISBN 3-404-11786-7

Der Preis dieses Bandes versteht sich
einschließlich der gesetzlichen Mehrwertsteuer

Prolog

Im Spätfrühling scheinen manche Nachmittage ewig zu dauern. Unbemerkt bewegen sich die Schatten, kühlen die Luft so verstohlen ab, daß es niemand spürt, ehe es zu spät ist.

Die weißhaarige Frau saß reglos in ihrem Rosengarten unter den Spalieren, wo im Sommer Farben und Düfte wuchern würden. Aber jetzt noch nicht. Die Rosenranken waren nur ein Gewirr aus Grau und Braun, mit wenigen grünen Zweigen, die von künftigem Leben zeugten. Längst hatte das warme Sonnenlicht den Terrassengarten verlassen, eine kalte Brise wehte vom Meer herüber, strich durch die knospende Iris und rief leise, geheimnisvolle Geräusche hervor. Eine große weiße Katze kam aus der Hekke hervor, miaute und rieb sich ungeduldig an den Beinen der Frau, doch die rührte sich nicht, den Kopf in den Nakken gelegt, die Augen geschlossen.

Sie hob erst die Lider, als eine jüngere Frau den schattigen Weg herabging und sie ansprach. »Mutter?« Die Stimme klang besorgt. »Ich habe dich überall gesucht.« Sie bückte sich und hob den Pullover auf, der neben dem Liegestuhl zu Boden gefallen war. »Ich dachte, Dr. Adelford hätte dir gesagt, du sollst im Haus bleiben.« Behutsam legte sie den Pullover um die Schultern ihrer Mutter.

Die alte Frau sah nicht auf und schwieg.

Sekundenlang zögerte die jüngere, dann hielt sie ihr ein blaues Kuvert hin. »Ich habe einen Brief für dich.« Beinahe im Flüsterton fügte sie hinzu: »Von Rachel.«

Die Mutter richtete sich auf, das eben noch ausdruckslose Gesicht erwachte zum Leben — aristokratisch, mit schmalen Lippen und Spuren einstiger Schönheit. Doch die blauen Augen lagen glanzlos in tiefen Höhlen, die Haut zeigte die wächserne Blässe einer unheilbaren Krankheit. Mit zitternder Hand nahm sie den Brief entgegen. »Laß mich allein, Elizabeth«, verlangte sie im knappen Ton eines Menschen, der es gewohnt ist, Befehle zu erteilen.

»Aber Mutter.«

Die alte Frau sagte nichts mehr, machte nur eine gebieterische Geste. Elizabeth zauderte noch ein wenig, dann eilte sie den Pfad hinauf, der zum Haus führte. Die Katze lief ihr nach.

Priscilla Daimler betrachtete den Brief in ihrer Hand. »Rachel«, wisperte sie. »Meine liebste Rachel. Bestrafst du mich immer noch nach dieser langen Zeit?«

Als wollte er antworten, fegte der kalte Meereswind durch die Bäume rings um den Garten und erzeugte ein schwankendes Muster aus Licht und Schatten. Die Frau versteifte sich, hob den Kopf, um zu lauschen, wußte aber nicht, worauf. »Wer ist da?« fragte sie.

Und da war es wieder, eher ein Gefühl als ein Geräusch — etwas, das sie spürte, aber nicht hörte.

»Wer ist da?« wiederholte sie in plötzlicher Angst, doch der Laut — wenn man ihn so nennen konnte — blieb undeutlich, ließ sich nicht identifizieren. Ihr Herz klopfte heftig, aber nun zwang sie sich zur Ruhe. »Du bildest dir nur was ein«, flüsterte sie. »Das muß an den Medikamenten liegen. Und trotzdem — mochte es Wirklichkeit oder eine Ausgeburt ihrer Phantasie sein, es erschreckte sie.«

»Priscilla, sei nicht albern«, ermahnte sie sich energisch, und der Klang ihrer eigenen Stimme beruhigte sie. Ärgerlich über sich selbst zuckte sie die Achseln, dann schaute sie wieder auf den Brief, den sie immer noch in der Hand hielt. In der Mitte des Kuverts stand ihr Name, in jener runden, kindlichen Schrift, die nur von einer einzigen Person stammen konnte — von ihrer Tochter Rachel. Vom einzigen Menschen, den sie vor ihrem Tod zu sehen erhoffte.

Sie schluckte brennende Tränen hinunter. Niemals weinte sie, nicht einmal, wenn sie allein war, aber wenn irgend etwas ihre Selbstkontrolle zu gefährden vermochte, dann der Gedanke an Rachel. Niemand anderer spielte eine Rolle, niemand anderer hatte ihr jemals etwas bedeutet.

Seufzend schloß sie die Augen und betete um eine gute Nachricht. Daß Rachel ihr verziehen hatte und nach Hause kommen würde. Welchen Preis sie auch immer dafür zahlen mußte — Priscilla sehnte die Heimkehr ihres Kindes herbei. Mühsam sog sie Luft in ihre todkranken Lungen und öffnete mit steifen Fingern den Umschlag. Es war ein kurzer Brief.

»Mutter, wie ich von Elizabeth erfuhr, hast Du nicht mehr lange zu leben. Deshalb komme ich zu Dir, trotz allem, was zwischen uns geschehen ist. Deine Tochter Rachel.«

Sie stöhnte, als ihre geringen Kräfte schwanden, und lehnte sich wie eine rückgratlose Puppe in den Liegestuhl zurück. Der Brief flatterte in ihrer Hand, dann wurde er von einem plötzlichen Windstoß erfaßt, flog über die Blumenbeete davon, den schattigen Weg zum alten Sommerhaus hinab.

»Mein Brief!« klagte sie, stand mühsam auf und wollte ihm folgen. Doch sie konnte nicht gehen, sank wieder in den Stuhl und nahm eine gräßliche Kälte in der Luft wahr. Sie zog sich den Pullover fester um die Schultern, doch das nützte nicht viel. Die Kälte schien bis zu ihrem Knochenmark zu dringen. Du solltest versuchen, ins Haus zu gelangen, Priscilla, sagte sie sich, ehe du hier draußen erfrierst.

Und da hörte sie es wieder. Diesmal konnte es keine Täuschung sein. Der ungläubige Ausdruck in ihren Augen wurde erst von tiefem Kummer, dann von Entsetzen verdrängt, denn über die gepflegten Gartenwege glitt, vermischt mit dem Flüstern des Windes, das unverkennbare Schluchzen eines Kindes heran.

Die Frau preßte die Hände an die Ohren, versuchte das Geräusch abzuwehren, seine Existenz zu bestreiten, doch es war sinnlos. Das Weinen hüllte sie ein, berührte sie — beharrlich, herzzerreißend, flehend, unendlich traurig.

»Du bildest es dir nur ein«, behauptete sie, aber die panische Angst, ein reales Grauen zu hören, erfüllte ihr Herz.

Eine Stunde später fand Elisabeth ihre Mutter immer noch im Garten. Die alte Frau starrte vor sich hin, die Hände an die Ohren gedrückt.

»Mutter, was ist denn los?« fragte Elizabeth erschrokken.

Zum erstenmal seit Jahren begann Priscilla Daimler zu weinen. »Verzeih mir«, jammerte sie und brach in den Armen ihrer Tochter zusammen. »O Gott, verzeih mir.«

1

Kurz vor Mittag hielten sie an, um zu essen. Judd war hungrig, aber Rachel nahm kaum etwas zu sich. Er beobachtete, wie sie mit einem Salatblatt auf ihrem Teller spielte, die Gabel beiseite legte und ins Leere blickte. »Bist du okay?« fragte er leise.

Sie nickte, doch ihr Gesicht war aschfahl, und als sie ihn über den Tisch hinweg anschaute, entdeckte er winzige Fältchen, die neben ihren Mundwinkeln bebten – ein Zeichen ihrer inneren Anspannung.

»Willst du wirklich nach Land's End zurückkehren?«

»Ich habe keine andere Wahl.« Sekundenlang schloß sie die Augen. »Meine Mutter wird bald sterben.«

»Wenn du mir bloß sagen würdest...« Er unterbrach sich mitten im Satz und wünschte, er hätte geschwiegen. Nur zu gut wußte er, wie sehr sie sich aufregte, wann immer er nach ihrer Vergangenheit fragte. Und so war es auch diesmal.

Sie schlug die Hände vors Gesicht. »Ich kann nicht darüber reden. Es ist schlimm genug, daß ich hinfahren muß.«

»Tut mir leid, Liebling«, erwiderte er wahrheitsgemäß. Er haßte es, sie in diesem Zustand zu sehen.

Rachel ließ die Hände sinken und versuchte zu lächeln. »Ich bin es, die sich entschuldigen muß – weil ich dir das alles zumute.« Sie seufzte gequält. »Wir sollten uns beeilen. Ich möchte vor Einbruch der Dunkelheit ankommen.«

Wieder auf dem Highway, fuhren sie nach Norden, und Judd spürte, wie seine Frau mit jeder Meile tiefer in ihren geheimen Gedanken versank. Einmal sagte er, nur um eine Stimme zu hören: »Ich liebe dich.« Doch sie antwortete nicht. Das spielte keine Rolle. Er liebte sie trotzdem. Und er hatte sie immer geliebt.

Schon als er Rachel Daimler zum erstenmal gesehen hatte, war seine Liebe erwacht. Als er später daran dachte, erkannte er, daß er dieses Gefühl so selbstverständlich und natürlich gefunden hatte wie einen Atemzug.

Sie stand im Eingang der Galerie, und Judd Pauling würde niemals vergessen, was er empfand, als er sich umdrehte und sie erblickte. So bleich und ätherisch. Sie hätte aus einem seiner Aquarelle stammen können; ein exquisites, zerbrechliches Wesen mit einer silbrigen Haarwolke und klassischen, perfekt geformten Zügen. Ihre Augen glänzten türkisblau, in einer Farbe, die von Dichtern oft beschrieben wurde, der man aber im wirklichen Leben kaum begegnete. Doch es war vor allem der Ausdruck in diesen Augen, der ihn fesselte — eine unendliche Einsamkeit, die ihm ans Herz griff.

Mit seinen neununddreißig Jahren hatte Judd Pauling viele schöne Frauen gekannt. Mit einer war er fast zehn Jahre lang verheiratet gewesen, und seit der Scheidung hatte es ihm nie an weiblicher Gesellschaft gemangelt. Attraktiv und mit geistreichem Humor begabt, erzielte er im Privatleben ebenso große Erfolge wie im Beruf. Aber diesmal war es anders. Irgend etwas an Rachel Daimler faszinierte ihn von Anfang an — etwas, das über ihre ungewöhnliche Schönheit hinausging. Eine tragische Aura umgab sie, eine seltsame kindliche Verletzlichkeit, die in ihm den Wunsch weckte, sie für immer zu beschützen.

Judd Pauling, der Mann, bewunderte ihre äußere Erscheinung. Aber Judd Pauling, der Künstler, wurde in den Bann des tiefen, unerklärlichen Schmerzes gezogen, den er in ihren Augen las.

Hätte er geahnt, was ihm bevorstand, wäre er vielleicht davongelaufen, statt Rachel Daimler an jenem Tag in der Galerie anzusprechen. Aber er ging zu ihr und streckte die Hand aus. »Ich bin Judd Pauling. Und ich glaube, ich liebe Sie.«

Sie errötete, dann schenkte sie ihm das süßeste Lächeln, das er je gesehen hatte, das aber die Trauer in ihren Augen nicht verscheuchte. »Ich bin Rachel Daimler.« Ihre Stimme klang so sanft und melodisch. So etwas hatte er nie zuvor gehört. »Und ich bewundere ihre Werke mehr, als ich es in Worte fassen kann, Mr Pauling. Monatelang habe ich auf ihre Ausstellung hier in New York gewartet.«

Er nahm ihren Arm und führte sie durch die Besuchermenge. »Sind Sie Künstlerin?«

»Ich male. Aber wie wir alle wissen, genügt das nicht, um wahre Kunst zu schaffen.« Sie blieb vor einem seiner neuesten Bilder stehen, einer kühnen impressionistischen Interpretation der New Yorker Skyline. »Das zum Beispiel«, fügte sie ein wenig atemlos hinzu. Wie er später feststellen sollte, sprach sie immer in diesem Ton, wenn sie aufgeregt war. »Ein echtes Meisterwerk.«

»Es gehört Ihnen.« Er wußte, daß er es gesagt hatte, traute aber seinen Ohren nicht.

Sie lachte laut auf, ein zauberhaftes, ansteckendes Zwitschern. »Das meinen Sie nicht ernst.«

»Doch.« Auch er lachte, immer noch verblüfft. Normalerweise war Judd Pauling kein Mann, der herumlief und seine Bilder verschenkte. Natürlich konnte er sich das leisten. Aber es verstieß gegen seine Grundsätze. Er wußte genau, was seine Exfrau sagen würde, könnte sie miterleben, wie er ein Gemälde im Wert von mehreren zehntausend Dollar einer völlig fremden, wenn auch hinreißenden Bewunderin verehrte. Einer der Hauptgründe für das Scheitern der Ehe war sein Widerstreben in früheren Zeiten gewesen, seine Werke zu verkaufen, geschweige denn zu verschenken. Er betrachtete sie als seine Kinder, seine ureigensten Schöpfungen. Auch jetzt bereitete es ihm immer noch großen Kummer, sich von einem seiner Werke trennen zu müssen.

Zugegeben, kurz nachdem er die Zeitungsredaktion verlassen und ernsthaft zu malen begonnen hatte, war kaum jemand an seiner Arbeit interessiert gewesen. Nicole beklagte sich zu Recht, wenn jemand eines seiner Gemälde kaufen wollte und abgewiesen wurde. Sie führten ein bescheidenes Leben — nicht lange, aber lange genug, Narben zu hinterlassen, die niemals heilten. Nicht einmal seine beiden Kinder hatten die Ehe retten können.

Als er nun neben Rachel Daimler stand, glaubte er Nicoles Stimme zu hören. »Judd Pauling, du bist ein hoffnungsloser Idiot.«

Dann betrachtete er die schöne Verführerin an seiner Seite, und alle Zweifel schwanden. Zum Teufel mit Nicole. Zum Teufel mit allem anderen. Natürlich würde er Rachel das Bild schenken. Ihm blieb gar nichts anderes übrig, weil er verzaubert war. »Möchten Sie mit mir essen gehen?«

»Gern«, antwortete sie, ohne ihn anzusehen. Statt dessen ging sie weiter, und beinahe spürte er die Intensität ihrer Konzentration, während sie die Bilder betrachtete.

Sie erreichten das Ende der Ausstellung, und als sie umkehrten, blieb Rachel plötzlich stehen, und ihr Atem stockte. Sie starrte auf eines seiner frühen Werke, eine beklemmende Landschaftsszene, die einen Salzsumpf zeigte, schlicht bis zur Grenze der Abstraktion. Judd hatte sie vor Jahren an der Küste von Maine gemalt, und sie zählte zu seinen unverkäuflichen Werken.

»Ich hasse dieses Bild«, sagte sie.

Ihre Worte überraschten ihn weniger als ihr heftiger Tonfall. In ihrer Stimme schwangen so leidenschaftliche Gefühle mit, daß er zweimal hinschauen mußte, um sich zu vergewissern, daß es tatsächlich Rachel war, die gesprochen hatte. Sie war bleich und zitterte, doch sie faßte sich sofort wieder und errötete bis unter die Haarwurzeln.

»Verzeihen Sie. Es ist nur ... Ich verabscheue das Meer. Sie nicht?«

Verwirrt schüttelte er den Kopf. »Ich glaube, es fasziniert die meisten Maler.«

»Natürlich, Sie haben recht. Aber ich hoffe, ich muß es nie wiedersehen.« Sie wandte sich ab, und er gewann den merkwürdigen Eindruck, er wäre mitsamt seinen Bildern zur Hölle gejagt worden. Als er ihr zum Ausgang folgte, fürchtete er schon, sie würde ohne ein weiteres Wort gehen. Aber im letzten Moment drehte Sie sich um und lächelte strahlend. »Ich erwarte Sie um acht«, sagte sie und nannte eine Adresse in der East Seventy-second Street. Dann verließ sie die Galerie.

Judd Pauling sah sie noch dreimal, ehe er um ihre Hand bat. Den dritten Antrag hatte sie angenommen. Jetzt, vier Monate später, bereute er nichts. Rachel Daimler verkörperte alles, was sich ein Mann wünschen konnte, und unter all den Männern auf dieser Welt hatte sie ihn ausgewählt. Aus irgendeinem Grund wußte er, daß sie noch nie einem Mann vertraut, noch keinen geliebt hatte. Warum, blieb rätselhaft. Sie wollte es ihm nicht verraten, doch das störte ihn kein bißchen. Nun gehörte sie zu ihm, nur darauf kam es an, und er gelobte sich, das Vertrauen, das sie in ihn setzte, niemals zu enttäuschen.

Er wünschte, seine Kinder könnten mehr Zeit mit ihnen verbringen. Seine beiden geliebten Töchter, Emma und Addy. Emma, so klug und ernst, für eine Zehnjährige mit erstaunlicher weiblich-intuitiver Weisheit begabt. Und Addy, die temperamentvolle, unwiderstehliche Fünfjährige. Bunte Konfetti und eine schrille, immerwährende Party – das war Addy. Er wollte, daß seine Töchter Rachel kennenlernten und genauso liebgewannen wie er, doch das war unmöglich, da sie ein paar hundert Meilen entfernt lebten bei Nicole in Colorado. Seit der Hochzeit mit Rachel hatte er die beiden nur ein einziges Mal gesehen, als sie kurz nach Ostern für eine Woche in den Osten gekommen waren. Rachel hatte sich sehr um sie bemüht, und dafür liebte er sie noch inniger. Es bekümmerte ihn, daß er die Mädchen so selten sah.

Noch etwas anderes quälte ihn — die Unfähigkeit seiner Frau, etwas mit ihm zu teilen. Das bezog sich nicht auf Gegenstände. In dieser Hinsicht war sie überaus großzügig. Aber ihre Gedanken behielt sie für sich — ihre Gedanken und die Ursache des tiefen Schmerzes, den er so oft in ihren Augen las. Irgend jemand hatte ihr irgendwann etwas Schreckliches angetan, und er wünschte, er wüßte Bescheid.

Während sie den Highway entlangfuhren, musterte er seine Frau aus den Augenwinkeln. Ihr Gesicht war abgewandt. Wie versteinert saß sie da, nur die Hand auf dem Sitz eben ihm wurde unablässig geballt und wieder geöffnet. »Bist du okay?« fragte er.

Sie nickte und starrte aus dem Fenster.

Am Stadtrand von Portland bogen sie vom Highway ab, nach Osten. Rachel hatte ihm den Weg beschrieben, aber nun brauchte er ihre Hilfe. Er schaute sie an. Den Kopf zurückgelehnt, hatte sie die Augen geschlossen. Sie schien zu schlafen, und es widerstrebte ihm, sie zu wecken. Seit jener Brief mit der Bitte um ihre Heimkehr eingetroffen war, hatte sie kaum Ruhe gefunden.

Er kam zu einer Kreuzung und hielt am Straßenrand. »Rachel?« begann er leise. »Liebling, du mußt mir erkläre, wie ich fahren soll.«

»Immer der Nase nach«, entgegnete sie, ohne die Augen zu öffnen. »Ich sage dir, wo du abzweigen mußt.«

Vielleicht lag es an der Sorge um seine Frau, daß er die Hinweisschilder nicht sah, oder es existierten tatsächlich keine. Jedenfalls hörte die Straße abrupt auf, und das Meer erstreckte sich vor ihm, so weit das Auge reichte — grau und einsam und grenzenlos.

»Nach links«, wies sie ihn an, die Lider immer noch fest geschlossen.

Er gehorchte und folgte der Sandstraße, die sich an der Küste dahinwand. Mehrmals teilte Rachel ihm mit, wo er abbiegen sollte. Manchmal nach Norden, manchmal nach Osten. Wann immer er glaubte, sie hätten sich vom Meer entfernt, tauchte es hinter einer Kurve wieder auf – riesig und rastlos.

Plötzlich verkündete sie: »Da sind wir.« Und zum erstenmal seit Stunden öffnete sie die Augen und streckte ihren Zeigefinger aus. Judd steuerte den Wagen auf eine schmale Straße, die sich an einer Klippe über dem Watt bergauf schlängelte, von dichten Kiefern gesäumt.

Er dachte, sie hätten sich vielleicht verirrt, und Rachel wagte nicht, es einzugestehen. Er wollte danach fragen, doch im selben Moment sah er, daß die Straße vor ihm schnurgerade verlief, bis zu dem Haus, das auf einer Anhöhe stand.

Es war gigantisch, aber schön proportioniert, ein zweistöckiges Bauwerk mit weißem Holz, schwarzen Läden und einem spitzen, von vier massiven Schornsteinen und sechs Schlafzimmerfenstern beherrschten Walmdach. Die einstige Kutschenauffahrt zum Vordereingang war nun ein Weg, von Hecken begrenzt, zwischen gepflegten Gärten und Rasenflächen, die zu grünen begannen.

Judd stieß einen leisen Pfiff aus. Er wußte nicht recht, was er erwartet hatte. Aber angesichts der Abneigung, die seine Frau geben ihr Elternhaus hegte, mußte er sich doch sehr wundern. Halb und halb hatte er mit einem düsteren Spukschloß gerechnet. Und nun betrachtete er ein prächtiges, majestätisches Gebäude. Er hielt den Wagen an und ließ sein Künstlerauge über die vollkommene Symmetrie der Landschaft schweifen.

Neben ihm schaute Rachel auf die gleiche Szenerie, mit bleichem Gesicht, zurückgelehnt, die Füße fest gegen den Boden gestemmt, als könnte sie das Auto dadurch zurücksteuern, weg von diesem Ort. Schließlich brach Judd das Schweigen. »Spektakulär.«

Sie gab keine Antwort.

»Liebling!« Er umfaßte ihr Kinn und zwang sie, ihn anzusehen. »Willst du wirklich hinfahren? Es ist noch nicht zu spät, um kehrtzumachen.«

Einen Augenblick lang glaubte er, sie würde diesem Vorschlag zustimmen. Sie öffnete den Mund, schloß ihn wieder, und nach einer Weile entgegnete sie: »Meine Mutter wird bald sterben. Ich habe keine Wahl.« Und damit öffnete sie die Autotür, um auszusteigen.

Eine Frau erschien auf der Eingangstreppe. »Rachel?« rief sie, sichtlich bewegt. »Süße kleine Rachel! Es ist so lange her...« Sie rannte die Stufen herab und umarmte den Neuankömmling.

»Ja, sehr lange«, bestätigte Rachel. Ihre Stimme verriet nicht, was sie empfand. Sie befreite sich aus den Armen der Frau und wandte sich zu Judd, der den Wagenschlag hinter sich zuwarf. »Darling, ich möchte dich mit meiner Schwester Elizabeth bekannt machen.«

Er verbarg seine Überraschung hinter einem Lächeln und streckte die Hand aus. Rachel hatte ihre Schwester nicht erwähnt, aber sie war nie besonders gesprächig gewesen, was ihre Familie betraf. »Judd Pauling.«

Verwirrt schüttelte Elizabeth seine Hand, mit festem, kühlem Griff. Sie war viel größer als Rachel, aber gertenschlank, und bewegte sich mit der mühelosen Anmut einer geborenen Athletin.

Man konnte sie nicht schön nennen. Dafür wirkten ihre Züge zu kantig. Aber als sie sein Lächeln erwiderte, wenn auch ziemlich unbehaglich, entdeckte er eine erstaunliche Ähnlichkeit mit seiner Frau. Sie mußte älter sein als Rachel. Darauf wiesen nicht nur die grauen Strähnen im blonden Haar hin, sondern auch die kleinen Fältchen um Augen und Mund.

»Willkommen auf Land's End, Mr. Pauling«, begrüßte

sie ihn mit leiser, wohlklingender Stimme. »Rachel hat uns verschwiegen, daß sie einen Gast mitbringen würden, aber wir freuen uns über Ihren Besuch.«

Verwundert warf er einen Blick auf seine Frau. Hatte sie ihrer Familie verheimlicht, daß sie verheiratet war? »Rachel...«

Doch sie kehrte ihm den Rücken und starrte auf das Haus. Er beobachtete, wie sich ihr Körper versteifte, als versuchte sie ihre letzten Kraftreserven aufzubieten. »Das ist mein Mann« erklärte sie, ohne die beiden anzusehen. »Judd Pauling. Er war so freundlich, mich zu begleiten.«

Er wandte sich wieder zu Elizabeth, die so aussah, als hätte sie eine Ohrfeige erhalten. Auf den Wangenknochen zeichneten sich zwei rote Flecken ab. »Tut mir leid, Mr. Pauling-Judd. Ich wußte nicht...«

Noch immer hatte er nicht die leiseste Ahnung, was hier vorging, aber er lächelte. »Rachel und ich haben vor vier Monaten geheiratet.« Er blickte seiner Frau nach, die nun zum Haus ging, die Schultern gestrafft, als müßte sie sich gegen einen heftigen Wind wappnen. »Nun...«, fügte er hinzu und kam sich wie ein Idiot vor. »Wahrscheinlich kann sie es kaum erwarten, ihre Mutter wiederzusehen.«

Immer noch leichenblaß, schaute Elizabeth zu, wie ihre Schwester die Eingangstreppe hinaufstieg, und Judd hörte sie flüstern: »Gott helfe uns allen.«

Wie um zu antworten, flog plötzlich ein Fensterladen in einem Oberstock auf, vom Wind bewegt, und schlug rhythmisch gegen die Mauer.

2

Das Dinner verlief sehr seltsam. Rachel war wie verwandelt, und er konnte sich die Veränderung nicht erklären. Noch nie hatte er sie so lebhaft gesehen. Zum erstenmal, seit er sie kannte, lag keine Trauer in ihren Augen, und sie wirkte überglücklich.

Der Tisch war für acht Personen gedeckt, aber nur Elizabeth, Rachel und Judd hatten daran Platz genommen.

»Wo sind die anderen?« fragte Rachel.

»Tut mir leid, Schätzchen«, erwiderte Elizabeth. »Mutter hatte die Hadleighs und die Lesters eingeladen, um deine Heimkehr zu feiern.« Sie lachte nervös. »Aber da du nicht allein gekommen bist, dachten wir, du möchtest dich vielleicht erst mal einleben, ehe du von alten Freunden belagert wirst.«

Rachel war sichtlich enttäuscht. »Aber Elizabeth! Ich hätte sie so gern wiedergesehen und mit Judd bekannt gemacht.«

»Natürlich. Wir laden sie ein andermal ein — und noch ein paar Leute dazu. Vielleicht am Freitag.«

Entzückt klatschte Rachel in die Hände. »O Elizabeth, ich freue mich so darauf, ihre Gesichter zu sehen, wenn ich ihnen Judd vorstelle! Sicher werden sie vor Neid grün anlaufen.« Sie wandte sich zu ihrem Mann, und plötzlich wurde sie sehr ernst. »Du bist das Beste, was je in mein Leben getreten ist. Das Allerbeste.«

Er konnte sie nur anstarren, immer noch verblüfft über ihre Veränderung. Vorhin hatte er das Gepäck aus dem Wagen geholt und war von Elizabeth in das Zimmer geführt worden, das er mit seiner Frau teilen sollte. Rachel hatte sich nirgends blicken lassen. Er beschloß gerade, sie zu suchen, als sie in der Tür erschien, atemlos, mit geröteten Wangen.

Judd fragte nicht nach dem Besuch bei ihrer Mutter.

Aus Erfahrung wußte er, daß es besser war, abzuwarten, bis Rachel von sich aus zu sprechen begann. Sie packte ihre Sachen aus, und dabei machte sie Konversation, ohne ihre Mutter zu erwähnen. Erst später, als sie sich für das Dinner umkleideten, konnte er seine Neugier nicht länger bezähmen. »Wie war's?«

Verständnislos schaute sie ihn an. »Was?«

»Das Wiedersehen mit deiner Mutter.«

Da wich sie seinem Blick aus. »Ich war noch nicht bei ihr.«

»Nein?« fragte er ungläubig. »Ich dachte... Wo hast du denn heute nachmittag gesteckt?«

»Bei Harold und Maude.«

»Harold und Maude?«

Rachel wurde rot. »Das sind meine Katzen — meine schönen Perserkatzen. Ich habe sie so lange nicht gesehen.« Flehend wandte sie sich zu ihm. »Das verstehst du doch? Die ganze Zeit glaubten sie, ich hätte sie im Stich gelassen.« Sie sank auf das Bett, legte sich zurück, die Augen voller Tränen, und öffnete ihren Morgenmantel. »Findest du mich immer noch schön?« wisperte sie wie ein Kind, das verzweifelt um ein tröstendes Wort bat.

Wie immer überwältigte ihn ihre Nacktheit. Ganz gleichgültig, wie oft er sie schon bewundert hatte — ihr vollkommener Körper, die makellose, seidige Haut entzückten ihn täglich von neuem. Alles an ihr erregte ihn. Doch der eigentliche Schlüssel zu Rachels Zauber war die wilde Sinnlichkeit, die sich hinter ihrer mädchenhaften Fassade viktorianischer Reinheit verbarg. Wenn sie miteinander schliefen, wurde sie zur Teufelin.

Und als er sie in die Arme riß, war er wie immer geblendet von der Glut ihrer Leidenschaft. Danach fragte sie: »Du liebst mich doch, Judd?«

»Das weißt du sehr gut. Mehr als mein Leben.«

Sie sprang vom Bett auf, und vor seinen Augen erschien plötzlich wieder die süße, dynamische Kindfrau, in die er sich unsterblich verliebt hatte. »Komm!« rief sie und zog ihn hoch. »Jetzt mußt du endlich meine Mutter kennenlernen.«

»Du willst nicht allein zu ihr gehen?«

Da wechselte Rachels Stimmung abrupt, ihr Gesicht verzerrte sich. »Ich kann nicht«, wisperte sie. »Bitte, Judd!« flehte sie, Tränen verwandelten ihre Augen in Teiche aus flüssigen Saphiren. »Bitte, begleite mich! Ich brauche dich.«

Besänftigend umarmte er sie und streichelte ihr seidiges Haar. Er verstand das alles nicht. Warum fürchtete sie sich so sehr? Was hatte diese Frau ihr Schreckliches angetan? »Sei ganz ruhig, mein Liebling. Natürlich komme ich mit dir.«

»Das ist lieb von dir, Judd.« Sie sah so dankbar zu ihm auf, daß er sich schämte. »Ich kann nicht allein zu ihr gehen. Das begreifst du doch?«

Nein, er begriff gar nichts, hatte keine Ahnung, warum sie sich an ihn klammerte wie eine Ertrinkende, die um ihre Überlebenskräfte kämpft, an ein Stück Treibholz. Und wenn seine Nähe ihr Mut machte — ihm sollte es recht sein.

Aber sobald sie das Schlafzimmer verließen und der Galerie folgten, die zur Halle führte, bezweifelte er, daß sie es jemals schaffen würde.

Das Schlafzimmer, auf dem Rachel bestanden hatte, lag im Nordflügel, so weit wie nur möglich vom Haupthaus entfernt, aber immer noch auf Land's End. Niemand außer Judd war überrascht gewesen, als sie es abgelehnt hatte, ihr altes Zimmer zu bewohnen.

Arm in Arm gingen sie die lange Galerie hinab, wo die Ahnenporträts der Daimlers hingen. Er wäre gern stehengeblieben, um nach den Menschen zu fragen, die von den Wänden herunterblickten, um die Gemälde zu studieren und zu bewundern. Doch Rachel eilte weiter, schaute weder nach links noch nach rechts, und er spürte die Anspannung in ihrem Körper, die mit jedem Schritt wuchs.

An der breiten Treppe zur Haupthalle wußte er, daß seine Frau ihm entglitten war.

Kurz vor den Stufen blieb sie vor einer geschlossenen Tür stehen, holte tief Atem und klopfte an.

»Herein...« Eine schwache Stimme.

Rachel öffnete die Tür und trat ein, gefolgt von Judd.

Im Gegensatz zu den Räumen im Nordflügel war dieses Zimmer groß und hell, mit hohen Fenstern, die beinahe den Boden berührten und tagsüber den Sonnenschein einlassen würden. Jetzt herrschte diffuses Halbdunkel, nur das fast herabgebrannte Feuer im Marmorkamin spendete ein wenig Licht.

Wie der Rest des Hauses — zumindest, was Judd bisher gesehen hatte — war auch dieser Raum exquisit eingerichtet, mit hübschen Antiquitäten, dominiert von einem grandiosen Baldachinbett aus dem achtzehnten Jahrhundert. Dramatische Farben bestimmten die Atmosphäre — leuchtende Rot- und Blautöne, kunstvoll in Gobelins gewoben, in Vorhängen und Teppichen wiederholt. Auf einem Tisch am Fenster stand eine riesige Schüssel, gefüllt mit tiefroten Rosen, deren Duft den düsteren Geruch der Krankheit beinahe überdeckte.

Priscilla Daimler saß vor dem Kamin, eine gebrechliche Frau, aber offensichtlich ebenso sorgsam gepflegt wie ihr Zimmer. Zunächst glaubte Judd, sie würde schlafen.

Dann sagte Rachel so leise, daß er es kaum hörte: »Da bin ich, Mutter.«

Die alte Frau schwieg und drehte sich nicht um. Sie breitete nur die Arme aus, und nach langen, entnervenden Sekunden stürmte Rachel durch den Raum, warf sich ihr zu Füßen und vergrub das Gesicht im mütterlichen Schoß. Ihr Schluchzen klang so herzzerreißend, daß sich ein Kloß in Judds Kehle bildete. Priscilla legte eine Hand auf den Kopf ihrer Tochter, eine schön geformte Hand mit langen, zierlichen Fingern, makellos manikürt. »Still, mein Liebling. Es ist an der Zeit, zu vergessen, zu genesen, unser

Leben fortzusetzen. Gemeinsam. Was geschehen ist, ist geschehen. Wir können es nicht ändern, mein Schatz; also hör bitte auf zu weinen.«

Reglos stand Judd da, hielt den Atem an und beobachtete die Szene. Die Intimität, die er zwischen den beiden Frauen spürte, erschütterte ihn, und er war bestürzt, weil er Rachels Gefühle für ihre Mutter völlig falsch beurteilt hatte. Offenbar haßte sie die alte Frau nicht. Aber wenn keine Schuld auf Priscilla Daimler lastete — wer hatte Rachel dann so schrecklich verletzt und von Land's End vertrieben?

Plötzlich schien die alte Frau zu merken, daß sie nicht allein mit ihrer Tochter war. »Wen hast du mitgebracht, mein Kind?« fragte sie in ruhigem Ton.

Rachel sah zu ihr auf, das Gesicht tränenüberströmt, und sekundenlang gewann Judd den seltsamen Eindruck, sie hätte ihn vergessen. Doch dann sprang sie auf, rannte mit leisem, verlegenem Gelächter zu ihm. Strahlend schaute sie ihn an. »Das ist Judd Pauling, Mutter. Mein Mann.«

Priscilla reagierte ähnlich wie vorhin Elizabeth, mit ungläubigem Entsetzen. »Dein Mann?« Ihr Kopf sank gegen die Sessellehne. »Unmöglich.«

Sofort kehrte Rachel zu ihr zurück und kniete wieder nieder. »Keineswegs«, wisperte sie. »Ich bin unvorstellbar, unbeschreiblich und sagenhaft glücklich. Bitte, freu dich mit mir, Mutter.« Die alte Frau zog ihre Tochter an sich, wiegte sie wie ein kleines Kind hin und her. »Natürlich freue ich mich mit dir, Rachel.« Plötzlich klang ihre Stimme erschöpft.

»Alles wird gut — jetzt, wo ich zu Hause bin, Mutter. Du wirst es schon sehen.«

Priscilla antwortete nicht und starrte über Rachels silberblonden Kopf zu Judd herüber, ohne ihn wahrzunehmen. Ihre Miene verriet grimmige Entschlossenheit. Nach einer Weile schob sie ihre Tochter sanft von sich. »Geht jetzt zum Dinner hinunter, Kinder. Du weißt doch, Liebling, welch großen Wert Kate darauf legt, pünktlich das Essen zu servieren.«

»Du kommst doch auch?« Jetzt, wo Rachel ihre Mutter verlassen sollte, wirkte sie genauso verängstigt wie vor dieser Begegnung.

»Ich bin müde. Geht nur, ihr beiden. Elizabeth soll Kate bitten, mir ein Tablett zu schicken.«

»Aber ...«

»Kein Aber. Wir unterhalten uns morgen ...« Priscilla unterbrach sich kurz, und wieder spürte Judd die intensive Bindung zwischen Mutter und Tochter. »Du bist morgen doch noch hier?«

»Selbstverständlich — nicht wahr? Wir bleiben bei dir, solange du uns brauchst, Mutter. Sag doch ja, Judd!« bat sie eindringlich.

»Was immer dich glücklich macht, Rachel.« Er nahm den Arm seiner Frau. »Ich freue mich, daß wir uns endlich kennenlernen, Mrs. Daimler.«

»Ich bin auch froh, Judd«, entgegnete sie, doch die Lüge war offenkundig.

In Gedanken versunken, merkte er beim Dinner kaum, was er aß. Die Mahlzeit war hervorragend zubereitet, das Gespräch lebhaft, obwohl sie nur zu dritt am Tisch saßen.

»Was tun Sie beruflich, Judd?« fragte Elizabeth.

»Ich bin Maler.«

Sie hob die Brauen. »Oh, der Judd Pauling!« rief sie ehrlich überrascht. »Wie dumm von mir, daß ich nicht gleich darauf gekommen bin! Wir besitzen eines Ihrer Gemälde, nicht wahr, Rachel?«

»Ja, sicher«, bestätigte Rachel und lächelte verlegen, als hätte sie sich eben erst daran erinnert. Zu Judd gewandt, fügte sie hinzu: »Ich vergaß es zu erwähnen, oder?«

»Ja, aber ich verzeihe dir. Welches meiner Werke ist es denn?«

»Es heißt ›Oktober auf dem Land‹«, erklärte Elizabeth. »Das Bild, das Peter ...« Abrupt verstummte sie, und Rachel ließ ihr Glas fallen. Rubinroter Wein floß über das Tischtuch.

»O Gott!« klagte sie, und Judd glaubte zu bemerken, wie die beiden Schwestern einen raschen Blick wechselten. »Ein Glück, daß Mutter das nicht sieht!«

»Wer ist Peter?« fragte er, aber niemand schien ihn zu hören.

Elizabeth ergriff das Tischglöckchen und läutete. »Reg dich nicht auf. Es ist nicht zum erstenmal passiert, daß jemand was verschüttet hat, und es dürfte auch kaum das letzte Mal gewesen sein.« Sie sprach ruhig, aber Judd spürte ihre Nervosität, die keineswegs mit dem vergossenen Wein zusammenzuhängen schien.

»Trinken wir den Kaffee in der Bibliothek?« Rachel stand auf. »Dort ist es gemütlicher. Außerdem deprimieren mich die Echos im Speisezimmer.«

»Die Echos?« wiederholte ihre Schwester verwundert.

Rachel lächelte. »Du weißt doch Elizabeth – die Echos all der Leute, die hier sein müßten, aber nicht da sind. Du hättest die Hadleighs und Lesters nicht ausladen sollen. Es wäre so amüsant mit ihnen gewesen.«

»Nun, wir verschieben es auf ein andermal. Ich kann den Freitagabend kaum erwarten.«

Judd träumte von Emma und Addy. Sie alle bewohnten das alte Strandhaus in Waltham – er selbst, Nicole, Emma und Addy, und sie bauten Sandburgen. Es war ein beglückender Traum, und er genoß die warme Sonne, das Beisammensein mit seinen Kindern. Nicht einmal Nicoles Anwesenheit störte ihn.

Aber plötzlich veränderte sich der Traum, ohne Vorwarnung, so wie es mit manchen Träumen geschieht. Die Luft kühlte ab, die Flut rauschte heran – viel schneller als normalerweise. Er rief den Kindern zu, sie sollten schnell kommen und ihre Eimer und Schaufeln zusammenpacken, aber alle bewegten sich wie im Zeitlupentempo, und sie fielen immer wieder hin. Er versuchte, ihnen zu helfen, konnte die Augen aber nicht weit genug öffnen, um klar zu sehen.

Der Wasserwall traf ihn, ehe er ihn erblickte, und er hörte Addy schreien. Der angstvolle, hilflose Schrei eines Kindes, das nicht versteht, was ihm zustößt, das nicht weiß, daß es nur ein Traum ist.

Er setzte sich im Bett auf, und sein Herz schlug wie rasend, irgendwo zwischen Schlaf und Wachen gefangen. Und er hörte Addy immer noch jammern.

Es ist nur ein Alptraum, sagte er sich, aber er vernahm die Stimme — etwas leiser jetzt, aber immer noch deutlich. Eine mitleiderregende Klage, die ihm wie ein Schwert in die Seele schnitt. Ich ertrage es nicht, dachte er. Irgendjemand tut Addy weh. »Aufhören!« befahl er, und das Geschrei verstummte.

Aber tausend Meilen entfernt schrie die fünfjährige Addy Pauling immer noch. Nicht, weil die Wellen sie verschlangen, sondern weil ihre Mutter soeben tödlich verunglückt war.

3

Am 20. Mai regnete es. Die zehnjährige Emma Pauling saß neben ihrer Schwester auf dem Beifahrersitz des Autos, und sie warteten, bis der Vater getankt hatte. Gemeinsam waren die drei von Colorado nach Osten geflogen. Nach dem Begräbnis der Mutter. Nun fuhren sie von Boston aus nach Norden, zum Haus ihrer Stiefgroßmutter in Maine, das Land's End hieß.

Mit gemischten Gefühlen blickte Emma in die Zukunft. Sie hatte Rachel kennengelernt und mochte sie wirklich, denn die zweite Frau des Vaters war nicht nur schön, sondern auch nett. Sie spielte mit ihnen, und wenn sie ihr etwas erzählten, hörte sie aufmerksam zu — beinahe so, als wäre sie genau so alt wie Emma oder Addy. Drei Kinder.

Wenn Emma an ihre Stiefmutter dachte, empfand sie keine Abneigung, und das erschien ihr unheimlich. Immerhin pflegte man Stiefmütter nicht zu mögen.

Das einzige, was zwischen Emma und Rachel gestanden hatte, war ein Gefühl der Loyalität gewesen. Würde es die leibliche Mutter kränken, wenn sie die Stiefmutter liebgewann? Doch jetzt, wo die Mutter nicht mehr lebte, spielte das wohl keine Rolle mehr.

Sie schluckte ihre Tränen hinunter und zwang sich, an Addy zu denken. Auch Addy mochte Rachel, und so war es ein Schock gewesen, als sie erklärt hatte, sie wolle nicht nach Maine übersiedeln. Die kleine Schwester hatte sogar behauptet, Maine zu hassen, obwohl sie diesen Staat gar nicht kannte.

»Haß — das ist ein schlimmes Wort, Addy«, hatte Emma sie ermahnt. »Du solltest es niemals aussprechen.«

»Trotzdem hasse ich Maine. Und damit basta.«

»Du bist nur so dumm, weil du in Colorado bleiben möchtest.«

»Ich bin nicht dumm.«

»Doch.«

»*Nein!*«

Nach einer Weile hatte Emma es aufgegeben, hoffte aber, Addy würde sich ordentlich benehmen.

»Weißt du ganz genau, daß ich noch nie in Maine war?« fragte Addy.

Emma nickte.

»Warst du schon dort?«

»Ja, ich glaube. Am Meer. Als ich klein war.«

»Hat's dir gefallen?«

Emma preßte das Gesicht an die Fensterscheibe. »Ich bin mir nicht sicher. Wahrscheinlich.«

»Mir wird's nicht gefallen, das weiß ich«, sagte Addy und steckte den Daumen in den Mund.

Sofort zog Emma ihn heraus. »Das darfst du nicht. Sonst werden deine Zähne schief. Das hat Mommy gesagt.«

Da verzerrte sich Addys Gesicht, so wie immer, wenn sie zu weinen anfing. Emma legte einen Arm um ihre Schwester und drückte sie an sich. »Reg dich nicht auf, Ads«, versuchte sie das Kind abzulenken. »Du wirst ganz begeistert vom Meer sein. Es macht so viel Spaß – die großen Wellen und der Sand.«

Addy kuschelte sich an sie, und ihr Kummer verflog, so wie Emma es erhofft hatte. »Gibt es da auch Wasserrutschen?«

»Nein, Ads«, erwiderte Emma geduldig. Das ist ein Meer und kein Schwimmbecken.«

»Kann ich mit den Füßen den Boden berühren?«

»Klar, an seichten Stellen.«

Zu Emmas Überraschung kehrte Addys finstere Miene zurück.

»Warum müssen wir überhaupt bei Rachels alter Mutter leben?«

Mit unendlicher Geduld beantwortete Emma zum hundertsten Mal dieselbe Frage. »Weil Daddy mit Rachel verheiratet ist, und weil Mrs. Daimler an einer schweren Krankheit leidet. Deshalb müssen wir für eine Weile dort wohnen.«

»Hoffentlich stinkt sie nicht.«

»Wenn die alte Mrs. Eldridge stinkt, heiß das noch lange nicht, daß alle alten Leute stinken. Außerdem glaube ich, Mrs. Daimler ist noch gar nicht so alt.«

Addy war nicht überzeugt. »Könnten wir doch bloß nach Hause fahren!« rief sie wehmütig, und wie Emma bekümmert feststellte, würde es nicht mehr lange dauern, bis die kleine Schwester wieder zu heulen begann.

»Was hast du Ads?« Normalerweise gelang es Emma

stets, Addy aufzumuntern, weil das kleine Mädchen ein sehr heiterer Mensch war. Aber neuerdings sah es anders aus. Aus irgendeinem Grund bezweifelte Emma, daß es nur am Tod der Mutter lag. Addy wirkte verändert. Nicht nur traurig, sondern ganz anders als sonst.

Emma starrte in den Regen und dachte intensiv an Pferde. Sie liebte Pferde, und wenn es ihr schlechtging, versuchte sie immer, sich diese Tiere vorzustellen. Das hinderte sie daran, wie ein Baby in Tränen auszubrechen. Natürlich hätte sie sich gern ausgeweint. Aber sie war kein kleines Kind mehr. Zehnjährige durften nicht heulen. Als sie sieben gewesen war, bei der Scheidung ihrer Eltern, hatte sie oft geweint. Jetzt nicht mehr. Jetzt war sie zehn.

Sie rückte ihre Brille zurecht und strich ihr glattes dunkles Haar hinter die Ohren. Daddy hatte gesagt, nun müsse sie ihm helfen, auf Addy aufzupassen, und das würde sie auch tun. Nicht, daß es etwas Neues wäre. Seit Ads' Geburt kümmerte sich Emma um sie.

Als sie beobachtete, wie ihr Vater den Tankwart bezahlte, atmete sie auf. Wenn es noch einen Lichtblick in ihrem Leben gab, dann war es Daddy. Sie liebte ihn sehr, obwohl sie ihn in den letzten drei Jahren kaum gesehen hatte. Nun runzelte sie die Stirn. Warum die Eltern aufgehört hatten einander zu mögen, hatte sie nie herausgefunden. Aber eins wußte sie. Ihr Vater liebte sie. Und er liebte Addy, und er tat sein Bestes, damit sie alle wieder eine Familie wurden.

Judd öffnete die Wagentür und sprang auf den Fahrersitz. »Tolles Wetter für die Enten!« meinte er und warf seinen nassen Regenmantel auf den Rücksitz.

»Stinkt Mrs. Daimler?« fragte Addy.

Emma seufzte. »Ich habe versucht, ihr zu erklären, daß nicht alle alten Leute stinken. Aber sie glaubt mir nicht.«

»Mrs. Daimler stinkt nicht, Addy«, versicherte Judd lächelnd. »Kein bißchen. Sie duftet sogar wie eine Blume.«

»Und wo werden wir schlafen?«

»Ihr bekommt eure eigenen Zimmer. Rachel bereitet alles vor, und euer neues Heim wird euch ganz bestimmt sehr gut gefallen.«

»Rachel ist schön«, bemerkte Emma.

»Ja, das ist sie.« Judd bog in den Highway. Er überlegte, wie sich seine Frau auf Land's End zurechtgefunden haben mochte, seit er vor einer Woche weggefahren war. Jeden Tag hatten sie telefoniert, und ihre Stimme war ihm ruhig und gefaßt erschienen, aber irgendwie fremd und fern. Er befürchtete, wieder diesen verlorenen Ausdruck in ihren Augen zu sehen.

Als er ihr mitgeteilt hatte, seine Töchter würden nach Land's End ziehen, war sie völlig zusammengebrochen, als hätte sie keine Sekunde lang mit dieser Möglichkeit gerechnet. Sie brachte absurde Gegenargumente vor, nannte einen Grund nach dem anderen, warum er andere Pläne für die beiden machen sollte. »Land's End ist kein — kein geeignetes Haus für Kinder«, stammelte sie. »Es ist vom Tod erfüllt. Siehst du das denn nicht ein?« Erst als sie erkannte, daß es nur zwei Möglichkeiten gab, daß er die beiden hier einquartieren oder mit ihnen nach New York zurückkehren müßte, protestierte sie nicht länger.

Er glaubte, die Krise wäre überwunden und erklärte, er würde Emma und Addy aus Colorado abholen. Inständig flehte sie ihn an, bei ihr zu bleiben. »Jemand anderer kann sie doch herbringen. Warum mußt du hinfliegen?«

Judd las Angst in ihren Augen. »Wovor fürchtest du dich?«

Da wandte sie sich ab und schlug die Hände vors Gesicht, um seinem forschenden Blick zu entrinnen.

»Sag es mir!« drängte er, böse auf sie und sich selbst, weil er ihr nicht helfen konnte. »Sag mir, wieso du solche Angst hast.«

Rachel ließ die Hände sinken, und er beobachtete, wie sie mit sich kämpfte, wie Emotionen, die er nicht verstand, ihre Züge verzerrten. Und dann warf sie sich an seine Brust und schluchzte unkontrolliert. »Ich habe Angst, du wirst nicht zurückkommen.«

Das hatte er nicht erwartet. Es verblüffte ihn, und er begriff immer weniger, was in ihr vorging. »Mein Gott, Rachel!« Beschwichtigend drückte er sie an sich. »Ich liebe dich. Du bist meine Frau. Warum sollte ich nicht zurückkommen?«

»Weil ich ein Nichts bin«, hatte sie geflüstert. »Weil nichts, was ich liebe, Bestand hat.«

»Ich hasse Maine«, verkündete Addy plötzlich und holte ihn in die Gegenwart zurück.

»Sei still, Ads«, mahnte Emma hastig. »Sie ist nur ein Muffel, Daddy. Am besten beachtest du sie gar nicht.«

»Ich bin kein Muffel.« Addys Gesicht verzog sich weinerlich. »Ich sage bloß die Wahrheit.«

»Du warst noch nie dort, Ads«, entgegnete Judd geduldig. Wie kannst du da wissen, daß du Maine haßt?«

Seine jüngere Tochter wandte sich zu ihm und starrte ihn an. Tränen glänzten in ihren Augen. »Ich mache keine Witze, Daddy, ich hasse Maine wirklich.«

»Du sollst dieses garstige Wort nicht aussprechen, Ads«, schimpfte Emma.

»Man darf nicht sagen, daß man eine Person haßt«, erwiderte Addy. »Bei einem Ort ist es okay.«

»Verrate uns doch mal, warum du glaubst, du würdest Maine nicht mögen, meine kleine Adelaide«, schlug Judd vor.

»Ich weiß es eben, das ist alles.« Und nun begann Addy ernsthaft zu schluchzen.

Emma legte einen Arm um ihre Schultern. »Pst, Ads!« murmelte sie besänftigend. »Ist ja schon gut. Wir werden es wunderschön dort haben, nicht wahr Daddy?« Verzweifelt schaute sie ihn an.

»Klar«, bestätigte er in fröhlichem Ton. Addy würde ihre Abneigung gegen das neue Zuhause überwinden, da war er ganz sicher. Immerhin war sie erst fünf, und vor kurzem hatte sie die Mutter verloren. Natürlich konnte er nicht annehmen, daß sie das alles problemlos verkraften würde. Aber wenn sie Rachel besser kannte, würde sie die neuen Gegebenheiten akzeptieren und sich selber helfen. »Und ich sage euch noch was anderes.« Verschwörerisch senkte er die Stimme. Diese Information hatte er sich für eine solch kritische Situation aufgehoben. »Rachel hat zwei Katzen, und die eine wird bald Babys kriegen.«

Abrupt hörte Addy zu schluchzen auf und musterte ihren Vater ungläubig. Katzen waren ihre Lieblingstiere, aber sie hatte niemals eine halten dürfen, weil Mommy allergisch dagegen gewesen war. Addy besaß eine ganze Sammlung von Katzenfiguren und Katzenbildern und Katzenstofftieren, doch sie hatte nie in einem Haus gewohnt, wo es richtige lebendige Katzen gab. »Zwei Katzen?« fragte sie. »Zwei wirkliche Katzen?«

»Ja, weiße. Flauschige weiße Katzen. Harold und Maude.«

Sofort verzog sich das Gewitter, und Addy klatschte begeistert in die Hände. »Oh, ich bin so glücklich, ich könnte sterben!« jubelte sie und rutschte auf dem Beifahrersitz umher.

Emma warf ihrem Vater einen halb bewundernden, halb erleichterten Blick zu. Er hatte das Unmögliche vollbracht. Zum erstenmal seit Mommys Tod war Addy fast wieder die alte. »Siehst du, Ads? Ich hab dir ja gesagt, es wird schon nicht so schlimm sein.«

Aber ihre Erleichterung war nur von kurzer Dauer. Als sie um die letzte Kurve bogen und auf Land's End zufuhren, versank Addy in sonderbarem Schweigen. Sie war so still, daß Emma zunächst glaubte, ihre kleine Schwester wäre eingeschlafen. Doch dann schaute sie ihr ins Gesicht und sah die weit aufgerissenen Augen. Sie wollte fragen, was los wäre, doch dann stockte ihr der Atem, denn vor ihnen war das Haus aufgetaucht.

In diesem Augenblick vergaß Emma ihre Schwester. Sie vergaß alles. Noch nie im Leben hatte sie ein so großartiges Gebäude gesehen. Es kam ihr vor wie ein Haus aus einem ihrer Bilderbücher, mit hohen, funkelnden Fenstern, die den Himmel und die Wolken und den glatten, samtigen Rasen widerspiegelten. »O Daddy!« hauchte sie. »Das ist ja ein richtiger Palast!«

»Ja, nicht wahr?« Judd stoppte das Auto und öffnete die Tür.

Auf der anderen Seite stieg Emma aus, ohne ihren Blick von Land's End abzuwenden. Wie verzaubert stand sie da und dachte noch immer nicht an ihre kleine Schwester. »Dürfen wir reingehen?« fragte sie ihren Vater atemlos und konnte es kaum fassen, daß sie in diesem Märchenschloß wohnen würde. Sie betrachtete die Fenster im obersten Stock und ließ ihrer Phantasie freien Lauf. Sicher wurde da oben eine schöne Prinzessin versteckt, so wie in dem Buch »Der geheime Garten«, aber es würde ein Mädchen sein, kein Junge. Emma würde sie finden und mit ihr Freundschaft schließen.

Und dann vernahm sie es. Erst nur ganz schwach, wie aus weiter Ferne, aber deutlich genug. Das herzzerreißende Weinen eines Kindes. Emma legte den Kopf schief, vermochte aber nicht festzustellen, woher diese klagenden Laute kamen. Noch nie hatte sie etwas so Gespenstisches gehört. Es schien aus dem Inneren des Hauses zu dringen, zu verebben und dann wieder aufzuklingen — leise, unerträglich traurig, wie die Klage eines verzweifelten Geschöpfs, das für immer verloren war.

Angstvoll und verwirrt drehte sie sich zu ihrem Vater um, doch er schaute sie nicht an. Er starrte auf Addy, die neben dem Wagen kauerte.

Und zu ihrem Entsetzen merkte Emma, daß dieses jammervolle, unheimliche Geschrei gar nicht aus dem Haus kam, sondern aus der Kehle ihrer kleinen Schwester.

4

Judd verließ Addy, die oben in ihrem Zimmer schlief, während Emma bei ihr Wache hielt. Er fand Rachel im Wintergarten, wo sie mit einer ihrer Katzen spielte und mit Elizabeth Tee trank.

»Natürlich mußt du's ihm sagen«, mahnte Elizabeth in gedämpftem Ton. »Es ist sein gutes Recht, alles zu erfahren.«

Er hörte keine Antwort und erkundigte sich: »Was denn?«

»Ist Harold nicht der wunderbarste Kater, den du je gesehen hast?« rief Rachel und ignorierte die Frage. Behutsam stellte sie das Tier auf den Boden. »Verschwinde jetzt, du Schlingel. Später spiele ich wieder mit dir.« Sie schenkte Judd eine Tasse Tee ein. »Wie geht's Addy?«

Schwerfällig sank er in einen Sessel. »Dr. Adelford meint, es wäre die Reaktion auf den Schock, auf alles, was sie durchgemacht hat. Erst der Tod ihrer Mutter, dann der Umzug... Das wäre auch für einen älteren Menschen kaum zu ertragen, und sie ist erst fünf.«

»Ist Henry noch da?« fragte Elizabeth.

»Ja, er ist zu eurer Mutter gegangen.«

»Und wo steckt Addy?« wollte Rachel wissen.

»Oben. Emma paßt auf sie auf.« Die tüchtige, verläßliche Emma war zutiefst erschrocken über Addys Gefühlsausbruch, aber fest entschlossen, bei Addy zu bleiben. Für den Fall, daß die Kleine aufwachen sollte.

»Wenn ich nicht da bin, wird sie sich fürchten«, hatte sie ihrem Vater erklärt. »Mach die keine Sorgen, Daddy, ich bin okay. Ich werde einfach hier sitzen und lesen.«

Er betrachtete seine magere bebrillte Tochter, die er so innig liebte. »Weißt du was, Emma? Du bist ein Superkind.«

Sie gab keine Antwort, setzte nur ihr weises Altfrauenlächeln auf und schob ihre Brille auf der Nase hoch. Dann nahm sie neben dem Bett Platz und schlug den »Geheimen Garten« auf.

»Liest du das schon wieder?« fragte er.

»Zum dritten Mal« gab sie zu, »aber es ist immer noch das beste Buch, das ich kenne. Außerdem erinnert mich dieses Haus hier an Misselthwaite Manor. Es ist genauso groß, und auch sonst...« Verlegen schaute sie ihren Vater an, konnte aber nicht widerstehen, die Frage zu stellen, die ihr auf der Seele brannte. »Glaubst du, daß es hier einen Geheimgarten gibt, wo Addy und ich ganz allein spielen könnten?«

»Das würde mich nicht überraschen. Wenn morgen das Wetter schön ist, kannst du ja mit deiner Schwester auf Entdeckungsreise gehen.«

Emma hatte genickt und sich wieder über ihr Buch gebeugt.

»Ich würde mich gern für eine Weile zu den Kindern setzen«, erbot sich Elizabeth.

»Das ist sehr freundlich von Ihnen.« Judd war dankbar für die echte Sorge, die in ihrer Stimme mitschwang. »Aber ich glaube, sie kommen jetzt ganz gut zurecht.«

»Hat Addy von Henry ein Beruhigungsmittel bekommen?« fragte Rachel.

Judd schüttelte den Kopf. »Er sagte, sie sei nur erschöpft, und deshalb halte er Schlaf für das beste Heilmittel. Morgen kommt er noch mal, wenn wir ihn brauchen.«

»Vielleicht sollten wir die zwei Mädchen in einem der Schlafzimmer im Nordflügel einquartieren«, schlug Elizabeth vor. »Dann könnten sie zusammenbleiben und wären näher bei euch. Zumindest, bis Addy sich eingewöhnt hat...«

Rachel seufzte enttäuscht. »Aber ich habe mich so bemüht, ihre Zimmer hübsch herzurichten.« Doch dann gab sie sofort klein bei. »Tut mir leid, Judd, wenn es ihnen helfen würde, sollen sie natürlich umziehen.«

»Vielleicht wäre es wirklich besser, wenn sie zusammen

schliefen«, meinte er. »Sonst würde ich mich um Addy sorgen. Sicher hätte sie Angst, wenn sie nachts aufwachte und allein wäre.«

»Schade, daß Nellie nicht da ist — die wüßte, was man tun müßte«, bemerkte Elizabeth, und er hörte, wie Rachel den Atem anhielt. Er beobachtete, daß alle Farbe aus ihrem Gesicht wich.

»Wer ist Nellie?« fragte er.

»Sie war unsere Kinderfrau«, erklärte Rachel; ein bißchen zu hastig, wie Judd fand. Doch das lag vielleicht nur an ihrer Nervosität. »Sie betreute uns, als wir klein waren. Jetzt ist sie weg.«

»Weg?«

»Sie ging nach England zurück«, sagte Elizabeth. »Keine Ahnung, warum ... Wahrscheinlich wollte sie nach Hause. Dabei dachte ich immer, sie hätte Land's End als ihr Heim betrachtet...« Sie versank in Schweigen, verlor sich in ihren Erinnerungen. Einige Minuten lang sprach niemand. Dann fuhr sie fort: »Ich lasse das blaue Zimmer in Ordnung bringen. Es liegt neben eurem; ein heller Raum mit zwei Betten. Dort werden sich die Kinder sicher wohl fühlen. Meinst du nicht auch, Rachel?«

»Natürlich«, stimmte sie zu. Sie wirkte immer noch bedrückt, aber dann leuchteten ihre Augen auf. »Und wenn es Addy bessergeht, können sie wieder in die anderen Zimmer übersiedeln.«

Judd nahm einen Schluck Tee und verbrannte sich beinahe die Zunge. »Jesus!« stöhnte er.

»Ja, der Tee ist glühend heiß.« Rachel lachte. Wie durch Zauberei hatte sich ihre Laune gebessert. »Ich sehe schon, ich muß noch besser auf dich aufpassen.«

»Unmöglich.« Er schaute sie über den Tisch hinweg an und dachte: Wie schön sie aussieht, wenn sie fröhlich ist. Würde er sie jemals verstehen?

»Wie lange wollt ihr in Land's End bleiben?« erkundigte sich Elizabeth.

Die Frage schien Rachel zu überraschen. »So lange Mutter uns braucht.«

Ihre Schwester wandte sich zu Judd. »Und Sie müssen nicht nach New York zurück?«

Er schüttelte den Kopf. »Hier kann ich genausogut arbeiten. Wenigstens für eine Weile.« Er warf einen Blick, auf Rachel. »Wenn es meine Frau glücklich macht, bleiben wir.«

»Ihr seid zu beneiden«, seufzte Elizabeth. "Ich wünschte, ich wäre auch so unabhängig. In zwei Wochen muß ich abreisen.«

»Ich dachte, Sie wohnen hier«, erwiderte er erstaunt.

Sie lachte. »Nicht mehr, seit ich mit vierzehn aufs Internat ging. Jetzt wohne ich in College Park, außerhalb von D. C.«

»Was machen Sie?«

»Ich bin Dozentin für politische Wissenschaften — und nebenbei gebe ich Reitunterricht.« Zum erstenmal, seit er sie kannte, sah er ein echtes, unbefangenes Lächeln auf ihren Lippen. Nun kam die Ähnlichkeit mit Rachel noch stärker zum Vorschein. »Meine beiden Spezialitäten — Pferde und Pferdeärsche.«

Er lachte und fand sie immer sympathischer. Sein erster Eindruck war nicht so günstig gewesen. Da hatte er sie für eine nervöse alte Jungfer gehalten, deren Leben sich ausschließlich um die Mutter drehte — eine Frau, der es schwerfiel, die Rückkehr ihrer Schwester in die Familie zu verkraften. Doch er hatte sich getäuscht. Elizabeth Daimler war ganz eindeutig eine eigenständige Persönlichkeit. Sehr gut, Judd, sagte er sich, du hast wirklich ein Gespür dafür, was in den Leuten vorgeht. Erst Rachel, dann ihre Mutter, jetzt Elizabeth. Wer wird der nächste sein, überlegte er.

»Elizabeth ist die Klügste von uns allen«, sagte Rachel leise. »Das war sie schon immer, und sie wird es auch für alle Zeiten sein.«

»Unsinn!« Unbemerkt war Priscilla Daimler in der Tür erschienen, jeder Zoll die selbstbewußte Hausherrin. Die Magie ihres Make-ups übertünchte die tödliche Blässe ihrer Haut. Das stilvoll frisierte, zu einem Knoten geschlungene Haar umrahmte weich ihr Gesicht und milderte die strenge Gesamterscheinung ein wenig. Nur die Augen verrieten die schwere Krankheit. Tief in den Höhlen, verliehen sie ihr eine geheimnisvolle Aura, verbargen alle Gedanken und Gefühle. »Unsinn!« wiederholte sie und trat hinter Rachels Stuhl. »Elizabeth ist nur aus einem einzigen Grund so erfolgreich — sie hatte nie Probleme.« Nun neigte sie sich herab und küßte den silberblonden Scheitel ihrer Lieblingstochter. »Du, mein Darling, wurdest immer vom Unglück verfolgt.«

Errötend starrte Rachel in ihre Teetasse, und Elizabeth wandte sich ab, so daß Judd ihr Gesicht nicht mehr sah. Die alte Frau setzte sich, und sofort erschienen wie aus dem Nichts Dienstboten, um Befehle entgegenzunehmen. Wer hier das Regiment führte, stand außer Frage. Wortlos, mit knappen Gesten, gab sie den Leuten ihre Wünsche zu verstehen. So schnell, wie sie aufgetaucht waren, verschwanden sie wieder, um die Aufträge auszuführen.

»Das willst du doch nicht essen, Mutter?« Elizabeth zeigte auf ein Stück Kuchen, das man Priscilla serviert hatte. »Henry wäre wütend.«

»Nicht Henry ist es, der bald sterben muß.« Die alte Mrs. Daimler wandte sich zu Judd. »Der Doktor hat mir erzählt, Ihre Kleine hätte viel durchgemacht.«

»Das stimmt.«

»Was ist geschehen?«

Er erzählte ihr die ganze Geschichte, und sie wirkte seltsam geistesabwesend, als würde sie nicht richtig zuhören. Oder sie wollte es nicht. Nachdem er seinen Bericht beendet hatte, sagte sie: »Nun, wenn wir irgendwas tun können . . .«

Eine Zeitlang herrschte Schweigen, dann bat Elizabeth:

»Du müßtest uns sagen, ob du mit dem Menü für heute abend einverstanden bist, Mutter«

»Gibt's was Besonderes?« Priscilla schenkte sich Tee ein, und Judd beobachtete ihre Hände – schmal, anmutig, aristokratisch, die Hände einer zeitlebens verwöhnten Frau; doch sie zeugten von einer immanenten Kraft, die ihm merkwürdig vertraut erschien. »Spielen Sie Klavier?« fragte er unvermittelt.

Priscilla Daimler hob die feingezeichneten Brauen. »Früher spielte ich sehr oft. Warum?«

»Sie besitzen die Hände einer Pianistin – so ähnlich wie meine Exfrau.«

»Ah, Sie haben einen Blick fürs Detail, den Blick eines Künstlers.« Es war eine eher schlichte Feststellung, aber hinter der verschlossenen Miene lag wachsame Vorsicht, und Judd überlegte, aus welchem Grund.

»Ich würde Sie gern einmal spielen hören.«

»Mutter ist eine brillante Pianistin«, warf Elizabeth ein.

»Mutter hatte gewisse Möglichkeiten«, konterte Priscilla, »war aber niemals brillant.«

»Ich wußte nicht, daß Nicole Klavier spielte«, sagte Rachel leise. Ihre Stimme klang gekränkt, was ihrem Mann sofort auffiel.

»Ich sah keinen Grund, davon zu sprechen«, entgegnete er. »Es gab nicht den geringsten Anlaß, Nicole zu erwähnen.«

Wieder entstand ein längeres Schweigen, das äußerst peinlich wirkte und schließlich von Elizabeth gebrochen wurde. »Könnten wir jetzt bitte das Menü besprechen, ehe Kate in der Küche einen Herzanfall erleidet?«

Ärgerlich wandte sich Priscilla zu ihrer Tochter. »Wovon redest du eigentlich, liebes Mädchen?«

Von der Dinnerparty, die wir heute abend veranstalten, um Rachels Heimkehr zu feiern. Haben das alle vergessen?«

Rachels Gesicht hellte sich auf. »Ich nicht, Elizabeth.

Wart's nur ab, Mutter. Deine Töchter werden die schönsten Daimlertraditionen in Ehren halten und eine fabelhafte Party geben.«

Zum erstenmal seit ihrer Ankunft entspannt, lehnte sich Priscilla zurück. »Nun, ich lasse mich überraschen.«

Lächelnd beobachtete Judd, wie die Lebensgeister seiner Frau erwachten. In Gegenwart ihrer Mutter glich sie einem kleinen Mädchen, das um Anerkennung fleht — so verletzlich, so abhängig. Und doch war es Rachel gewesen, die Land's End verlassen hatte. Als er sie jetzt sah, verstand er nicht, was sie von hier vertrieben haben mochte.

Nachdem ihr Vater das Zimmer verlassen hatte, blieb Emma eine Weile still sitzen und versuchte zu lesen. Aber es war unmöglich. Sie lauschte auf Addys gleichmäßige Atemzüge, wollte jedoch noch mehr hören — und sehen, ob es da noch etwas gab. Ob jemand weinte, so wie Colin in ihrem Buch. Sie hielt den Atem an und horchte — ohne Erfolg. Schließlich schlich sie auf Zehenspitzen zur Tür und spähte hinaus.

Das Zimmer lag am Ende eines langen Korridors, der von einem Bogenfenster zu breiten Stufen führte. Zu beiden Seiten hingen Wandteppiche und Gemälde zwischen geschlossenen Türen.

Wie versteinert stand Emma da und lauschte. Dank ihrer Bücher wußte sie sehr gut, daß die meisten Geheimnisse mit sonderbaren Geräuschen anfingen. Aber sie hörte noch immer nichts. Kein bißchen enttäuscht, zog sie den Kopf zurück und machte die Tür zu. Immerhin war sie erst kurze Zeit hier. Sie würde noch genug Zeit finden, um Nachforschungen anzustellen, Geheimnisse zu enthüllen. Daddy hatte erklärt, sie müßten mindestens einen Monat in Land's End bleiben, vielleicht sogar noch länger. Gewiß würde sich eine Gelegenheit ergeben, alles gründlich zu untersuchen. Aber obwohl sie es kaum erwarten konnte, ihre Neugier zu befriedigen, hielt sie es für besser, Addy auf diesen Entdeckungsreisen mitzunehmen. Wenigstens am Anfang. Nicht, weil Emma sich fürchtete. Keineswegs. Nur weil . . .

Nun ja, so genau wußte sie das nicht. Jedenfalls wollte sie das Haus und die Umgebung allein auskundschaften, sobald sie sich hier etwas besser auskannte. Von Natur aus war sie eine Einzelgängerin — intelligent, phantasievoll und erstaunlich selbständig für ihr Alter. Aber irgendwas an Addys seltsamem Nervenzusammenbruch heute morgen hatte Emma ernsthaft erschüttert. Und sie konnte das Gefühl nicht loswerden, daß die schrecklichen Schreie zwar aus dem Mund der kleinen Schwester gedrungen waren, aber woanders begonnen hatten. Es ist wohl besser, wenn ich vorsichtig bin, dachte sie. Das wird sicher nicht schaden.

Emma ging zum Bett, trat von einem Fuß auf den anderen und wünschte, ihre Schwester würde aufwachen. Aber Addy schlief tief und fest.

Nach einer Weile setzte sich Emma auf die Stuhlkante und zog ein Stück Schnur aus der Tasche. Seit dem Abgang von ihrer alten Schule versuchte sie Fadenspiele zu lernen, aber in einer gewissen Phase blieb sie immer stecken. Leise summte sie vor sich hin, nicht laut genug, um Addy zu wecken, falls die tatsächlich schlief — aber doch so vernehmlich, daß das Kind es hören mußte, wenn es nur döste. Und so beschäftigte sich Emma mit der Schnur, wob ein Netz, entwirrte es, als es hoffnungslos verheddert war, und fing noch einmal von vorn an.

Auf ihr Spiel konzentriert, bemerkte sie erst nach einiger Zeit, daß sich eine andere Stimme mit ihrer vermischte. »Ads?« fragte sie leise, steckte die Schnur ein und beugte sich über das Bett. Doch die Augen ihrer Schwester waren geschlossen, die Atemzüge tief und rhythmisch.

»Komisch«, murmelte Emma, legte den Kopf schief und lauschte. Und zu ihrem Entzücken hörte sie das Summen immer noch. Es kam von draußen.

Sie lief zum Fenster und schaute hinaus auf die große grüne Rasenfläche, den Berggrat dahinter, das funkelnde graue Meer mit den weißen Schaumkronen. Bei diesem Anblick hielt sie die Luft an. Nie hätte sie geglaubt, daß Land's End so nahe bei der Küste lag. »O Addy«, wisperte sie, »warte nur, bis du das siehst. Wir sind fast am Wasserrand.«

In ihrer freudigen Erregung vergaß sie das Summen, stieß die Fensterflügel weit auf und streckte den Kopf hinaus. Nun hörte sie, wie die Wellen donnernd gegen die Klippen brandeten. Und über diesem Rauschen drang wieder die Stimme zu ihr. Eine leise, vage Melodie, als summte ein Kind gedankenlos vor sich hin. Aber während Emma lauschte, veränderte sich die Weise, und das Kind begann laut zu singen. Es klang süß und wehmütig, wie ein Wiegenlied.

So weit sie konnte, reckte sie den Hals aus dem Fenster, sah aber keine Menschenseele. Nur verlassene Gartenwege, hohe Hecken und Blumenbeete. Doch sie hörte die Melodie immer noch ganz deutlich. Ein richtiges Geheimnis, dachte sie. Genau wie in ihrem Buch. »Wo bist du?« flüsterte sie. »Fürchte dich nicht.«

Der Gesang verstummte.

Emma runzelte die Stirn. »Ich weiß, daß du da draußen bist«, sagte sie, und ihr Blick suchte den Rasen nach dem kleinen Mädchen ab. »Wo versteckst du dich?«

Doch die einzige Antwort war das Gekreisch einer Möwenschar, die über dem Berggrat kreiste. Dann flogen die Vögel über das offene Meer hinaus, und es wurde wieder still.

Sie zuckte die Achseln und wollte sich gerade vom Fenster abwenden, als ihr etwas Eigenartiges ins Auge fiel. Das Grün des Grases schien sich zu vertiefen, zu dunkler sommerlicher Farbe, wirkte fast schwarz. Emma rückte ihre Brille zurecht und blinzelte ungläubig. Sah sie Gespenster?

Nein, da war tatsächlich etwas – ein dunkler Fleck – fast wie ein Schatten, gespannt beobachtete sie, wie er sich langsam über den Rasen bewegte und die Halme niederdrückte.

Emma riß die Augen weit auf und erstarrte.

Jetzt hörte sie wieder den Gesang, erst ganz leise, doch dann kam er näher und näher, bis die süßen Klänge sie völlig einhüllten. Für ein paar grausige Minuten glaubte sie, er würde sie berühren. Aber wie konnte das möglich sein. Sie schüttelte den Kopf. Nein, unmöglich... Sie fühlte sich schwindlig, aber sie fiel nicht hin. Stattdessen kniff sie die Augen fest zusammen. Wie gelähmt wartete sie, und so unfaßbar es ihr auch vorkam — sie spürte, wie der Gesang sie streifte und ins Zimmer eindrang.

Kalte Angst stieg in ihr auf, und sie kannte nur noch einen einzigen Gedanken — vom Fenster wegzulaufen, zu Addy ins Bett zu springen und sich die Decke über den Kopf zu ziehen. Sie fuhr herum und stolperte. In ungläubiger Panik schlug sie die Augen auf.

Addy saß mit gekreuzten Beinen auf dem Bett und zupfte winzige Federn aus der Daunensteppdecke und sie summte vor sich hin — dasselbe wehmütige Wiegenlied, das draußen vor dem Fenster ertönt war.

Als Judd wenig später die Tür öffnete, um nach den Kindern zu sehen, stand Emma neben dem Bett und weinte sich die Augen aus. Und Addy starrte sie verwundert an.

»Liebling!« Er sank auf die Bettkante und zog Emma an seiner Seite hinab. »Was ist denn los?«

»Ich weiß es nicht Daddy«, klagte sie. »Ich hörte jemanden singen, machte das Fenster auf und schaute hinaus. Aber da war niemand, und plötzlich...« Sie brach wieder in Schluchzen aus.

»Emma hatte Angst«, erklärte Addy.

Sanft schob er seine ältere Tochter von sich und hob ihr Kinn hoch, um ihr Gesicht zu betrachten. »Jetzt wischen wir erst mal die Tränen von diesem Ding weg, damit ich dich sehen kann.« Er nahm ihr die Brille von der Nase, zog sein Taschentuch hervor und reinigte die nassen Gläser. Dann setzte er ihr die Brille wieder auf. »Nun«, begann er in strengem Ton. »Hast du dir wieder selber Angst eingejagt? Mit deiner lebhaften Phantasie?«

Sie gab keine Antwort.

»Du weißt doch, daß du das schön öfter getan hast?« fuhr er etwas sanfter fort. »Du denkst dir alle möglichen Geheimnisse aus, und dann fürchtest du dich davor. So wie damals, wo du die Geschichte von der winzigen Frau erfunden hattest und die restliche Nacht bei Mommy schlafen mußtest.«

Emma sah ihn verblüfft an und wurde rot. »Wieso weißt du das? Hat's Mommy dir erzählt?«

»Ja.«

»Und sie hatte doch versprochen, nichts zu verraten.«

»Sie mußte sich mir anvertrauen, weil sie Angst hatte, deine Phantasie könnte mit dir durchgehen, wenn sie nicht bei dir wäre und dir nicht helfen könnte. Deshalb wies sie mich darauf hin.« Er umarmte seine Tochter. »Sie wollte nicht, daß du dir selber Angst machst — nachdem du genug bewiesen hattest, was für eine verrückte kleine Märchenerzählerin du bist.«

Sie nickte, fühlte sich aber keineswegs erleichtert. Sicher, sie besaß eine rege Phantasie. Und sie hatte sich schon mehrmals in eine Heidenangst hineingesteigert. Doch diesmal war es anders gewesen. Das hatte sie sich nicht eingebildet. Zumindest glaubte sie es nicht.

Seufzend ergriff sie das Taschentuch, das der Vater ihr reichte, und putzte sich die Nase. Aus den Augenwinkeln warf sie einen Seitenblick zum offenen Fenster und erschauerte. Sollte Daddy doch vermuten, was er wollte — eins stand jedenfalls fest. Jemand hatte gesungen. Und zwar nicht nur Addy. Vielleicht hatte sich das Gras nicht wirklich verfärbt. Und der dunkle Fleck war nicht über den Rasen geglitten. Aber irgendwo da draußen gab es ein kleines Mädchen. Emma wußte nicht, wer dieses Kind sein mochte oder was es beabsichtigte. Aber im Grunde ihres Herzens fürchtete sie sich vor ihm.

5

Das Haus erstrahlte in hellem Licht, farbenfrohe Blumen schmückten sämtliche Räume — als hätte Land's End einen Winterschlaf gehalten, um auf Rachels Heimkehr zu warten und wäre nun wieder zu freudigem Leben erwacht.

Man hatte fachkundige Vorbereitungen getroffen, alle erforderlichen Einzelheiten wirkten zusammen, um einen perfekten Hintergrund für eine perfekte Party zu bilden. Und wie ihr Haus schien auch Priscilla Daimler neue Kräfte zu sammeln. Mit jeder Stunde wuchsen ihre Energien. Und als sie auf dem Treppenabsatz erschien, schaute Judd, der in der Halle auf Rachel wartete, verblüfft zu ihr hinauf.

Sie trug einen eleganten schwarzen Kasack über einer orientalisch gemusterten Hose und strahlte ein Selbstbewußtsein aus, das er nur bewundern konnte. Zum erstenmal spürte er die wahre innere Stärke dieser Frau, und das beunruhigte ihn seltsamerweise. »Sie sehen wunderbar aus«, sagte er, während sie die Stufen herabstieg.

Lächelnd nahm sie seinen Arm und ließ sich in den Salon führen. »Ich fühle mich unglaublich — und ich werde mich noch unglaublicher fühlen, wenn Sie mir einen Martini gemixt haben. Knochentrocken.« Ehe er antworten konnte, fügte sie hinzu: »Ich weiß, ich weiß, ich darf keinen Alkohol trinken. Henry würde einen Wutanfall bekommen.« Sie senkte die Stimme, und Judd glaubte einen unbehaglichen Unterton herauszuhören. »Aber ich brauche einen Drink. Erzählen Sie Elizabeth nichts davon. Man sollte meinen, sie wäre die Mutter und ich das Kind.«

Er erfüllte ihren Wunsch und füllte grade für sich selbst ein Glas, als Rachels Ruf im Oberstock erklang. »Ich glaube, mein Mädchen ist bereit für den großen Auftritt. Während sie sich für das Dinner anzog, mußte ich verschwinden.«

»Oh, Sie werden nicht enttäuscht sein. Rachel ist die verkörperte Vollkommenheit. Gehen Sie nur, ich habe ohnehin einiges zu erledigen.«

Ehe er den Salon verließ, sah er, wie Priscilla ihr Glas leerte.

Rachel stand am Treppenabsatz, und zunächst war Judd sprachlos. Ihr Kleid sah aus, als wäre es aus Glasfäden gesponnen, und vermittelte den Eindruck, sie wäre in Wirklichkeit gar nicht da, sondern nur eine atemberaubende Illusion. Ein Diamantenreif am Oberarm war der einzige Schmuck. Langsam stieg sie die Stufen herab, schien aus einer Wolke ins Mondlicht zu treten.

»Du bist eine Vision«, flüsterte er und ging ihr entgegen.

Später begrüßte Priscilla die Gäste in der Wohnzimmertür, die perfekte Gastgeberin; sprach lebhaft gestikulierend mit einem nach dem anderen und führte sie dann zum Klavier, wo Rachel und Judd standen und an ihren Drinks nippten. Es kam ihm beinahe so vor, als würde die Hausherrin Wache halten und jeden Besucher erst einlassen, wenn sie ihn vorbereitet hatte. Worauf? Würden sie alle genauso über Rachels Ehe erschrecken wie zuvor die Familie? Vermutlich. Er zuckte die Schultern. Im Grunde interessierte es ihn nicht, denn er hatte seine Frau noch nie so vital gesehen, so bezaubernd. Es beglückte sie, diese Menschen wiederzusehen, und sie schienen sich ihrerseits über die Heimkehr der verlorenen Tochter zu freuen.

»Ohne dich war alles ganz anders, Rachel«, erklärte ein älterer Gentleman, während er den Raum durchquerte. »Du und dein Vater dürften die einzigen Daimlers gewesen sein, die sich drauf verstanden, gute Partys zu geben.«

Sie brach in ansteckendes Gelächter aus. »Und du, mein lieber Philip, bist der einzige, der jemals mit uns mithalten konnte.« Sie wandte sich zu Judd. »Das ist Philip Winter, einer meiner liebsten und ältesten Freunde...«

»Du solltest nicht sagen, ich sei alt«, unterbrach er sie.

»So hab ich's ja gar nicht gemeint. Jedenfalls, Darling, außerdem ist Philip noch der begehrenswerteste Junggeselle an der Ostküste.« Sie legte eine schmale Hand auf Judds Arm. »Und das, Philip, ist Judd Pauling. Er *war* einmal der begehrenswerteste Junggeselle an der Ostküste. Das ist er jetzt nicht mehr, sondern mein Mann.«

»Das hat man mir bereits mitgeteilt.« Lächelnd streckte Philip seine Hand aus. »Ich gratuliere Ihnen von ganzem Herzen, Judd, und ich wünschte nur, Rachel hätte mich wissen lassen, daß sie sich mit dem Gedanken an eine Ehe trug. Seit ihrem zehnten Lebensjahr habe ich sie angefleht, meine Frau zu sein.«

»Das verstehe ich nur zu gut.« Judd betrachtete sie, liebte sie über alles und freute sich, sie so heiter zu sehen. Es würde ihm viel leichter fallen, Emma und Addy zu helfen, sich im neuen Heim einzuleben, wenn Rachel ihm keine Sorgen mehr bereitete.

Vorhin hatten seine Töchter zu Abend gegessen und ihn gebeten, die Wiederholung von »Gilligans Insel« im Fernsehen sehen zu dürfen. Er war einverstanden gewesen, aber Priscilla Daimler fand es unpassend, wenn Kinder vor dem Fernsehapparat saßen, und das hatte sie ihm auch gesagt.

Wie er zugeben mußte, hatte er sich darüber nie den Kopf zerbrochen. Das war Nicoles Ressort und nie ein Thema gewesen, denn in seiner Gegenwart hatte Emma stets ihre Bücher vorgezogen und Addy ihre kindlichen Spiele.

Jedenfalls beschloß er, Priscillas Kommentare zu ignorieren. Zu diesem Zeitpunkt hielt er es für unangebracht, die Kinder noch mehr zu irritieren als absolut notwendig. Er verfrachtete die kleinen Mädchen vor der Fernseher, wo sie für eine halbe Stunde mit Gilligan vor der Wirklichkeit flohen. Dann führte er sie nach oben, hörte sich ihre Gebete an und brachte sie in die Betten, die einander fast berührten.

Er wußte, wie stolz Emma darauf war, fast erwachsen und selbständig zu sein. Aber er ahnte, daß die Ereignisse des Nachmittags sie immer noch bedrückten. Nicht, daß er verstanden hätte, warum. Sie hatte erzählt, jemand habe draußen gesungen und dann plötzlich im Zimmer, und das Lied sei aus Addys Mund gekommen. Wie auch immer, sie wollte ganz sicher nicht allein in einem fremden Raum schlafen.

Während Addy sich im Bad die Zähne putzte, nahm er seine ältere Tochter beiseite. »Emma, ich muß dich um einen Gefallen bitten.«

Sie erwiderte seinen Blick so ernst, daß er beinahe lachte. »Natürlich, Daddy.«

»Du möchtest lieber dein eigenes Zimmer haben, das ist mir völlig klar. Aber deine Schwester hat schwere Zeiten hinter sich — und deshalb dachte ich...«

»Ich soll bei ihr schlafen?«

»Genau. Die Dienstboten haben ein Zimmer neben Rachels und meinem hergerichtet. Ist das okay?«

»Mir macht's nichts aus«, entgegnete sie rasch. »Wenn Addy sich dann besser fühlt...«

»Ganz bestimmt, und mich wird's auch beruhigen«, hatte er beteuert.

Während er jetzt Rachel mit ihren Freunden beobachtete, schickte er ein stummes Gebet zum Himmel, um dem Schöpfer für sein Glück zu danken, für seine wunderbare Frau und seine beiden süßen Kinder.

Er sah Rachel zwischen den Gästen umherwandern, lächeln, angeregt Konversation machen — eindeutig die Schönheit des Abends. Auch Priscilla schlenderte anmutig umher und benahm sich, als wäre sie bei bester Gesundheit.

»Einen Penny für Ihre Gedanken...«

Er drehte sich zu Elizabeth um. Wie ihre Mutter trug sie eine Abendhose unter einem schwarzen Kasack, der einen hübscher Kontrast zu ihrem zarten Pfirsichteint und den blonden Haaren bildete. Plötzlich erkannte er, wie attraktiv sie war. Nur an Rachels Seite wirkte sie unscheinbar.

Mit einem Lächeln überspielte er seine Verblüffung. »Ich dachte gerade, was für eine ungewöhnliche Frau Ihre Mutter ist. Man kann kaum glauben, daß sie krank ist.«

Elizabeth nickte. »Es liegt in der Natur dieses tödlichen Dämons, sie manchmal freundlich zu behandeln. Aber an anderen Tagen . . .« Sie runzelte die Stirn. »Wenn Sie lange genug hierbleiben, werden Sie verstehen, was ich meine. Außerdem ist sie eine hervorragende Schauspielerin, und sie möchte eine perfekte Party feiern. Rachels Heimkehr war die Antwort auf Mutters Gebete.«

»Meine Frau scheint sich köstlich zu amüsieren.«

»Sie hat Partys schon immer geliebt, genau wie ihr Vater.«

Judd horchte auf. Abgesehen von Philip Winter hatte zum erstenmal jemand Nicholas Daimler erwähnt. »Wo ist er?«

»Hat Rachel Ihnen nichts darüber erzählt?« Er schüttelte den Kopf, und Elizabeth fuhr fort: »Er starb, als sie zwölf war. Zu dieser Zeit hielt ich mich im Internat auf, aber ich weiß, welch ein harter Schlag es für sie war.« Nachdenklich blickte sie vor sich in. »Rachel war sein Augapfel, die beiden vergötterten einander. Sie waren unzertrennlich. Nicht, daß Mutter sie weniger geliebt hätte, aber ihre Musik beschäftigte sie sehr.« Sie machte eine Pause, nahm einen Schluck Wein. »Nach Vaters Tod gab Mutter das Klavierspiel auf und widmete sich nur noch einem einzigen Menschen — Rachel.«

Während sie sprach, beobachtete Judd sie interessiert und suchte in ihrer Miene nach Ressentiments, fand aber keine. »Hat Sie das nie gestört? All die Aufmerksamkeit, die Ihrer Schwester galt . . .«

Erstaunt sah sie ihn an, dann zog sie die Brauen zusammen. »Doch, vielleicht hat es mich gekränkt — manchmal. Aber ich wurde nie vernachlässigt. Außerdem bin ich sechs

Jahre älter. Rachel war erst acht, als ich aufs Internat kam, immer noch ein Baby...« Versonnen lächelte sie, und ein Grübchen erschien in ihrer Wange. Nun sah sie beinahe spitzbübisch aus: »Und sie war immer hinreißend, sogar dann, wenn sie sich wie ein unmögliches Balg aufführte.«

Judd lachte. »Rachel? Meine Rachel? Ein Balg? Das meinen Sie nicht ernst.«

»Was meint sie nicht ernst?« mischte sich Priscilla ein. »Elizabeth, du darfst Judd nicht mit Beschlag belegen. Er soll doch die Freunde seiner Frau kennenlernen.« Sie nahm seinen Arm und führte ihn davon. »Erzählen Sie doch den Graysons, was Sie mir vorhin gesagt haben — über diese Schurken im Guggenheim-Museum.«

»Werden Sie für uns spielen, Priscilla?« fragte David Graces, während sie das Klavier umrundeten.

Sie winkte ab. »Jetzt nicht, Darling. Vielleicht später.«

»Ich würde Sie auch gern hören«, bemerkte Judd.

»Jahrelang habe ich keine Klaviertasten angerührt, und ich beabsichtige nicht, es je wieder zu versuchen. Ah, da sind wir.« Sie gesellten sich zu einer Gruppe von Gästen. Mit dreien von Ihnen hatte er vorhin Bekanntschaft geschlossen, der vierte war Dr. Adelford, der sich zu Priscilla wandte.

»Ich hoffe, du benimmst dich vernünftig?«

»Selbstverständlich, Henry. Tu ich das nicht immer?«

»Niemals«, seufzte er. »Niemals, niemals, niemals.«

»Armer Henry! Wie sehr du dich bemühst, mich am Leben zu erhalten! Und nun, mein Lieber«, bat sie Judd, »verraten Sie diesen unwissenden Leuten, was Sie mir über den neuesten Skandal in der Kunstszene erzählt haben.«

Er schilderte die raffinierte Aktion, die zum Entsetzen der Museumsdirektoren den Ankauf zahlreicher Fälschungen verursacht hatte. Nach einer angeregten Unterhaltung über den Verfall der westlichen Zivilisation fing er einen Blick von seiner Frau auf, entschuldigte sich und ging zu ihr. »Ich bin halb verhungert«, wisperte sie. »Und du?«

Plötzlich erinnerte er sich, daß er seit dem Frühstück nichts mehr gegessen hatte

»Du übernimmst die Führung, Liebste.« Sie eilten ins Speisezimmer, wo ein üppiges Buffet angerichtet war. Judd belud seinen Teller nicht zu knapp und wollt Rachel gerade in den Salon folgen, als Henry Adelford ihm in den Weg trat.

»Wie fühlt sich Ihre kleine Tochter?«

»Viel besser, danke.« Das stimmte, aber dafür war nun Emma drauf und dran, durchzudrehen. Doch das erwähnte Judd nicht.

»Geduld und viel Liebe — die wirksamsten Medikamente. Bedenken Sie, daß dieses Kind schrecklich verunsichert wurde.«

»Das werde ich nicht vergessen«, beteuerte Judd lächelnd und beschloß, Henry Adelford zu mögen. Ein netter Bursche. »Nochmals herzlichen Dank.«

»Keine Ursache.« Der Doktor ging davon.

Judd schaute sich nach Rachel um, aber sie war in der Halle verschwunden. Als er dieselbe Richtung einschlug, glaubte er leise Klavierklänge über dem Stimmengewirr zu hören. Zum Teufel mit Priscilla, dachte er. Sie sagte mir doch, sie würde nie wieder spielen.

Er spähte durch die Wohnzimmertür. Jetzt sprachen die Leute nicht mehr. Alle hatten sich zu dem großen Konzertflügel am Ende des Raums gewandt. Von seinem Platz sah er nichts, wußte aber sofort, daß es unmöglich Priscilla Daimler sein konnte, die sich da mit den Tasten abplagte. Wer immer es sein mochte, beging zwar keinen Fehler, strengte sich aber merklich an, mit einer so rührenden Entschlossenheit, daß es Judd ans Herz griff. Sicher ein Scherz, überlegte er grinsend. Irgend jemand zeigt da einen höchst eigenartigen Sinn für Humor.

Während er ins Zimmer schlenderte, beobachteten alle Gäste die Szene mit sichtlichem Unbehagen. Offenbar war es doch kein Scherz. Was ging da vor? Beinahe hatte er den Flügel erreicht, als er wie festgewurzelt stehenblieb und seinen Augen nicht traute.

In ihrem Nachthemd saß Addy auf der Klavierbank und spielte mit so qualvoller Mühe, daß es schmerzte, ihr zuzuhören.

Ein erster Impuls drängte Judd, ihr Einhalt zu gebieten, das Ganze als bedeutungslos abzutun und sie ins Bett zurückzubringen. Aber etwas hinderte ihn daran — etwas, das ihn zur Vorsicht ermahnte und ihm sagte, daß hier irgendwas Schreckliches geschah. Langsam stellte er seinen Teller auf einen kleinen Tisch und setzte sich neben seine Tochter auf die Bank.

Tränen rollten über ihre Wangen, und sie schien seine Anwesenheit nicht wahrzunehmen. Ihre kleinen Finger glitten immer wieder über dieselben Tasten, versuchten verzweifelt, die richtigen anzuschlagen.

»Ads?« sagte er leise. »Schätzchen?«

Zunächst reagierte sie nicht, dann fielen ihre Hände in den Schoß. »Tut mir leid.« Ihre Stimme klang so schwach, so müde. »Ich hab nicht gut gespielt.« Unglücklich schaute sie zu ihm auf. »Alles — ist meine Schuld«, stammelte sie. »Ich hätte öfter üben sollen.« Und dann brach sie in lautes Schluchzen aus.

Er stand auf und hob sie hoch. »Pst, Ads«, flüsterte er. »Ist ja schon gut.« Ohne die Gäste zu beachten, trug er sein weinendes Kind zur Tür. Doch bevor er in die Halle hinaustrat, drehte er sich um und entdeckte Priscilla Daimler. Sie stand an der Wand, im Schatten, und es kam ihm so vor, als hätte er noch nie ein so angstvolles Gesicht gesehen.

Emma schlief tief und fest, als er sich mit Addy auf den Bettrand setzte und sie hin und her wiegte. Allmählich beruhigte sie sich, und es gefiel ihr, umarmt und getröstet zu werden. Sie bekam einen Schluckauf, schnüffelte und lutschte am Daumen.

»Daddy?« Emma blinzelte verwirrt. »Was ist denn los? Hatte Addy einen Alptraum?« Sie richtete sich auf und rieb ihre Augen.

»Ich bin mir nicht sicher, Emma«, erwiderte Judd. »Vorhin kam sie nach unten und spielte Klavier.«

»Wirklich?« Kichernd sprang Emma aus ihrem Bett, kauerte sich zu ihm und kuschelte sich an ihre Schwester. »Ads, du dummes Ding! Warum hast du das gemacht?«

Addy zuckte wortlos die Achseln.

»Warum hat sie das gemacht?« fragte Emma ihren Vater.

»Vielleicht wollte sie uns allen beweisen, wie gut sie spielen kann.« Emma schien den Zwischenfall wahnsinnig komisch zu finden. »Aber Daddy!« kreischte sie. »Addy weiß doch gar nicht, wie man Klavier spielt. Das hat sie noch nie im Leben getan.«

Plötzlich fühlte er sich elend. »Klar, sie spielt nicht besonders gut. Aber deine Mutter gab ihr Unterricht. Oder sonst jemand.«

Emma schüttelte entschieden den Kopf. »Nein, Daddy. Mommy wollte es zwar, aber Ads hatte keine Lust. Kein einziges Mal saß sie am Klavier. Sie kann nicht spielen, und damit basta.«

Er starrte seine Tochter an. Sie mußte sich irren. Sicher, Addy hatte keineswegs gut gespielt. Nie zuvor hatte er ein so mühseliges Geklimper gehört. Aber er bezweifelte nicht, daß sie es schon vorher versucht hatte.

Auf einmal fröstelte er. Jesus Christus, dachte er, was zum Teufel geschieht mit meinem Baby?

6

Beide Kinder behaupten, Addy könne weder Klavier spielen noch Noten lesen.« Am frühen Morgen saß Judd mit Henry Adelford im Wintergarten und trank Kaffee. Auf Wunsch des Arztes hatte Rachel die beiden Männer allein gelassen — nur widerstrebend.

Nach der Szene im Salon war sie tief erschüttert gewesen. Während Judd sich um seine Töchter gekümmert hatte, war die fröhliche Rachel verschwunden, verdrängt von jener anderen, der Frau mit der verlorenen, gepeinigten Seele.

Für den Rest des Abends klammerte sie sich an ihn, wich keinen Schritt von seiner Seite, und allmählich näherte sich die Party dem Ende. Später, im Schlafzimmer, kehrte sie ihm den Rücken.

»Was ist los?« fragte Judd. Er war erschöpft, spürte aber, daß sie ihn jetzt brauchte, und nahm sie in die Arme.

»Warum wollte Addy meine Party ruinieren?« Ihre Stimme klang ruhig, aber er bemerkte den Kummer, der darin mitschwang. »Haßt sie mich so sehr?«

Er glaubte, sich verhört zu haben. »Addy haßt dich keineswegs. Ich weiß nicht, warum sie heute abend im Salon auftauchte, aber mit dir hatte es sicher nichts zu tun.«

Rachel schüttelte den Kopf. »Vielleicht glaubt sie, wenn ich nicht da wäre, würde ihre Mutter zurückkommen. Sie will mich aus deinem Leben entfernen, und ich denke... Oh, ich habe keine Ahnung, was ich denke...« Sie schob ihn von sich, begann auf und ab zu gehen, rang die Hände. »Was habe ich bloß verbrochen? Warum werde ich so gequält?« flüsterte sie und sprach mehr zu sich selbst als zu Judd. »Ich fürchte mich so...«

Rasch zog er sie wieder an seine Brust und spürte, wie sie zitterte. »Alles ist gut, Rachel. Du hast keinen Grund zur Angst — nicht den geringsten.« Würde er ihr helfen, wenn er ihr erzählte, Addy könne gar nicht Klavier spielen? Aber irgend etwas bewog ihn, das zuverschweigen. Zumindest, bis er mit Henry Adelford gesprochen hatte.

Dann liebte er sie mit zärtlicher Leidenschaft, hoffte, sie zu besänftigen, und schließlich schlummerte sie ein. Aber Judd fand keinen Schlaf. Immer wieder gingen ihm Rachels Worte durch den Kopf. Sicher täuschte sie sich, was Addys Haß betraf. Aber klang diese Erklärung für das bizarre Verhalten des Kindes nicht genauso plausibel wie jede andere?

Am Morgen fühlte er sich wie gerädert und glaubte, er hätte kein Auge zugetan. Hingegen sprangen Emma und Addy schon im Morgengrauen aus dem Bett, tatendurstig und fröhlich, als wäre am Vorabend nichts Ungewöhnliches vorgefallen. Elizabeth erbot sich, ihnen die Pferde im Stall zu zeigen, und da rannten sie los, ohne einen Blick zurückzuwerfen. So steht es also mit ihrer Angst, hatte Judd wehmütig gedacht.

Das Gehirn ist ein seltsamer, wunderbarer Mechanismus«, erklärte Henry. »Mit einem unglaublichen System aus Gedächtnisstützen und ausgleichenden Elementen.«

»Wollen Sie damit andeuten, daß Sie Addy für verrückt halten?« fragte Judd.

»O nein. Ich weise Sie nur auf den schrecklichen Verlust hin, den das Kind erlitten hat. Und es ist schwierig, bei einer Fünfjährigen das wahre Ausmaß eines solchen Schocks festzustellen. Wenn es überhaupt möglich ist.«

Judd holte tief Atem. »Und was soll ich Ihrer Meinung nach tun?«

»Nun, erlauben Sie mir zunächst, die Kleine zu untersuchen, um herauszufinden, ob irgendwelche körperlichen Ursachen hinter diesen Problemen stecken. Falls das nicht zutrifft, werde ich Addy entsprechend behandeln. Vorausgesetzt, es kommt zu weiteren Zwischenfällen.« Der Doktor trank einen Schluck Kaffee. »Aber ehrlich gesagt,

Judd, ich glaube, Sie haben gestern die letzte von Addys merkwürdigen Szenen gesehen.«

Bedrückt schlug Judd die Hände vors Gesicht. »Jesus, hoffentlich behalten Sie recht, Henry. Sie ist noch so klein. Vor kurzem hat sie ihre Mutter und ihr Heim verloren. Sie verdient keinen zusätzlichen Kummer.«

»Wir werden's ihr so leicht wie möglich machen. Aber wenn mich nicht alles täuscht, leidet Addy an simplen Depressionen. Vielleicht bildet sie sich ein, sie wäre ein böses Kind, weil ihr die Mutter genommen wurde, empfindet Schuldgefühle und fragt sich: ›Was habe ich angestellt, daß ich so schrecklich bestraft werde?‹«

»Sie meinen – sie hat Klavier gespielt, weil sie dachte, das würde Nicole gefallen und sie veranlassen, zurückzukehren?«

Henry zuckte die Schultern. »Das könnte ich mir durchaus vorstellen. Es gab Fälle, wo verzweifelte Leute noch viel seltsamere Dinge taten.« Er beugte sich über den Tisch und goß noch einmal Kaffee in seine Tasse.

»Rachel glaubt, Addy hätte es absichtlich getan – um ihr die Party zu verderben.«

Henry hob die Brauen. »Warum denn das?«

»Sie meint, Addy will sie aus meinem Leben vertreiben. Und wenn Rachel verschwunden wäre, würde Nicole zurückkehren.«

Der Doktor dachte kurz nach, dann nickt er zu Judds Überraschung. »Das wäre möglich. Darauf bin ich noch nicht gekommen, aber es erscheint mir ebenso einleuchtend wie irgendwelche anderen Erklärungen. Und sollte es wirklich daran liegen, wird Addy es überwinden. Falls Ihnen ein komplizierter Balanceakt gelingt.«

»Und wie kann ich das schaffen?«

»Machen Sie ihr klar, wie sehr Sie sie lieben. Aber nicht ausschließlich. Darauf kommt es an. Sie muß verstehen, daß auch Rachel ein wichtiger Teil Ihres Lebens ist, und zwar für immer.« Henry hob eine Hand. »Aber das wären verfrühte Maßnahmen. Kein Arzt verordnet eine Medizin, ehe er die Ursache der Krankheit genau kennt. Erzählen Sie mir doch — was sagt Addy zu all dem? Ober die Angst, die sie bei ihrer Ankunft auf Land's End verspürte? Über den gestrigen Abend?«

Judd breitete die Arme aus. »Sie erinnert sich an gar nichts und sie behauptete, sie sei aufgewacht und habe nicht gewußt, wo sie war.«

»Aber sie fürchtete sich.«

»Allerdings. Wer hätte in einer solchen Situation keine Angst?«

Der Doktor nickte. »Wo sind die Kinder jetzt?«

»Elizabeth hat sie in den Stall geführt, um ihnen die Pferde zu zeigen.«

»Hat Addy Ihre Frau heute morgen schon gesehen?«

»Ja.«

»Und wie benahm sie sich?«

»Wie eine ganz normale Fünfjährige. Um so größere Schwierigkeiten hatte Rachel. Sie versuchte, sich natürlich zu geben, aber die Spannung, die in der Luft lag, war fast greifbar.«

»Glauben Sie, Addy hat es gemerkt?«

Judd schüttelte den Kopf. »Sie war ganz die alte temperamentvolle Addy.«

»Sehr gut. Je schneller sie zur Normalität zurückfindet, desto unwahrscheinlicher dürfte es sein, daß noch mal so etwas passiert wie letzten Abend.« Henry musterte Judd über den Rand seiner Brille hinweg. »Ich will Ihnen noch was sagen, und ich hoffe, Sie mißverstehen mich nicht. Diese Episode hat meiner Patientin keineswegs gutgetan.«

»Sie meinen Priscilla.«

»Ja. Die Sache hat sie fast umgeworfen. Warum, weiß ich nicht. Aber ich muß betonen, daß man ihr in dieser Krankheitsphase keine Aufregungen zumuten darf.« Der Arzt beugte sich vor und senkte die Stimme. »Und an Ihrer Stelle würde ich nicht verlauten lassen, Addy habe gestern Klavier gespielt, ohne jemals in dieser Kunst unterrichtet worden zu sein. Den meisten Leuten fällt es schwer, seelische Störungen zu begreifen. Wieso sollten wir größeres Aufsehen erregen als unbedingt nötig?«

»Da stimme ich Ihnen zu. Diese Angelegenheit bleibt unter uns.« Judd stand auf. »Wenn Sie mich jetzt entschuldigen würden — ich möchte sehen, wie Elizabeth mit den Kindern zurechtkommt.«

In der Halle traf er Rachel, die gerade die Treppe herabstieg. Sie sah sehr müde aus. »Wohin gehst du?«, fragte sie.

»Zum Stall. Elizabeth zeigt Emma und Addy die Pferde. Kommst du mit?« Er hatte keine Ahnung, warum er diesen Vorschlag machte, wo er doch ihre Angst vor Pferden kannte.

Verwirrt runzelte sie die Stirn und schien nicht zu wissen, was sie tun sollte. »Nein«, entgegnete sie schließlich, »ich habe Mutter versprochen, die Gärtner zu beaufsichtigen, wenn sie die Rosen stutzen. Sie fühlt sich heute morgen nicht gut.« Rachel streckte ihre Hand aus. »Begleitest du mich? Bitte . . .«

»Das kann ich nicht, Liebling. Ich muß jetzt wirklich sehen, wie es Addy geht.«

Sie wurde blaß und sagte nichts, doch er spürte, daß er sie gekränkt hatte, daß sie sich zurückgewiesen fühlte. Zärtlich legte er einen Arm um ihre Schultern und küßte sie auf die Wange. »Du bist immer noch mein allerbestes Mädchen, und ich liebe dich, Rachel. Die Anwesenheit meiner Kinder hat nichts daran geändert, und so wird es auch in Zukunft bleiben.«

Das Blut stieg ihr ins Gesicht. »Bitte, nimm mich nicht ernst, Judd, ich bin einfach nur müde.« Trotzdem bemerkte er einen eigenartigen Unterton in ihrer Stimme, den er nie zuvor gehört hatte und der ihm Unbehagen bereitete. »Geh jetzt zu deinen Kindern«, fügte sie hinzu, stellte sich auf die Zehenspitzen und küßte ihn, wieder ganz die sanfte, liebevolle Ehefrau.

An der Tür fiel ihm etwas ein, und er drehte sich noch einmal um. »Rachel?«

Sie stand immer noch am Fuß der Treppe. »Ja?«

»Warum hat sich deine Mutter so über Addy aufgeregt?« Deutlich erinnerte er sich an Priscillas entsetzte Miene am vergangenen Abend.

»Sie hat Kinder immer geliebt. Und es tut ihr weh, wenn sie verletzt werden.«

»Natürlich. Ich habe mich nur gewundert...« Und dann verließ er das Haus.

Er wußte nicht, wo der Stall lag, aber die Gärtner — an diesem sonnigen Morgen vollzählig beschäftigt — beschrieben ihm den Weg. Judd folgte einem von Hecken gesäumten Weg, der parallel zur Küste verlief, und gelangte zu einer Stelle hoch über dem Flutgebiet. Hier wuchsen weder Kiefern noch struppiges Unterholz, nur rosa Azaleen in verschwenderischer Fülle, roter Rhododendron, der soeben erblühte, und Schneeglöckchen, Krokusse und Narzissen in allen zarten Aquarellnuancen von Violett, Gelb und Weiß.

Judd blieb stehen, fast schmerzlich berührt von diesem schönen Anblick. Was hätte Monet daraus gemacht, überlegte er und beschloß, an diesem Ort seine ersten Skizzen anzufertigen. Mit den Fingern bildete er einen Rahmen, hielt ihn hoch, versuchte ein Blumenbild zu komponieren, doch dann entdeckte er etwas Merkwürdiges.

Auf dem Berggrat, wo sich der Pfad zu einer Wiese hinabwand, sah er wildwucherndes Gebüsch jenseits der sorgsam gestutzten Hecke. Wie ein häßliches Furunkel erhob es sich aus der gepflegten Gartenlandschaft.

Judd ging zu der Hecke und schaute darüber hinweg. Nun sah er, daß hier ein Weg abgezweigt war, zum Meer hinab. Buchsbaum verschloß die einstige Öffnung in der Hecke, dichtes, undurchdringliches Dornengestüpp bedeckte den Pfad

Er runzelte die Stirn. Irgendwas störte ihn — etwas, das

er woanders gar nicht bemerkt hätte. In diesem Paradies durfte nichts Unschönes existieren. Warum blieb dieser Weg unbeachtet und unpassierbar? Judd nahm sich vor, Elizabeth danach zu fragen. Wahrscheinlich gab es eine ganz einfache Erklärung.

Plötzlich spürte er eine Kälte im Nacken, die nicht mit dem Wetter zusammenhing. Er zog sich die Kapuze seines Sweatshirts über den Kopf, wandte sich von dem Gestrüpp ab und ging den sanften Hang zur Wiese hinab.

Am Ende des Pfades angekommen, hörte er Emmas Ruf. »Hier sind wir, Daddy, komm schnell!«

Er überquerte die Wiese und näherte sich einer großen Koppel. Emma saß auf dem Zaun, Addy und Elizabeth standen nicht weit entfernt im Gras.

»Schau dir diese Stute an, Daddy!«, Emma zeigte auf ein Pferd. »Ist sie nicht wundervoll? Sie heißt Clarissa, und Elizabeth läßt mich auf ihr reiten.«

»Das sind ja aufregende Neuigkeiten«, meinte er.

Lächelnd wandte sich Elizabeth zu ihm. »Emma sagte, sie habe einige Jahre lang Reitunterricht bekommen. Ist das wahr?«

»O ja, sie kann gut mit Pferden umgehen.«

»Ich wollte mich nur vergewissern.« Das Grübchen erschien in Elizabeths Wange. »Manchmal kann Clarissa furchtbar störrisch sein.«

Addy warf die Arme um die Knie ihres Vaters. »Weißt du was, Daddy?«

»Was denn?«

»Elizabeth sagt, wenn ich hier warte und ganz still bin, kommen vielleicht Harold und Maude vorbei. Die treiben sich gern beim Stall herum, weil sie da manchmal Mäuse finden.«

Judd drehte sich zu Elizabeth um. »Ich nehme an, Maude hat ihre Babys noch nicht gekriegt?«

»Nein, aber es muß jeden Moment soweit sein. Ich habe Addy versprochen, sie darf sich ein Tierchen aussuchen.

Eigentlich gehören die Katzen Rachel, aber sie hat sicher nichts dagegen.« Verlegen zog sie die Brauen zusammen. »Vielleicht hätte ich nicht davon reden sollen, ohne Sie vorher zu fragen. Es könnte ja sein, daß es Ihnen nicht recht ist. Wie dumm von mir . . .«

Er schaute auf seine Tochter hinab, deren Augen voller Vorfreude funkelten. »Nun ja . . .«, begann er gedehnt und dachte nach.

Addy hielt den Atem an.

»Okay, du kannst ein Kätzchen behalten, wenn Rachel einverstanden ist.«

Da stieß sie einen Jubelschrei aus und hüpfte wie ein Jo-Jo auf und ab. Er beobachtete sie und kam sich vor wie in der »Twilight Zone«. Dieses übermütige, fröhliche Kind sollte an Depressionen leiden? Oder – noch unglaublicher – wollte Addy wirklich, daß Rachel aus seinem Leben verschwand? Nein, es mußte eine bessere Erklärung geben.

Elizabeth unterbrach seine Gedanken. »Reiten Sie auch, Judd?«

Er nickte. »Aber ich habe schon lange nicht mehr im Sattel gesessen.« Jedenfalls nicht, seit er Rachel kannte.

»Vielleicht reiten wir mal zusammen aus, bevor ich nach C. D. zurückfahre.«

»Gern.« Er lehnte sich an den Zaun und sah zu, wie Emma ein Pferd mit Äpfeln fütterte. Wie normal hier alles wirkte . . . Zum erstenmal seit der Ankunft auf Land's End empfand er Lebensfreude. »Ja, es würde mir Spaß machen, wieder zu reiten. Rachel wird vermutlich einen Anfall bekommen. Sie haßt Pferde.«

»Das stimmt«, antwortete Elizabeth leise. »Aber früher ist sie auch geritten, besser als ich.«

»Sie scherzen!«

»Keineswegs. Aber nach dem Feuer – nach Vaters Tod – stieg Rachel nie mehr auf einen Pferderücken.«

Er schüttelte den Kopf. Wie wenig er doch über seine Frau wußte . . .

Elizabeth wandte sich zu Emma. »Komm, Schätzchen! Wir satteln Clarissa, und dann wollen wir mal sehen, was du mit ihr anfangen kannst.« Hand in Hand gingen sie durch das Gatter, zu einer Stute, die friedlich unter einem alten Apfelbaum graste.

Lächelnd schaute Judd ihnen nach. Seine ältere Tochter fühlte sich sichtlich zu Elizabeth hingezogen.

»Suchen wir Maude?« Addy zupfte an seinem Sweatshirt.

»Okay.«

»Ich zeige dir, wo die Pferde schlafen.« Sie umklammerte seine Finger und zog ihn zur Stalltür.

Wie alles auf Land's End, war auch der Stall untadelig gepflegt und bot Platz für über ein Dutzend Pferde. Addy führte ihren Vater zwischen den Boxen hindurch.

»Jedes Pferd hat seinen eigenen Schlafplatz«, erklärte sie ernsthaft. »Siehst du? Auf den Schildern steht, wer wo wohnt.« Sie wies auf eines der rechteckigen Bretter. »Wer ist hier zu Hause?«

»Vanilla«, las Judd, und Addy kicherte.

»Was für ein komischer Name!« Als sie das Ende der Boxenreihen erreichten, quietschte sie plötzlich: »Schau, Daddy! Da ist sie! Drüben bei den Eimern!«

Tatsächlich — auf einem Stapel leerer Säcke lag eine große Perserkatze. Addy preßte eine Faust auf den Mund und riß die Augen auf. Jetzt, wo das Tier in Reichweite war, verließ sie der Mut.

Ihr Vater nahm sie wieder bei der Hand, und sie gingen zu der sorglos schlummernden Katze. Addy kniete nieder und wisperte: »Darf ich sie anfassen?«

»Klar, Ads, solange du sie ganz sanft behandelst...«

Das Kind streckte eine zitternde Hand aus und begann vorsichtig das schimmernde weiße Fell zu streicheln. Maude öffnete die hellgrünen Augen. Träge musterte sie das kleine Mädchen, streckte sich und ließ sich weiterhin liebkosen.

Entzückt blickte Addy zu ihrem Vater auf und konnte kaum glauben, daß sie dieses zauberhafte Wesen wirklich und wahrhaftig berührte. Dann wandte sie sich wieder zu der Katze und sprach mit ihr in leisem Singsang. »Ich hab dich lieb Maude. Du bist die hübscheste Katze, die ich je gesehen habe. Und ich werde dir nie weh tun. Niemals! Niemals!«

Draußen hörte er Emmas Stimme und sagte: »Bleib hier, Addy, ich bin gleich wieder da.« Er eilte zum Stalltor und spähte hinaus. Zunächst sah er Elizabeth und Emma nicht, hörte aber, wie sie miteinander redeten. Als er um die Ecke bog, konnte er beobachten, wie seine Tochter die Stute rund um die Koppel lenkte, jeder Zoll eine versierte Reiterin.

»Ja, jetzt weißt du, wie du mit ihr umgehen mußt!« rief Elizabeth ihr zu.

Emma kanterte noch zwei Runden, dann versetzte sie Clarissa in langsamen Trab und ritt zu Elizabeth, die sie lächelnd lobte. »Wunderbar! Du bist ein Naturtalent.« Sie hielt die Zügel fest, während das Kind abstieg, dann führte sie das Pferd in den Stallhof und wandte sich zu Judd. »Sie ist wirklich tüchtig, und ich wünschte, ich könnte länger mit ihr zusammen sein...« Seufzend runzelte sie die Stirn. »Nun, wir werden sehen.«

»Wo ist Ads?« fragte Emma. »Sie wollte mir doch auch zuschauen.«

»Sie spielt im Stall mit Maude.«

Elizabeth lächelte. »Also hat sie unsere fette Mama gefunden.«

»O ja.«

»Darf ich auch rein?« bat Emma, und Judd nickte.

»Sicher, aber verscheuch' die Katze nicht, sonst ziehst du dir den Zorn deiner Schwester zu.«

Emma streichelte Clarissas Nüstern, dann lief sie in den Stall. Sie konnte sich nicht entsinnen, wann sie zuletzt einen so wundervollen Vormittag verbracht hatte. Es war

einfach himmlisch gewesen, wieder zu reiten — mindestens so interessant, wie Geheimnisse zu suchen — und längst nicht so furchterregend. Die gestrige Episode verblaßte zu einer verschwommenen Erinnerung wie Tintenflecken auf einem Löschblatt. Inzwischen war sie beinahe zu der Überzeugung gelangt, daß sie den Gesang gar nicht wirklich gehört hatte. Daddy meinte das jedenfalls, und sie wollte ihm so gern glauben. Und doch ...
Mit schnellen Schritten ging sie an den Boxen vorbei und hielt nach ihrer Schwester Ausschau, aber anscheinend war niemand da. »Ads?« rief sie. »Wo steckst du?«
Am Ende des Stalls sah sie sich um und wollte schon zum Tor zurückkehren, doch da entdeckte sie Addy, die am Boden saß, eine große Katze auf dem Schoß.«
»Hi, Ads!« grüßte Emma und kniete neben ihr nieder.
»Ist sie nicht traumhaft?« wisperte Addy, ohne aufzublicken. »Aber du mußt sehr vorsichtig sein, wenn du sie anfaßt, weil sie bald ihre Babys kriegt. Das hat Elizabeth gesagt.«
»Wo ist denn Harold?«
Addy zuckte die Achseln. »Weiß ich nicht. Vielleicht kommt er her, wenn wir ganz leise sind. Katzen mögen keinen Lärm.«
»Kann ich sie mal halten?« bat Emma.
Ihre Schwester runzelte die Stirn. «Ich glaube, sie hat was gegen fremde Leute. Also bleibt sie besser auf meinem Schoß. Aber du darfst sie streicheln. Hier.« Sie zeigte auf das weiche Fell hinter Maudes Ohren. »Das hat sie besonders gern.«
Behutsam begann Emma die Katze zu kraulen. Maude schloß die Augen und schnurrte. »Wie flaumig sie ist ...«
»O ja«, bestätigte Addy. Ich kann's kaum erwarten, bis sie ihre Kinder kriegt. Dann such' ich mir eine Katze aus. Weißt du, wie ich sie taufen werde?«
»Wie?«
»Clementina.«

»Und wenn's kein Mädchen ist?«

Addy dachte kurz nach. »Nun, dann denke ich mir eben einen anderen Namen aus. Vielleicht Mr. Freddy.« Sie schmiegte ihre Wange an Maudes Kopf und flüsterte: »Würde dir das gefallen?«

Die Katze rührte sich nicht und bot ein Bild restloser Zufriedenheit.

»Ich glaube, Mr. Freddy gefällt ihr«, sagte Addy.

»Wenn ich ein Kätzchen hätte, würde ich es Melody nennen. Aber ich möchte lieber ein Pferd.«

»Ich nicht — ich will nichts auf dieser Welt, nur eines von Maudes Babys.«

Emma lächelte vor sich hin. Heute morgen war Addy wieder völlig normal. Vielleicht würden sie später sogar miteinander auf Entdeckungsreise gehen. Sie hockte sich auf die Fersen und überlegte, wo sie anfangen sollten. Im Haus? Nein, das hob man sich besser für einen Regentag auf. Bei diesem schönen Wetter mußte man natürlich den Garten erforschen und einem dieser mysteriösen gewundenen Wege folgen. Nur die Stelle, wo sie den dunklen Fleck im Gras gesehen hatte, würden sie meiden nur für alle Fälle. Wenn sie ihn wirklich gesehen hatte. Fasziniert von ihren Plänen, merkte sie erst nach einiger Zeit, wie kalt es geworden war. Und dunkel. Eine sonderbare, tiefe Finsternis. Sie erschauerte. »Ads, hast du deinen Pullover mitgenommen?«

Addy schüttelte den Kopf, und Emma seufzte.

»Hätte ich meinen doch bloß dabei!« Sie verschränkte die Arme vor der Brust. Winzige Eisfinger schienen über ihren Rücken zu kriechen. »Schauen wir mal, was Daddy macht.« Plötzlich sehnte sie sich inständig nach dem warmen Sonnenschein.

»Lauf nur«, erwiderte Addy. »Ich muß auf Maude aufpassen.«

»Aber Ads...«, begann Emma, dann verstummte sie. Jemand war hereingekommen. »Daddy? Elizabeth?«

Schweigen.

Fröstelnd warf sie einen ängstlichen Blick über die Schulter, konnte aber niemanden sehen. Trotzdem war sie ganz sicher — irgendwo im Stall versteckte sich jemand, atmete leise und beobachtete sie. Und aus einem unerklärlichen Grund wußte sie, daß es kein Erwachsener war, sondern ein Kind. Vielleicht das Kind, das gestern gesungen hatte.

Sie wandte sich zu ihrer Schwester, die immer noch hingerissen die Katze liebkoste. »Komm, Addy, wir gehen auf Entdeckungsreise«, schlug sie vor und versuchte, möglichst beiläufig zu sprechen.

»Das kannst du ja allein machen. Ich bleibe hier.«

»Bitte, Addy!« Tränen drohten Emmas Stimme zu ersticken.

Erstaunt hob Addy die Brauen. Ihre Schwester schien sich wieder zu fürchten. Emma, die immer so tapfer war. »Also gut. Einen Augenblick.« Vorsichtig setzte das kleine Mädchen die Katze auf die Leinwandsäcke zurück. »Auf Wiedersehen, Maude. Ich komme bald wieder. Jetzt muß ich mich mal um meine Schwester kümmern, diese Heulsuse.« Sie ergriff Emmas Hand, und sie verließen den Stall.

Draußen, im warmen Sonnenlicht, verflog Emmas Angst. Trotzdem blickte sie unwillkürlich über die Schulter zum Stalltor. Irgendwas Böses war da drin gewesen, das wußte sie. Etwas sehr Böses.

»Wovor hast du dich denn gefürchtet?« fragte Addy.

»Vor gar nichts.« Emma wollte es erzählen, wußte aber nicht, wie sie es erklären sollte, fand nicht die richtigen Worte, um jenes Grauen zu beschreiben, das über ihren Rücken gekrochen war. »Schauen wir uns die Fohlen an.« Die beiden Kinder rannten durch den Stallhof zur Koppel.

Judd sah seine Töchter Hand in Hand aus dem Stall kommen und zur Einfriedung laufen, wo eine kohlrabenschwarze Stute geduldig ihr Fohlen säugte. Innerhalb des Zauns stand Elizabeth und bürstete getrockneten Schlamm von Clarissas Beinen. »Die Kinder leben sich sehr schnell hier ein, nicht wahr?« sagte er mehr zu sich selbst als zu ihr. Er spürte, wie sich die Verkrampfung in seinen Schultern zu lockern begann.

»O ja«, bestätigte Elizabeth. »Und sobald sie sich hier auskennen, werden Sie keine Schwierigkeiten mehr mit ihnen haben. Land's End ist ein unerschöpfliches Paradies für Kinder.«

Nachdenklich schaute er sie an. »Rachel scheint anders zu denken.«

»Ich weiß. Früher hat sie dieses Haus nicht gehaßt.«

»Was ist geschehen?«

Elizabeth zuckte die Achseln und hörte für eine Weile auf, das Pferd abzubürsten. »Ich bin mir nicht sicher«, erwiderte sie reserviert. »Vielleicht ist sie nur erwachsen geworden.«

»Deshalb hat sie Land's End gewiß nicht verlassen.«

Sie klopfte auf die Kruppe der Stute. »Alles erledigt, Clarissa«, sagte sie, und das Pferd trottete davon. Elizabeth wandte sich wieder zu Judd, und als sie antwortete, klang ihre Stimme gepreßt. Offensichtlich sprach sie nicht gern über ihre Schwester. »Nicht einmal, wenn ich wüßte, was Rachel zugestoßen ist, würde ich's Ihnen verraten.« Sie machte eine Pause und betrachtete ihn mit diesen türkisblauen Augen, die ihn so intensiv an seine Frau erinnerten. »Warum fragen Sie sie nicht selber?«

»Sie würde es mir auch nicht erzählen.«

Abrupt kehrte sie ihm den Rücken. »Vielleicht ist es so am besten. Manchmal ist es gut, nichts zu wissen.«

7

Zum zweitenmal an diesem Tag saß Judd dem Arzt gegenüber, aber diesmal in der Praxis. Henry Adelford hatte Addy gründlich untersucht, und sie war mit Rachel die Straße hinabgegangen, um Eiscreme zu kaufen.

»Nun?« Judd hielt den Atem an.

»Ich habe absolut nichts gefunden, was auf physische Probleme hinweisen würde.«

Obwohl Judd tief aufseufzte, wußte er nicht, ob er sich erleichtert fühlen sollte. »Und was heißt das?«

»Es gibt keine Ursachen für Addys ... hm, nennen wir es seltsames Verhalten, weil mir keine bessere Ausdrucksweise einfällt. Anscheinend ist sie eine ganz normale, gesunde Fünfjährige.«

»Anscheinend?«

»Nun ja, wir wissen beide, daß irgendwas in ihrem Kopf vorgeht, das wir nicht verstehen.« Der Doktor machte eine Pause.

»Aber wie ich bereits heute morgen sagte — ich glaube, Sie haben die letzte dieser Episoden erlebt.«

»Sie kommt Ihnen also nicht neurotisch oder deprimiert vor?«

»Überhaupt nicht. Addy ist eine ganz normale Fünfjährige, die es nicht mag, wenn fremde Leute an ihr herumfingern. Und mit Rachel versteht sie sich offenbar sehr gut.«

Judd schwieg eine Weile, dann fragte er: »Und wenn noch etwas passiert?«

»Warten wir mal ab. Derzeit müssen Sie sich jedenfalls keine Sorgen machen.« Henry stand auf. »An Ihrer Stelle würde ich schlafende Hunde nicht wecken. Wäre Addys Mutter nicht vor kurzem gestorben, würde ich vielleicht anders denken und Ihnen sogar vorschlagen, das Kind von einem Neurologen untersuchen zu lassen und die Möglichkeit eines Gehirntumors zu erwägen.«

»Großer Gott! Ein Gehirntumor? Sie ist doch erst fünf.«

»Das weiß ich, und ich habe ja auch nur diese Möglichkeit erwähnt. Ich glaube keine Sekunde lang, daß sie an einem Gehirntumor leidet. Nach meiner Meinung macht sie eine schwierige emotionale Anpassungsphase durch, die vielleicht mit Rachel zusammenhängt – vielleicht auch nicht. Sie mußte einen inneren Konflikt bewältigen, aber ich denke, von jetzt an wird sie mit alldem zurechtkommen.«

Judd holte tief Luft und entspannte sich endlich. »Danke, Henry.«

Es klopfte an der Tür, und die Sprechstundenhilfe schaute herein. »Rachel hat mich gebeten, Ihnen zu sagen, daß sie mit Addy wieder da ist. Und Mrs. Schiller erwartet Sie, Doktor.«

»Wir sind fast fertig«, erwiderte Dr. Adelford. »Nur noch ein paar Minuten.«

Sie nickte und schloß die Tür

»Nur eins noch, Judd ...«

»Schießen Sie los.«

»Was wir heute morgen besprachen ...«

»Es geht um Priscilla?«

»Ja. Ich kann gar nicht nachdrücklich genug darauf hinweisen, wie wichtig es ist, daß sie aus alldem herausgehalten wird.«

»Das verstehe ich«, beteuerte Judd, wollte aber etwas klarstellen. »Ich weiß, Sie sorgen sich um Priscilla. Aber ich muß mit zwei sehr verletzlichen Kindern und einer überaus nervösen, unsicheren Ehefrau fertig werden. Heute morgen sagten sie, ich solle für ein gewisses Gleichgewicht sorgen, und damit hatten Sie recht, ganz egal, worin Addys Problem liegt. Wenn ich mit meinen Töchtern von Land's End abreisen würde, wäre Rachel vermutlich nicht bereit, ihre Mutter zu verlassen und mich zu begleiten. Und wenn sie hierbliebe, müßten Sie sich wahrscheinlich nicht nur um Priscilla Daimler Sorgen machen.«

Henry blinzelte verwirrt. »Tut mir leid, Judd. Verzeihen Sie einem alten Mann den mangelnden Überblick. Aber ich dachte, es ginge Rachel besser.«

Nun war es an Judd, überrascht zu reagieren. »Besser? Wie meinen Sie das?« Offenbar wußte Henry etwas über Rachel, das ihm selbst verschwiegen worden war.

»Sie war schon immer sehr empfindsam«, erwiderte der Arzt in beiläufigem Ton, aber Judd ließ sich nicht täuschen. Adelford wußte etwas, über das er nicht reden wollte — vermutlich sogar, warum sie damals von Land's End weggegangen war.

»Vielleicht können wir uns ein andermal wieder unterhalten.« Judd stand auf. Und wenn das Thema erneut zur Sprache kam, würde er möglicherweise herausfinden, warum sich Priscilla so über Addys Verhalten aufgeregt hatte.

»Jederzeit.« Henry wandte sich zur Tür, offensichtlich bestrebt, den Besucher hinauszukomplimentieren. »Viel Glück.«

»Danke«, entgegnete Judd, fühlte aber, daß er kein Glück brauchte. Irgendwie hatte er das Gefühl, daß sich die Dinge in seinem Sinn entwickeln würden.

Rachel und Addy saßen im Wartezimmer. »Sicher wird sich Emma schrecklich ärgern, wenn sie hört, daß ich ein Eis gekriegt habe«, meinte das kleine Mädchen auf dem Weg zum Ausgang. »Aber sie wollte ja nicht mitkommen. Das wird sie bereuen.«

Sechs Meilen entfernt, saß Emma neben Priscilla Daimlers Sessel am Boden und las ihr aus dem »Geheimen Garten« vor. Ihre Stimme nahm einen mysteriösen, gedämpften Klang an. »›Der klagende Laut hielt sie wach, weil sie sich selber traurig fühlte. Wäre sie heiter gewesen, hätte er sie vielleicht in den Schlaf gelullt. Wie es gewitterte, wie die großen Regentropfen herabrauschten und gegen die Fensterscheiben trommelten!‹«

»Du kannst sehr gut vorlesen« bemerkte Mrs. Daimler.

»Und es war sehr nett, daß du dir für mich Zeit genommen hast.«

»Oh, das hab ich gern getan«, versicherte Emma wahrheitsgemäß. Sie liebte es, anderen Leuten etwas vorzulesen. »Soll ich weitermachen?«

Priscilla lächelte müde. "Nun muß ich leider ein bißchen schlafen. Aber vielleicht ein andermal, wenn wir beide nichts Besonderes vorhaben? Die Stelle, wo Mistress Mary den Garten entdeckt, würde ich gern noch einmal hören.« Als Emma das Buch zuklappte und aufstand, fügte die alte Frau hinzu: »Geh doch in die Küche. Bitte Kate oder eins der Mädchen um ein Glas Limonade und Ingwerkekse.« Dann winkte sie, und das Kind war entlassen.

»Danke.« Emma eilte zur Tür, doch Priscillas Ruf hielt sie zurück.

»Wenn dein Vater und deine Stiefmutter zurückkommen, sag Rachel bitte, ich möchte sie sprechen.«

»Ja, Ma'am. Bis später.« Leise schloß Emma die Tür hinter sich, blieb im Flur stehen und dachte über die sonderbare Hausherrin nach.

Als Elizabeth sie ersucht hatte, ihrer Mutter vorzulesen, war Emma sehr nervös gewesen.

»Sie sieht zu schlecht, um selber zu lesen«, hatte Elizabeth erklärt.

»Aber sie liebt Bücher.«

Emma zögerte. Seit der Ankunft auf Land's End hatte sie Mrs. Daimler nur zweimal gesehen, und das war genug gewesen, um sie zu überzeigen, daß Rachels Mutter sie nicht mochte und Addy auch nicht; daß sie wünschte, sie wären niemals hierhergekommen. An den Worten der alten Frau lag es nicht, eher an ihrem Blick, diesen dunklen Augen, die sich tief in den Höhlen verbargen. Wie bei einer Nonne — oder einer Hexe. Und dann hatte sie Emma und Addy verbieten wollen, im TV »Gilligans Insel« zu sehen. Aber Daddy hatte es erlaubt.

Alles in allem fühlte sich Emma in Mrs. Daimlers Nähe

unbehaglich, und deshalb hatte es ihr widerstrebt, Elizabeths Wunsch zu erfüllen.

»Keine Bange, sie wird dich nicht beißen«, versicherte Elizabeth. »Sie ist wirklich nett. Normalerweise lese ich ihr nachmittags vor, oder einer der Dienstboten übernimmt diese Aufgabe. Aber wenn du heute einspringen könntest, würde sie sich bestimmt freuen.«

Emma runzelte die Stirn. Wenn das Buch zu schwierig für sie war, wenn Sie stottern und sich lächerlich machen würde...

»Wie ich festgestellt habe, liest du gerade den ›Geheimen Garten‹«, sagte Elizabeth. »Daraus hat Mutter uns vorgelesen, als wir klein waren. Sicher würde sie diese Geschichte gern wieder hören.«

Da hellte sich Emmas Miene auf. »Glauben Sie das wirklich?«

»Ich weiß es. Komm jetzt.« Sie nahm Emma bei der Hand. »Ich führe dich nach oben. Und später reiten wir miteinander aus, wenn es nicht regnet. Nun, was hältst du davon?«

»Großartig!« Jetzt fühlte sich Emma ein bißchen besser. Sie würde alles ertragen, wenn sie zur Belohnung auf Clarissa reiten durfte. Außerdem hatte Elizabeth sie um einen Gefallen gebeten, und sie wollte ihre neue Freundin nicht enttäuschen.

Aber in Mrs. Daimlers Zimmer fürchtete sie, daß sie einen Fehler begangen hatte. Der Raum war riesig, wie in einem Museum. Und die alte Frau, die am Fenster saß, schaute keineswegs freundlich drein. Aber als sie zu sprechen begann, klang ihre Stimme sanft. Und irgendwie traurig. »Komm zu mir, Emma. Laß dich ansehen.«

Das Mädchen gehorchte, blieb neben dem Fenster stehen, das Buch in den Händen, und trat nervös von einem Fuß auf den anderen.

»Um Himmels willen, Kind, zapple doch nicht so herum!« sagte Mrs. Daimler nicht unliebenswürdig. »Man könnte meinen, du müßtest auf die Toilette. Aber das mußt du doch nicht?«

Emma wurde rot und merkte zu ihrem Entsetzen, daß sie tatsächlich ein menschliches Rühren verspürte.

»Dann lauf los und beeil dich«, befahl Mrs. Daimler, die Emmas Miene richtig deutete. »Da drüben.« Sie zeigte auf eine Tür.

Das Mädchen entfernte sich nur für wenige Minuten, aber als es zurückkehrte, hatte sich Mrs. Daimler in einen Sessel vor dem Kamin gesetzt. »Es ist kalt«, meinte sie. »Aber ich glaube, ihr Kinder merkt so was nicht. Kinder spüren das niemals. Die tragen ihre Pullover nur, wenn ihre Mütter frieren.«

»Mir ist nie kalt«, erwiderte Emma. Dann erschauerte sie, weil sie sich plötzlich erinnerte, wie eisig es am Morgen im Stall gewesen war. Rasch verdrängte sie diesen Gedanken. »Zumindest normalerweise nicht.«

Und wo steckt Addy heute nachmittag?«

»Sie ist mit Daddy und Rachel in die Stadt gefahren.«

»Oh . . .«

»Ja, sie bringen Addy zu Dr. Adelford.«

»Dr. Adelford . . .« Sekundenlang sah Mrs. Daimler wie eine Katze aus, die im hohen Gras eine Maus entdeckt hat. Dann schien ihr bewußt zu werden, daß Emma sie anstarrte, und sie lächelte. »Und warum bringen sie Addy zu Dr. Adelford?«

Emma zögerte. Ich glaube — wegen gestern abend.«

»Setz dich her und erzähl mir alles.«

Emma kauerte sich neben Mrs. Daimlers Sessel auf den Boden. »Addy hat Klavier gespielt.«

»Das weiß ich«, entgegnete Mrs. Daimler. »Ich hab's gehört. Aber warum muß sie deshalb zum Arzt?«

Das Kind schaute zu der alten Frau auf und war sich nicht sicher, was es sagen sollte. Vielleicht würde sie Addy für verrückt halten.

»Mach dir keine Sorgen.« Mrs. Daimlers Stimme klang sehr müde. »So schlimm kann es doch gar nicht sein.«

»Nun . . .« Emma zauderte immer noch, entschied aber dann, daß sie keinen Schaden anrichten würde, wenn sie darüber sprach. Das Benehmen ihrer Schwester war zwar albern gewesen, aber sie hatte niemandem weh getan. »Addy kann gar nicht Klavier spielen.« Unwillkürlich lächelte sie.

Mrs. Daimlers Augen verengten sich. »Wie meinst du das?« fragte sie leise.

»Daddy sagte mir, sie habe Klavier gespielt, und ich erklärte ihm, das könne sie gar nicht.« Emma malte sich aus, wie Addy auf die Tasten gehämmert und vorgegeben haben mochte, Klavier zu spielen, und das erschien ihr sehr komisch. Sie kicherte.

Aber Mrs. Daimler lachte nicht, und jetzt erkannte Emma, daß sie Addys Verhalten als einzige lustig fand. Daddy nicht. Rachel nicht. Und Mrs. Daimler auch nicht, wie ihr blasses, verhärmtes Gesicht verriet.

»Sie hatte nie Klavierunterricht?« Die Stimme der alten Frau sank beinahe zu einem Flüsterton herab.

Emma schüttelte den Kopf. »Niemals.« Plötzlich schlug ihr Herz schneller. Irgend etwas an Addys Handlungsweise erschreckte die Leute. Aber warum? »Sie hat ja auch keine richtige Melodie gespielt«, sagte sie, mehr zu sich selbst als zu Mrs. Daimler. »Oder doch?« Ängstlich schaute sie über den Brillenrand hinweg in die tiefliegenden dunklen Augen.

Die alte Frau schwieg. Reglos saß sie in ihrem Sessel und atmete mühsam, als hätte sie Schmerzen. Schließlich erwiderte sie: »Sicher wollte Addy uns nur zum Narren halten. Ich glaube, deshalb müssen wir uns nicht aufregen Sie legte den Kopf an die Lehne. »Was möchtest du mir denn vorlesen?«

Eine knappe Stunde später stand Emma im Flur und

seufzte erleichtert. Es war gar nicht so schwierig gewesen, Mrs. Daimler etwas vorzulesen, und es würde ihr nichts ausmachen, das noch einmal zu tun.

Sie wandte sich von der Tür ab, um in die Küche zu gehen, die Limonade und die Kekse zu holen. Doch irgend etwas bewog sie, dem Korridor bis zum Ende zu folgen. Ein paar Stufen führten sie in eine lange Galerie hinab, an deren Wänden zahlreiche Gemälde hingen.

Hier herrschte Grabesstille, und plötzlich hatte Emma das Gefühl, sie wäre der einzige lebende Mensch im ganzen Haus. Doch davon wollte sie sich nicht einschüchtern lassen. Nein, sie würde sich nicht fürchten. Absichtlich nahm sie sich Zeit, schaute wachsam nach allen Seiten.

Manche Bilder zeigten Leute, andere Landschaftsszenen. Noch nie hatte sie so viele in einem Haus gesehen. Nur im Museum. Oder einmal in einer von Daddys Ausstellungen. Aber noch nie in einem Wohnhaus. Vor einem großen Gemälde blieb sie stehen. Es stellte Land's End dar, so wirklichkeitsgetreu, als könnte man hineingehen. Auf dem Rasen vor dem Eingang picknickten mehrere Personen, altmodisch gekleidet, und für eine Weile vergaß Emma, wo sie war. Sie malte sich aus, über das samtige grüne Gras zu gehen, und alle freuten sich über ihre Ankunft. Lächelnd schlenderte sie weiter.

Nun entdeckte sie ein Porträt von der jüngeren Mrs. Daimler, und gegenüber hing ein Bild von Elizabeth auf einem großartigen Rappen. Und schließlich betrachtete Emma ein Gemälde von Rachel, blutjung, wunderschön, in einem blauen Spitzenkleid, mit Blumen im Haar.

Emma wollte weitergehen, doch da fiel ihr etwas Eigenartiges auf. Zwischen Rachels Porträt und dem Bild eines alten Mannes mit einer Warze am Kinn befand sich eine leere Stelle — ein Nagel, aber kein Gemälde. »Was hat hier früher gehangen?« fragte sie laut, von einer plötzlichen, grundlosen Angst erfaßt.

Sie machte ein paar Schritte, wie im Zeitlupentempo.

Nur das leise Geräusch ihrer Turnschuhe auf dem Teppich war zu hören. Und ihre schnellen, keuchenden Atemzüge. Sie hielt inne, preßte die Hände auf den Mund und spürte, wie ihre Zähne klapperten. Irgend etwas verfolgte sie. Etwas Kleines und sehr Kaltes.

Beklommen lauschte sie und hörte einen leisen, tappenden Laut, wie von nackten Füßen auf einem Holzboden. Und dann sang die hohe, dünne Kinderstimme dasselbe Wiegenlied wie an jenem anderen Tag. »Wer ist da?« wisperte Emma.

Der Gesang verstummte, doch sie wußte, daß immer noch jemand hier war. Irgendwer beobachtete sie.

Wie erstarrt stand sie da. Nur ihre Augen bewegten sich. Hoch oben an der Wand, direkt über Rachels Porträt, sah sie eine Spinne langsam ihr Netz weben. Staubflöckchen glitten über die Fußleiste. Und irgendwo in einem fernen Korridor fiel eine Tür ins Schloß.

Emma blickte auf ihre Turnschuhe hinab, wünschte sich verzweifelt, davonzulaufen, wagte es aber nicht, aus Angst, der unbekannte Jemand könnte ihr folgen. »Was willst du?« flüsterte sie

Keine Antwort.

Sie wartete und wußte nicht, worauf, getraute sich nicht, ihrer Phantasie die Zügel schießen zu lassen. Und dann verflog das Gefühl, nicht allein zu sein.

Langsam stieß sie den Atem aus. »Na also«, sagte sie, und der Klang ihrer Stimme machte ihr Mut. »Geh jetzt in die Küche und hol dir ein Glas Limonade.«

Sie straffte die Schultern, eilte den Weg zurück, den sie gekommen war, und pfiff, so laut sie konnte, »Yellow Submarine«.

Am Ende des Korridors blieb sie stehen, ein wenig verwirrt, weil sie nicht wußte, wohin sie sich wenden sollte. Sie war fast sicher, daß sie mit Elizabeth hier vorbeigegangen war, und so stieg sie ein paar Stufen hinauf, drehte sich wieder um. Jetzt schlug ihr Herz ruhiger, denn sie wußte, daß der Hauptflur am Ende dieses Korridors lag. Daran erinnerte sie sich ganz genau.

Doch dann gelangte sie zum Fuß einer schmalen, steilen Treppe. Wie sie zu ihrem Kummer feststellte, mußte sie sich verirrt haben. Trotzdem wagte sie nicht, umzukehren. Zögernd stieg sie die Stufen hinauf. Neugier mischte sich in ihre Angst. Ein Teil von ihr wollte sehen, was da oben war, ein anderer hoffte inständig, einem Dienstboten zu begegnen oder gesucht zu werden. Aber niemand erschien.

Langsam setzte sie ihren Weg fort. Fünf Stufen, dann drehte sie sich um, fünf weitere Stufen. Zaudernd bewältigte sie die letzten drei.

Sie starrte auf eine geschlossene Tür. Was mochte sich dahinter befinden? Wollte sie es wirklich wissen?

Ein Kloß saß in ihrer Kehle, und sie schluckte krampfhaft, als ihre rechte Hand die Klinke berührte und nach unten drückte. Erleichtert seufzte Emma auf. Die Tür war versperrt.

»Du feiges Ding« schimpfte sie mit sich selber und rüttelte an der Klinke, von neuem Mut erfüllt. »Siehst du? Da gibt's nichts, was dir weh tun könnte.«

Sie wollte sich abwenden, doch da geschah etwas, das ihr den Atem nahm. Hinter der Tür näherten sich leise, schlurfende Schritte, dann erklang ein Wimmern und schließlich ein Scharren, als versuchte jemand herauszukommen.

Entsetzt fuhr Emma herum und stolperte die Stufen hinab.. Am Fuß der Treppe fiel sie auf die Knie, die Brille flog von ihrer Nase.

Und dann drang ein knarrendes Geräusch zu ihr herab. Langsam schwang die Tür auf.

Kreischend sprang Emma hoch und machte sich nicht die Mühe, ihre Brille aufzuheben. So schnell ihre Beine sie trugen, rannte sie den Weg zurück, den sie gekommen war und kannte nur noch einen einzigen Gedanken – fliehen, ehe dieses Etwas sie einholen konnte.

Sie stürmte durch dunkle Gänge, Stufen hinauf, um Ekken, halb von Sinnen vor Angst. Und plötzlich erreichte sie den Absatz der Haupttreppe. Elizabeth kam herauf. »Wo warst du denn, Emma? Ich habe dich überall gesucht. Und wo ist deine Brille? Und was um alles in der Welt hast du mit deinen Knien gemacht?«

»Ich habe mich verirrt«, jammerte Emma. Und etwas Schreckliches hat mich verfolgt, wollte sie hinzufügen, wagte es aber nicht.

Elizabeth nahm das kleine Mädchen in die Arme. »Jetzt ist ja alles wieder gut, Schätzchen. In diesem riesigen Haus verirrt man sich leicht. Aber du wirst schon sehen, bald findest du dich sogar mit verbundenen Augen zurecht.« Sie wischte eine Träne von Emmas Wange und nahm sie bei der Hand. »Zeig mir, wo du deine Brille verloren hast. Dann gehen wir in die Küche und essen köstliche Schokoladenkekse. Kate hat sie gerade aus dem Backofen geholt.«

Das Kind folgte Elizabeth widerstrebend zu der schmalen Treppe, und da lag die Brille. Angstvoll schaute es zu der Tür hinauf, doch die war geschlossen. Trotzdem sträubten sich Emmas Nackenhaare. Jetzt ist die Tür zu, dachte sie, aber vorhin war sie offen. Das weiß ich. »Was ist da oben?« wisperte sie, und Elizabeth zuckte die Achseln.

»Irgendwelche leeren Räume, die wir nicht mehr benutzen.«

»Geht niemand mehr hinauf?«

»Nein. Warum fragst du?«

Emma überlegte kurz, dann beschloß sie, die Wahrheit zu sagen. Zumindest teilweise. »Weil ich jemanden hörte. Hinter dieser Tür. Vor ein paar Minuten.«

Verwirrt hob Elizabeth die Brauen. »Seltsam... Ich glaube, die Dienstboten machen da oben nicht einmal mehr sauber.« Sie sah die Treppe hinauf, dann lachte sie und setzte Emma die Brille auf. »Schau mal! Ich denke, jetzt haben wir den Missetäter gefunden.«

Emma blickte zögernd nach oben. Auf der obersten Stufe saß eine von Rachels Katzen.

»Du Schlingel!« rief Elizabeth. »Komm sofort herunter! Fällt dir nichts Besseres ein, als kleine Mädchen zu erschrecken?« Sie wandte sich zu dem Kind. »Wollen wir jetzt Kekse essen?«

Emma nickte, keineswegs überzeugt, daß sie vorhin die Katze gehört hatte. Katzen können keine versperrten Türen öffnen, sagte sie sich. Aber wenn die Tür gar nicht verschlossen gewesen war? Wenn sie sich nur davor gefürchtet hatte, sie aufzumachen?

Schweren Herzens folgte sie Elizabeth und wünschte verzweifelt, sie brächte den Mut auf, ihr von dem Kind zu erzählen, das sich im Stall und dann in der Galerie versteckt hatte. Vielleicht wußte Elizabeth, wer es war. Aber Emma traute sich nicht, danach zu fragen, aus Angst, Elizabeth würde sie sonderbar finden. Ihrem Vater konnte sie es auch nicht erzählen. Er würde nur behaupten, sie bilde sich wieder mal etwas ein.

Doch das stimmte nicht. Es gab keinen Zweifel — irgend etwas Böses lauerte in diesem Haus. Etwas so Grauenhaftes, daß sie sich's gar nicht vorstellen mochte. Und was am allerschlimmsten war — sie schien die einzige zu sein, die es wußte.

Einige Meilen entfernt saß Addy zwischen Judd und Rachel auf dem Vordersitz des Autos. Während der ganzen Fahrt nach Land's End unterhielt sie sich mit ihrer Stiefmutter über Maude und schwärmte, was für eine schöne Katze das sei.

Judd merkte, daß Rachel ihr Bestes tat, um sich natürlich zu benehmen. Sie erzählte, woher die beiden Perserkatzen stammten, wie süß sie in ihrer frühen Jugend gewesen seien. Und sie schilderte die komischen Streiche, die sie als ganz junge Tierchen gespielt, wie sie die kostbaren Möbel zerkratzt und damit Priscillas Zorn erregt hatten. Beinahe entstand der Eindruck, sie spräche über ihre Kinder.

Addy war entzückt. »Wir beide lieben Katzen, nicht wahr, Rachel?« wisperte sie verschwörerisch, als würden sie ein wundervolles Geheimnis teilen.

»O ja«, bestätigte Rachel. »Ich glaube, wenn jemand keine Katzen mag, stimmt irgendwas nicht mit ihm.«

Dem konnte Addy nur beipflichten.

Judd hörte zu und beobachtete seine Tochter aus den Augenwinkeln. Lebhaft rutschte sie auf dem Sitz umher, so unbeschwert, so normal . »Grade habe ich was gedichtet«, verkündete sie. »Wollt ihr's hören?«

»Klar.«

»Das Gedicht geht so. Daddys Addy, Addys Daddy.« Sie kicherte.

»Das ist ein großartiges Gedicht, Daddys Addy«, meinte Judd lächelnd. »Wirklich toll.« Henry hat wahrscheinlich recht, dachte er. Was immer sie bekümmert hat, sie ist drüber hinweg. Mit jeder Meile, die er zurücklegte, wurde ihm leichter ums Herz.

Aber als sie die kurvenreiche Straße nach Land's End hinauffuhren, begann es zu regnen, und mit dem Wetter verschlechterte sich auch Addys Laune. »Reden wir nicht mehr«, sagte sie, lehnte sich zurück und lutschte am Daumen. Das tat sie in letzter Zeit sehr oft.

Normalerweise hätte Judd ihr befohlen, damit aufzuhören. Wäre Emma im Auto, hätte sie gewiß mit ihrer Schwester geschimpft. Aber er beschloß zu schweigen. Wenn es sie tröstete, am Daumen zu lutschen — warum sollte er ihr das mißgönnen? Deshalb ärgerte er sich ein wenig, als Rachel sagte: »Du darfst nicht am Daumen lutschen, Addy. Sonst bekommst du schiefe Zähne.«

Aber Addy ließ nicht erkennen, ob sie die Ermahnung gehört hatte. Sie streckte einfach nur die Beine aus und lutschte weiter.

Rachel errötete und warf Judd einen Blick zu, der besagte: Siehst du? Ich wußte es ja. Sie mag mich nicht.

Als sie die Zufahrt zum Haus erreichten, goß es in Strömen. Judd mußte blinzeln, um durch die Windschutzscheibe zu spähen. »Diese verdammten Scheibenwischer«, murmelte er.

»Du hättest sie reparieren lassen sollen«, meinte Rachel. Dieser Hinweis half ihm nicht. »Ich weiß.«

»Fahr nach hinten, da werden wir nicht naß.«

»Gute Idee.« Er steuerte um das Haus herum und stoppte das Auto unter dem Dach der Säulenhalle vor dem Hintereingang. »Alles aussteigen!« rief er. Doch aus unerfindlichen Gründen rührte sich niemand. Er schaute von seiner Frau zu seinem Kind; beide saßen wie gelähmt da.

Und dann verkrümmte sich Addy, als hätte sie schreckliche Schmerzen, kniete sich auf den Sitz, zu Rachel gewandt. Sie schlug beide Hände vors Gesicht, so daß Judd ihre Miene nicht deuten konnte, aber er hörte ihre Stimme. Eine dünne, unendlich traurige Stimme, so verwirrt, daß es ihm das Herz brach. »Warum haßt du mich? Was habe ich getan? Warum bin ich immer so ein böses, böses Mädchen?« Und nun begann sie zu weinen. »Bitte, schick mich nicht weg«, schluchzte sie »Bitte . . .«

Heller Zorn erfaßte Judd. Hatte es jemand gewagt, sein Kind zu mißhandeln? Und dann stieg Entsetzen in ihm auf, denn aus irgendeinem verrückten Grund klang diese Klage nicht wie Addys Stimme.

»Addy«, flüsterte er, »großer Gott, Addy... Was um Himmels willen geschieht mit dir?« Verzweifelt und hilfesuchend wandte er sich zu Rachel, sah aber, daß auch Sie das Gesicht in den Händen verbarg und wie Espenlaub zitterte.

Die Luft ringsum war wie elektrisch geladen. Offenbar litt Addy an einer schrecklichen Verletzung ihres Unterbewußtseins. Doch als er von seinem weinenden Kind zu seiner Frau blickte, merkte er ihr etwas an, das er nie erwartet hätte: Nicht Verwirrung oder Kränkung, sondern Wut — unerklärliche, wilde Wut.

Hin- und hergerissen zwischen der Angst um seine Tochter und seinem Entsetzen über Rachels Reaktion, umfaßte er ihren Arm. »Darling...« Heftig riß sie sich los und packte den Türgriff.

»Kümmere dich um dein Kind!« rief sie. So plötzlich, wie der Zorn entstanden war, verebbte er. Nur noch tiefer Schmerz schwang in ihrer Stimme mit. Sie öffnete den Wagenschlag, dann schienen ihre Kräfte zu schwinden, und sie sank ohnmächtig in den Sitz zurück.

8

Judd brachte Emma ins Bett, dann drehte er sich zu seiner jüngeren Tochter um. Er beugte sich über sie und küßte zärtlich ihre Stirn. »Gute Nacht, Ads. Ich wünsche dir süße Träume.«

»Nacht, Addys Daddy.« Beinahe schlief sie schon. Er betrachtete sie und fragte sich, wie ein Kind so friedlich aussehen konnte, während ein so furchtbarer Aufruhr in seiner Seele tobte.

»Daddy?« wisperte Emma im anderen Bett.

»Ja, Schätzchen?«

»Vorhin hast du mit Dr. Adelford telefoniert. Stimmt was nicht mit Addy?« Er hörte die Angst in ihrer Stimme und setzte sich zu ihr auf den Bettrand.

»Sie vermißt Mommy.«

»Ich vermisse Mommy auch.«

»Ich weiß. Aber du bist älter. Und tapferer.«

Erst nach einer längeren Pause begann Emma wieder zu sprechen. »Warum hat Addy keine Ahnung, daß ihr was fehlt? Wieso glaubt sie, mit ihr wäre alles in Ordnung? Und warum singt sie ein Lied, das sie gar nicht kennt? Warum spielt sie Klavier?«

Judd schüttelte den Kopf. »Ich weiß es nicht. Wir müssen abwarten, was der Doktor morgen sagen wird.«

»Dr. Adelford?«

»Nein, ein anderer Arzt. Dr. Roth.«

Wieder schwieg sie, und er spürte, daß ihr noch etwas dar Herz bedrückte.

»Was hast du, Schätzchen? Was quält dich?«

»Ich wünschte . . .« Emma verstummte.

»Was?«

»Ich wünschte, Mommy wäre hier.« Sie flüsterte so leise, daß er sie kaum verstand. Aus irgendeinem Grund glaubte er, sie hätte etwas anderes sagen wollen. Wußte Emma mehr über das alles, als sie verraten wollte? War sie der Schlüssel zu dem Rätsel? Immerhin kannte sie ihre Schwester so gut wie sonst niemand. Vielleicht hatte sie herausgefunden, wie Addy wirklich über den Tod ihrer Mutter dachte. Und über Rachel. Er runzelte die Stirn. Wie ihm erst jetzt bewußt wurde, hatte er seine Kinder nie gefragt, was sie von seiner neuen Ehe hielten. Das wollte er morgen nachholen. Er würde beide fragen und möglicherweise einen Anhaltspunkt finden, um das Geheimnis zu enthüllen, das Addy peinigte. »Gib deinem alten Daddy einen Gute-Nacht-Kuß.«

Emma setzte sich auf, schlang die Arme um seinen Hals und drückte sich an ihn. Etwas zu fest?

»Schlaf jetzt«, murmelte er.

Sie kuschelte sich unter die Decke. »Bringst du Addy morgen zu dem neuen Arzt?«

Judd nickte.

»Kann ich mitkommen?«

Erstaunt hob er die Brauen. »Ich dachte, du willst mit Elizabeth ausreiten.«

»Ich begleite euch lieber, wenn ich darf.«

»Natürlich darfst du. Gute Nacht.« Er küßte sie und verließ das Zimmer.

Emma blieb noch lange wach und dachte nach. Sie hatte mit Elizabeth in der Küche gesessen, Kekse gegessen und Limonade getrunken, als die Tür aufgeflogen und Addy hereingesprungen war.

»Hi, Emma!« Sie blieb neben ihrer Schwester stehen. »Weißt du was? Ich hab ein Eis gekriegt. Mit Streuseln.«

»Dafür hab ich Schokoladenkekse. Wo ist Daddy?«

Addy zeigte zur Tür und wisperte: »Rachel hatte einen Anfall, und er hilft ihr.«

Bestürzt starrte Elizabeth sie an. »Was?«

»Rachel hatte einen Anfall, und Daddy hilft ihr.«

Elizabeth sprang auf und lief zur Tür, doch da kam Judd herein und stützte eine leichenblasse, schwankende Rachel.

»Mein Gott, was ist passiert?« rief ihre Schwester.

»Sie hat die Besinnung verloren.« Judd war immer noch erschüttert, nicht nur von Addys Worten, sondern auch von Rachels Reaktion. Er drückte sie auf einen Stuhl. Zitternd saß sie da, ihre Augen füllten sich mit Tränen. Verwirrt beobachtete er Addy, die sich mit Emma unterhielt, als wäre nichts geschehen. Soeben hatte seine Tochter eine weitere Verhaltensstörung erlitten, aber diesmal nicht geweint nach der Rückkehr zur Normalität. Sie war einfach aus dem Auto gehüpft und ins Hals gelaufen, hatte einen sprachlosen Judd und eine bewußtlose Rachel zurückgelassen.

Er setzte sich neben seine Frau und legte eine Hand über die Augen.

»Was kann ich tun?« fragte Elizabeth. »Soll ich Henry anrufen?«

Rachel schüttelte den Kopf. »Ich fühle mich schon besser.« Aber sie sah elend aus, bebte immer noch, und Schweißperlen glänzten auf Stirn und Nase. Sie wirkte völlig konfus, als hätte ihr jemand ein schweres Leid zugefügt und sie wüßte nicht, warum. Aber Judd wußte, wer sie verletzt hatte. Addy.

Er ergriff Rachels Hand. Sie flatterte in seiner wie ein verwundeter Vogel, bewegte sich dann nicht mehr. Judd runzelte die Stirn, wollte ihr versichern, Addy habe es nicht so gemeint. Doch da hegte er gewisse Zweifel. Wie zum Teufel soll ich das Henry erklären, überlegte er.

Elizabeth nahm an Rachels anderer Seite Platz. Ihre Stimme klang sanft und tröstlich, als spräche sie mit einem Kind. »Alles ist gut, Darling. Ich bringe dich jetzt nach oben. Mutter wird wissen, was zu tun ist.«

Neue Tränen rollten über Rachels Wangen. »Nein! Mutter wird sagen, es sei meine eigene Schuld.«

»Was ist denn geschehen?« Fragend schaute Elizabeth zu Judd hinüber, und Rachel schlug die Hände vors Gesicht.

»Alles«, wisperte sie. »Alles. So wie immer.«

Trotz seiner Verwirrung bemerkte Judd, daß Addy und Emma die Szene mit großen Augen verfolgten. Sein Instinkt riet ihm, die beiden aus der Küche zu führen, aber er wollte Rachel in diesem Zustand nicht verlassen. »Elizabeth, könnten Sie die Mädchen irgendwie beschäftigen? Ich muß mit Rachel reden.« Flehend schaute er sie an.

Sie zögerte kurz. Offensichtlich wäre sie lieber bei ihrer Schwester geblieben. Doch dann stand sie auf. »Natürlich. Ich wette, ihr habt das Spielzimmer noch nicht gesehen. Ich zeige euch, wie man Billard spielt.«

Während sie mit den Kindern zur Tür ging, warf er ihr einen dankbaren Blick zu. Aber nicht nur er empfand Dankbarkeit. Noch nie in ihrem Leben war Emma so froh gewesen, das Weite suchen zu können. Und jetzt, wo sie in ihrem Bett lag und sich an das alles erinnerte, wurde sie nervöser denn je. Irgend etwas Böses ereignete sich auf Land's End, das wußte sie genau.

Daddy glaubte, Addy wäre krank, aber das bezweifelte Emma. Hingen die Schwierigkeiten ihrer Schwester mit jenem anderen Kind zusammen, das immer dasselbe Lied summte? Das von einem Versteck aus zuschaute, wenn

Emma und Addy spielten? Das Emma an diesem Nachmittag so furchtbar erschreckt hatte? Aber wer mochte das Mädchen sein? Und was wollte es? Emma erschauerte. Vielleicht ein Geist? Sie hatte viele Geschichten über Gespenster gelesen, und obwohl Mommy versichert hatte, das alles sei nicht wahr, konnte Emma das Buch »Geister von England« nicht vergessen. Die Fotos darin zeigten Geister, die Treppen hinaufstiegen, und andere gruselige Dinge. Morgen wollte sie in Mrs. Daimlers Bibliothek nachschauen. Möglicherweise gab es da Bücher, die ihr helfen würden, die rätselhaften Zwischenfälle zu verstehen.

Aber nicht nur potentielle Geister bereiteten ihr Sorgen. Vorhin hatte sie ihren Vater mit Dr. Adelford telefonieren und erzählen hören, Addy habe sonderbare Dinge zu Rachel gesagt und sie angefleht, sie nicht wegzuschicken. Emma konnte das kaum glauben. Warum sollte Addy sowas sagen? Das erschien ihr genauso eigenartig wie der Gesang oder das Klavierspiel der kleinen Schwester.

Es sei denn, das alles hing irgendwie zusammen. Dieses Gefühl hatte sie den ganzen Nachmittag verfolgt, und es ließ sich nicht abschütteln. Immer wieder dröhnte Addys Geschrei in ihrem Kopf — die seltsame Stimme, die nicht zu ihrer Schwester gehörte. Und das Wiegenlied, das grausige, unheimliche Wiegenlied. Wieso konnte Addy es singen, wenn sie es gar nicht kannte? Und nun hatte sie so sonderbar mit Rachel gesprochen.

Schon am Nachmittag hatte Emma entschieden, es wäre höchste Zeit, mit Addy darüber zu reden.

Als die beiden Mädchen nach dem Dinner allein in ihrem Zimmer spielten, fragte Emma ohne Umschweife: »Was hast du zu Rachel gesagt?«

»Wann?«

»Als ihr vom Arzt nach Hause gefahren seid.«

»Wir haben uns über Maude unterhalten. Hast du Buben?«

Emma blickte auf ihre Spielkarten. Sie hatte zwei. »Addy, schwindelst du? Hast du in mein Blatt geschaut?«

Heftig schüttelte Addy den Kopf. »Sei keine Spielverderberin! Nur weil ich so gut raten kann!«

Emma gab ihrer Schwester die beiden Karten. »Nun?«

»Was — nun?«

»Hast du irgendwas Schlimmes zu Rachel gesagt?«

Neugierig blickte Addy auf. »Was soll ich denn gesagt haben?«

»Zum Beispiel, daß du ein böses Mädchen warst und daß sie dich haßt. Und daß sie dich wegschicken würde.«

Addy kicherte. »Warum sollte ich so was Dummes sagen?«

»Keine Ahnung«, erwiderte Emma und beobachtete die kleine Schwester über den Brillenrand hinweg. Flunkerte Addy? »Magst du Rachel?« fragte sie in beiläufigem Ton.

»Klar. Ich hab's dir doch erzählt — sie will mir eins von Maudes Kätzchen schenken.« Addy rutschte unruhig umher. »Mal sehen ... Hast du Fünfer?«

»Addy!« protestierte Emma. »Jetzt weiß ich's endgültig — du schummelst!«

Addy brach in schallendes Gelächter aus. »Also hast du Fünfer. Ha, ha, ich hab's wieder erraten.«

»Ich spiele nicht mehr mit dir.« Tränen schimmerten in Emmas Augen, und sie warf die Karten auf den Boden.

Entgeistert starrte Addy ihre Schwester an. Normalerweise war Emma keine Spielverderberin, nicht einmal, wenn Addy wirklich schummelte. Empört stemmte sie die Hände in die Hüften und klagte: »Das ist unfair! Ich hab dir nicht in die Karten geschaut. Warum bist du so gemein?«

Emma riß sich mühsam zusammen. Addy hatte recht, sie war tatsächlich gemein, konnte es aber nicht ändern. Es lag an ihrer Angst, ihrer Verwirrung angesichts all der merkwürdigen Ereignisse. Und Addy half ihr kein bißchen. Sie erinnerte sich an gar nichts.

Ich muß mit jemand anderem darüber reden, beschloß Emma. Aber mit wem? Würde Daddy ihr zuhören oder sie für verrückt halten?

Sie schaute zu ihrer kleinen Schwester hinüber und verspürte Gewissensbisse. Nun ließ sie ihren Frust an Addy aus, und die wußte nicht einmal, was hier vorging. Sie war ja erst fünf.

Emma holte tief Luft und hob die Karten auf. »Okay, spielen wir weiter.«

Als Daddy später hereingekommen war, um sie beide ins Bett zu bringen, hätte Emma beinahe alles erzählt — über den lauernden Jemand im Stall, über das Kind, das oben hinter der versperrten Tür gewimmert hatte, über Addy. Doch im allerletzten Augenblick hatte sie sich zurückgehalten. Er war zwar sehr klug, doch sie bezweifelte, ob er dies alles verstehen oder glauben würde. Und wenn nicht — was mochte er dann von ihr denken. Daddy sorgte sich ernsthaft um Addy, und er sollte sich nicht auch noch über Emma aufregen. Außerdem fand er sie so tapfer. Das betonte er immer wieder, also mußte sie eben tapfer sein.

Sie drehte sich auf den Bauch und vergrub das Gesicht im Kissen. Eine kühle Brise wehte durch das offene Fenster herein und bewegte die Vorhänge. Emma lauschte der rauschenden Brandung und etwas anderem. Jemand weinte.

»Hör auf!« schrie sie, steckte die Finger in ihre Ohren und verkroch sich unter der Decke, um dem Geräusch zu entrinnen. Doch es drang immer noch zu ihr — in ihre Ohren, in ihren Kopf, bis ins Knochenmark. Die kummervolle, herzzerreißende Klage trieb auch ihr Tränen in die Augen, und so weinte sie lautlos, ohne zu wissen, warum. Fürchtete sie sich, oder war sie nur traurig?

»Emma?« murmelte Addy. »Was ist denn los?«
»Nichts«, schnüffelte Emma.
»Warum heulst du?«
»Ich heule nicht.«
»Wieso hör ich's dann?«

»Du bildest dir was ein.« Emma trocknete sich mit einem Zipfel ihres Lakens die Augen. »Schlaf jetzt.«

»Nacht, Emma. Ich liebe dich.«

»Nacht, Ads. Ich liebe dich auch.« Reglos lag Emma da, die Augen geschlossen, und hielt den Atem an.

Und da spürte sie, wie Addys kleine Hand in ihre glitt. Sie lächelte. Ads war zu ihr ins Bett gekrochen, um sie zu trösten. »Du bist ein gutes Kind«, wisperte Emma und drehte sich zur Seite, um ihr einen Gute-Nacht-Kuß zu geben. In ungläubigem Entsetzen fuhr sie hoch.

Im schwachen Licht sah sie einen kleinen Hügel auf dem anderen Bett — den Körper ihrer Schwester, die tief und fest schlief.

Eine volle Minute lang saß Emma wie gelähmt da, den Mund weit aufgerissen. Ihr Hals zuckte, aber kein Laut kam hervor. Und dann begann sie zu schreien.

Rachel lag bereits im Bett, als Judd das Schlafzimmer betrat. Rasch zog er sich aus und schlüpfte neben ihr unter die Decke. Er wußte, daß sie wach war, aber sie rührte sich nicht und schwieg. »Bist du okay, Liebling?« fragte er leise.

Sie nickte.

»Ich habe mit Henry telefoniert. Er meint, ich sollte Addy zu einem Psychiater bringen.«

Keine Antwort.

»Sie wollte dich nicht kränken, Rachel. Und sie weiß nicht einmal mehr, was sie gesagt hat. Das mußt du mir glauben.«

Nach einer langen Pause begann sie endlich zu sprechen, mit tonloser Stimme. »Ob sie es weiß oder nicht — sie wird uns vernichten — sie wird dich mir wegnehmen.« Es war kein Vorwurf, nur eine schlichte Feststellung von Tatsachen.

Judd zog sie an sich. »So was Verrücktes habe ich noch nie gehört. Nichts auf der Welt bedeutet mir mehr als du.«

»Dann schick die beiden weg.« Kein Befehl. Nicht einmal eine Bitte. Es klang wie ein Gebet.

Plötzlich fühlte er sich so hilflos, als wäre er in einem unsichtbaren Netz gefangen und unfähig, die Zukunft zu beeinflussen. Er wußte nur noch, wie sehr er sie liebte. »O Gott, Rachel, das kann ich nicht.«

Sie zuckte zusammen, als hätte er sie geschlagen, dann drehte sie sich von ihm weg, aber nicht, bevor er ihre veränderte Miene gesehen hatte. Die Verzweiflung war grimmiger Entschlossenheit gewichen. »Ich weiß. Aber ich mußte dich darum ersuchen.«

Judd stieg aus dem Bett und ging zum Fenster. Verblüfft starrte er hinaus. Rachel war überzeugt, daß Addy sie haßte und die Ehe bedrohte, und was immer er auch sagen mochte — sie ließ sich nicht davon abbringen. Sie verlangte von ihm, die Kinder wegzuschicken. Aber warum? Wie konnte sie so etwas überhaupt in Betracht ziehen? Oh, verdammt, dachte er, blickte über den mondhellen Rasen hinweg zum Meer und fragte sich, was er tun konnte.

Dann hörte er ein leises Rascheln hinter sich und wandte sich um. Seine Frau sank ihm in die Arme. »Alles wird gut, Judd«, stieß sie zwischen zusammengebissenen Zähnen hervor. »Das verspreche ich dir.«

Er schob sie ein wenig von sich, hob ihr Kinn und zwang sie, ihn anzuschauen. »Was ist hier los, Rachel? Warum hast du mich aufgefordert, meine Töchter wegzuschicken?« Er beobachtete sie, suchte irgend etwas in ihrem Gesicht, das ihm helfen würde, die Dinge zu enträtseln. Und was er sah, überraschte ihn. Schmerz und Trauer waren geschwunden, verdrängt von eiserner Entschlußkraft.

Aber während er sich noch über ihre neue innere Stärke wunderte, lehnte sie sich an ihn und legte den Kopf auf seine Schulter. »Mutters wegen. Emma hat ihr erzählt, Addy könne nicht Klavier spielen. Und das brachte Mama völlig durcheinander. Sie möchte, daß du Land's End verläßt – mit den Kindern.« Judd war sprachlos, und Rachel befreite sich als seinen Armen. Ihr Blick wanderte durch das Fenster zum Meer. »Aber ausnahmsweise wird sie ihren Willen nicht durchsetzen.« Wieder diese uncharakteristische unerwartete Entschlossenheit.

Nun fand er seine Stimme wieder. »Warum regt sie sich so auf? Addys Problem betrifft sie in keiner Weise, falls ich die Situation richtig beurteile.«

Sie holte tief Atem, und aus ihren nächsten leisen Worten klang tiefe Trauer. »Weil Mutter mir recht gibt. Sie sieht in Addy eine Bedrohung für mein Glück; sie möchte nicht, daß ich wieder verletzt werde, und sie glaubt, du würdest mir weh tun.« Nun wirkte sie müde, aber nicht niedergeschlagen, wie so oft. »Sie will Addy und Emma nicht hier haben – und dich auch nicht.« Als sie nach einer kleinen Pause weitersprach, schien sie zu triumphieren. »Ich habe lange mit ihr geredet, und ich glaube, sie versteht es endlich. Wenn du gehst, gehe ich auch. Nie wieder lasse ich mir mein Glück zerstören.« Sie straffte die Schultern, und er spürte beinahe, wie ihre inneren Kräfte wuchsen. »Mutter wird keine Forderungen mehr stellen, was dich und die Kinder angeht.«

Judd umarmte sie wieder. Er schwieg, war aber sehr stolz auf sie, weil sie sich gegen ihre Mutter behaupten wollte. Doch er empfand auch Zorn gegen Priscilla Daimler, deren Grausamkeit er nicht begriff. Hatte sie denn gar kein Verständnis für ihre Tochter. Am Morgen würde er die Lady besuchen. Mochten ihre Stunden gezählt sein oder nicht – sie würde einige Fragen beantworten müssen.

Er küßte seine Frau, fühlte ihren weichen, warmen Körper. »Ich liebe dich, Rachel. Niemand wird das jemals ändern können.«

Mit einem tiefen Seufzer schmiegte sie sich an ihn, und wieder einmal geriet er in den Bann ihrer unwiderstehlichen Sinnlichkeit. »Liebe mich!« Ihr heiseres Flüstern versprach unendliche Freuden.

Mühelos hob er sie hoch, als bestünde sie aus keinerlei Materie, und trug sie zum Bett. Nun kannte er nur noch einen Gedanken — sich in ihr zu verlieren, seinen Kummer lindern zu lassen.

Doch die Leidenschaft währte nicht lange, denn im nächsten Augenblick erklang im Nebenzimmer ein schriller, beängstigender Schrei.

Während der nächsten Stunde saß er an Emmas Bett, beruhigte sie, beteuerte, es sei nur ein Alptraum gewesen. Schließlich sank sie in rastlosen Schlaf.

Im anderen Bett schlummerte Addy wie ein lächelnder Engel. Und im angrenzenden Zimmer lag Rachel auf dem Rücken, die Augen fest geschlossen, aber sie schlief nicht. Ihre Brüste hoben und senkten sich in schnellem Rhythmus, ihre geballten Hände bebten.

Draußen, irgendwo im Flutgebiet, jaulte ein Hund. Und gegen Morgen begann es zu regnen.

9

Judd ließ verlauten, er wolle Priscilla sprechen. Aber um elf Uhr vormittags hatte sie noch immer nicht nach ihm geschickt. Elizabeth erklärte, ihre Mutter fühle sich nicht gut. »Warum wollen Sie mit ihr reden?« Sie standen vor den Wellenbrechern und beobachteten, wie Rachel die Segel auf ihrem Boot hißte.

Beim Frühstück hatte sie verkündet, sie würde heute segeln. Das überraschte ihn, wie so viele andere Dinge an ihr. Er hatte geglaubt, sie würde das Wasser hassen. Aber wie er nun feststellte, war ihr das Meer nicht fremd.

Er blickte zum Bootshaus hinüber, wo Emma und Addy auf dem Landesteg saßen und mit den Beinen baumelten. »Wußten sie, daß Ihre Mutter uns wegschicken will?«

Entsetzt starrte Elizabeth ihn an. »Wer hat Ihnen das gesagt?«

»Rachel.«

»Ich glaube es nicht. Warum sollte Mutter so etwas wünschen? Als sie von ihrer unheilbaren Krebserkrankung erfuhr, kannte sie nur noch ein einziges Lebensziel. Rachels Heimkehr. Und jetzt möchte sie, daß ihr alle abreist?«

»Nur die Kinder und ich sollen verschwinden — Rachel nicht.«

Elizabeth runzelte die Stirn. »Hat meine Schwester erwähnt, warum?«

»Priscilla sieht in Addy eine Bedrohung für unsere Ehe und möchte Rachel vor neuem Kummer bewahren.«

Eine Zeitlang schwieg Elizabeth, dann fragte sie bedrückt: »Wie kann sie das erreichen, wenn Sie Land's End verlassen? Rachel vergöttert Sie.«

Judd zuckte die Achseln. »Vielleicht betrachtet Priscilla mich als Rivalen.«

Nun machte sie wieder eine Pause und schien ihre Worte sehr sorgfältig zu wählen. »Sie sollten dies mit meiner Mutter klären.«

»Genau das habe ich vor.«

»Wirf mir das Tau rüber!« rief Rachel ihrem Mann vom Boot aus zu. »Und dann spring an Bord!«

Er zögerte. »Wie lange bleibst du draußen?« fragte er, hob das Tau auf und warf es ihr zu.

»Oh, nur ein paar Stunden. Wir segeln nach Kennebunkport und zurück.« Lachend schaute sie in die Sonne. »Wenn der Nebel nicht heraufzieht und uns verschluckt.«

»Aber um eins muß ich Addy nach Portland bringen.«

Sofort wurde ihr Gesicht ernst. »Das habe ich vergessen. Nun, vielleicht ein andermal.« Mit einer Kußhand fügte sie hinzu: »Fahr nur mit Addy.« Ohne eine Antwort abzuwarten, wandte sie sich ab und steuerte das Boot aufs offene Meer hinaus.

»Sei vorsichtig!« schrie er ihr nach und verspürte ein plötzliches Unbehagen. Hatte sie den Termin bei Dr. Roth tatsächlich vergessen — oder ihn testen wollen? Falls letzteres zutraf, mußte er irgendwie versagt haben. Sollte Priscilla recht behalten? Würde er — zusammen mit den Kindern — Rachel ins Unglück stürzen? Er seufzte. Warum war seine Frau so verwundbar? Bitte, lieber Gott, beschütze sie, betete er stumm.

Offenbar las Elizabeth seine Gedanken. »Sicher wird ihr nichts passieren. Auf dem Wasser ist sie genauso zu Hause wie an Land. Peter hat ihr Segelunterricht gegeben.«

»Peter?« Er versuchte sich zu erinnern, wo er den Namen schon einmal gehört hatte. »Wer ist Peter?«

Sie wurde blaß. »Oh — jemand, den wir früher kannten«, erwiderte sie hastig, dann stieg sie über die Felsen zum Bootshaus. »Gehen wir hinauf. Vielleicht ist Mutter inzwischen zu sprechen.«

Judd rief seine Töchter zu sich, und sie folgten zu viert dem Weg, der zum Garten führte. Auf dem Klippenrand drehte er sich um. Das Segelboot war nur mehr ein Punkt am Horizont, vom Wind davongetrieben, und für einen schrecklichen Augenblick kam es ihm so vor, als hätte er Rachel verloren.

Dann entdeckte Addy eine der Katzen und lief mit einem Jubelschrei davon. »Los, kommt! Vielleicht können wir sie fangen!«

Sie rannten hinter der Katze her, die Klippen entlang, und Addy hatte das Tier beinahe eingeholt, als es hinter einer Hecke verschwand. Enttäuscht fiel sie auf die Knie. »O Maude!« jammerte sie. »Bitte, komm zurück!«

»Sie muß zum alten Sommerhaus hinuntergelaufen sein.« Elizabeth zeigte über die Hecke hinweg zu einem dichten Gebüsch.

Erstaunt blieb Judd neben ihr stehen. Dies war die Stelle, wo er den überwucherten Weg gesehen hatte. »Das alte Sommerhaus?«

»Dort haben Rachel und ich als Kinder gespielt. Jetzt wird es nicht mehr benutzt.«

»Das leuchtet mir ein. Es ist unerreichbar, wenn man nicht fliegen kann.«

Nachdenklich legte Elizabeth den Kopf schief. »Ich habe mich oft gefragt, warum Mutter den Weg zuwachsen ließ. Seltsam ...«

»Finde ich auch.«

»Es wäre eine sinnlose Überlegung, warum Mutter dies oder jenes tut.« Sie wandte sich zu Emma und hielt ihr eine Hand hin. »Da wir gerade in der Nähe des Stalls sind — wollen wir Clarissa begrüßen?«

Emma zögerte, und Judd runzelte die Stirn. Den ganzen Morgen war sie ein Nervenbündel gewesen. Das lag offensichtlich an ihrem Alptraum. »Geh nur, Schätzchen«, riet er ihr. »Wenn du Pferde siehst, fühlst du dich immer besser. Das weißt du doch.«

Sie nickte, aber ihr Unbehagen schien nicht zu verfliegen.

»Bleib nicht zu lange weg, wenn du mit Addy und mir nach Portland fahren möchtest.«

»Nein. Und mach dir keine Sorgen. Ich gehe nicht in den Stall.« Den letzten Satz sagte sie mehr zu sich selbst. Dann folgte sie Elizabeth den Weg hinab.

Judd hob die Brauen. Merkwürdig ... Warum sollte es ihn beunruhigen, wenn Emma in den Stall ging? Verwirrt ergriff er Addys Hand und ging mit ihr zum Haus.

»Zum Beispiel will Addy wissen, ob es im Himmel Joghurt mit gemischten Beeren gibt, weil ihre Mutter kein anderes mag.« Dr. Roth lehnte sich in seinem Sessel zurück und zog eine zerknitterte Packung Camel aus der Tasche. Er hatte ein Doppelkinn, wässrige braune Augen, und sein schlechtsitzender Anzug war genauso zerknittert wie die Zigarettenpackung, aber Judd fand ihn auf Anhieb sympathisch. Die äußere Erscheinung des Arztes wirkte wenig

einnehmend, aber beim ersten Gespräch mit Addy war seine Liebenswürdigkeit entwaffnend gewesen. Offensichtlich liebte er Kinder, was auf Gegenseitigkeit beruhte.
»Stört es Sie, wenn ich rauche?«
Judd schüttelte den Kopf.
»Den meisten Leuten macht es was aus«, fuhr der Doktor fort, »und das kann ich ihnen nicht verübeln. Einige zweifeln sogar an meinen psychiatrischen Fähigkeiten. Der alte Aberglaube, man könnte anderen unmöglich helfen, wenn man sich selbst nicht helfen kann.« Lächelnd zuckte er die Schultern. »Vielleicht haben sie recht. Jedenfalls tu ich mein Bestes. Aber zurück zu Addy. Ich habe den Joghurt erwähnt, weil das ein Hinweis darauf ist, daß sie den Tod ihrer Mutter akzeptiert hat. Zumindest dem Anschein nach.« Er zündete die Zigarette an, nahm einen tiefen Zug und wühlte dann in einigen Papieren auf seinem Schreibtisch. »Bei der Unterhaltung mit Ihrer Tochter machte ich mir ein paar Notizen«, erklärte er und ergriff ein Blatt. »Offenbar versteht sie die Endgültigkeit ihrer Situation — ein gewaltiger Schritt für einen Erwachsenen, von einem Kind ganz zu schweigen.«
»Sie meinen, nun erkennt sie, daß Nicole tot ist?«
»Mehr als das. Für einige Kinder bedeutet der Tod eine andere Art von Schlaf. Sie glauben, der Verstorbene würde sich irgendwo verstecken, unter dem Bett oder im Schrank. Aber Addy scheint zu begreifen, daß sie die Mutter für immer verloren hat. Vielen anderen Kindern fällt so was sehr schwer. Manche behaupten, die tote Person immer noch zu sehen, mit ihr zu reden und zu spielen.«
»Sie tut diese unheimlichen Dinge also nicht, um ihrer Mutter zu gefallen, um sie zurückzuholen?«
»Das bezweifle ich, Mr. Pauling.«
Judd atmete auf. »Und was stimmt nicht mit ihr?«
Der Arzt legte seine Zigarette in den Aschenbecher und faltete die Hände über dem Nasenrücken, als würde er beten. »Wenn Sie mit mir Geduld haben, würde ich gern ein

paar Dinge erklären, die Sie vielleicht schon wissen. Das fünfjährige Durchschnittskind ist ein nettes kleines Ding, ehrlich und direkt, eher anspruchslos. Was macht es am liebsten? Es spielt gern. Ganz einfach. Wovor fürchtet es sich? Vor der Dunkelheit, vor einem Gewitter, vor großen Hunden.«

»Und vor Geistern?« fügte Judd hinzu und fragte sich, warum. Sie sprachen nicht über Emma, sondern über Addy.

»Seltsamerweise nicht. Zumindest nicht in einem nennenswerten Ausmaß. Geister sind für viele Fünfjährige zu nebulös. Wäre Addy etwas älter oder sogar ein bißchen jünger, würde ich ja sagen, aber in dieser Phase — nein.« Dr. Roth drückte den Stummel im Aschenbecher aus und zündete sich eine neue Zigarette an. »Möchten Sie wissen, wovor sich fünfjährige am allermeisten fürchten?«

Judd nickte.

»Vor dem Verlust der Mutter. Vor dem Verlassensein.« Nach einer kurzen Pause fügte der Doktor hinzu: »Ihre kleine Addy lebt in einer Welt, wo nur das Hier und Jetzt zählt. Sie ist keine Forscherin. Es interessiert sie nicht, neue Bereiche kennenzulernen. Sie liebt das Vertraute, die Routine, ihren eigenen Stuhl am Tisch, ihr Bett, die Ecke im Hof, wo sie mit ihren Puppen spielt, ihre Straße, ihren Kindergarten. Verstehen Sie, was ich meine?«

»Und das alles wurde ihr genommen.«

»Genau. Ich sage das nicht, weil ich schon weiß, was sie quält. Da gibt es zahlreiche Möglichkeiten. Ich erwähne diese Dinge nur, weil ich Ihnen helfen will, die Tragweite von Addys Verlust zu verstehen. Die Trauer des Kindes ist nicht ungewöhnlich. Die Frage muß lauten — wie tief geht diese Trauer, und was sollen wir dagegen unternehmen?«

Judd nahm ein Notizbuch aus der Tasche seines Jacketts.

»Es stört Sie doch nicht, wenn ich mir das alles auch aufschreibe? Dann fällt es mir später leichter, mich dran zu erinnern.«

»Ja, machen Sie sich Notizen.« Dr. Roth drückte seine Zigarette aus und lehnte sich zurück. »Nun werde ich Ihnen erzählen, was ich bisher über Addy herausgefunden habe.« Er blätterte wieder in seinen Unterlagen. »Sie weist keine physischen Symptome von Depressionen oder Ängsten auf. Zappelt nicht übermäßig herum, kaut nicht an den Nägeln, bohrt nicht in der Nase. Sie ist aufmerksam, beantwortet alle Fragen ohne Umschweife, freut sich auf das Kätzchen, das unterwegs ist, und liebt Thunfischsandwiches. Aber sie haßt Sellerie. Manchmal mußte sie mit ihrer Mutter schimpfen, die das vergaß. Und sie schläft gut.« Er blickte auf. »Das stimmt doch? Keine wiederholten Alpträume?«

»Nein.« Judd dachte an die Episode der vergangenen Nacht. »Nicht Addy — darunter leidet sie nicht.«

»Sie kennt bereits die Buchstaben und kann es kaum erwarten, lesen zu lernen. Trotzdem mag sie es, wenn ihre Schwester ihr was vorliest.« Dr. Roth sah wieder auf. »Vielleicht sollten Sie ihr auch was vorlesen, jeden Tag zu einer bestimmten Zeit. Dann hätte sie etwas, womit sie rechnen kann. Aber ich greife vor. Zurück zu den Schlafgewohnheiten. Ist sie Bettnässerin?«

»Nein. Zumindest nicht, seit sie bei mir lebt.«

Roth nickte. »Sie erklärte mir ziemlich ärgerlich, nur Babys würden ins Bett machen, und sie sei immerhin schon fast sechs.« Er machte eine Pause. »Vielleicht sollten Sie Emma danach fragen«, meinte er und konsultierte wieder seine Notizen. »Nun zum Daumenlutschen. Sie gestand mir, das habe sie früher hin und wieder getan, versicherte aber, sie würde es aufgeben. Deshalb bräuchte ich mich nicht zu sorgen.«

»Das behauptet sie«, entgegnete Judd lächelnd. »Ihre Mutter erzählte mir vor Monaten, Addy habe diese Phase überwunden. Aber jetzt scheint sie wieder damit anzufangen. Das fiel mir in letzter Zeit mehrmals auf.«

»Deshalb sollten wir uns nicht aufregen. Wenn es sonst keine Probleme mit kleinen Kindern gäbe, müßte ich meine Praxis zusperren.« Über die Papiere gebeugt, fuhr der Arzt fort: »Addy singt gern und scheut sich nicht, ihre Kunst zum Besten zu geben. Sie sang mir ein hübsches Liedchen von einem Hund namens Rags vor, mit passenden Gebärden.«

Er zündete sich eine weitere Zigarette an. »Alles in allem dürfte sie eine völlig normale, gesunde Fünfjährige sein.«

»Sagte sie etwas über ihre Mutter? Oder über Rachel?«

Dr. Roth zuckte die Achseln. »Nichts Besonderes. Weder das eine noch das andere Thema schien Feindseligkeit oder Angst hervorzurufen. Offenbar grollt sie ihrer Mutter nicht, weil diese gestorben ist. Und die Schuld daran sucht sie auch nicht bei sich selbst. Sie wird nur traurig, wenn sie über Ihre Exfrau spricht. Andererseits scheint sie keine ausgeprägten Gefühle für Rachel zu hegen, im positiven Sinn ebenso wenig wie im negativen. Sie erwähnte nur, ihre Stiefmutter habe zwei Katzen und sei sehr schön.« Er stand auf und trat ans Fenster. Von dort aus sah er Addy und Emma in seinem Hinterhof auf der Schaukel sitzen. »Ein sehr liebes kleines Mädchen«, meinte er, wandte sich wieder zu Judd und runzelte die Stirn. »Und wie ich bereits sagte, eine ganz normale Fünfjährige, also ehrlich und direkt. Und darin liegt das Dilemma.«

Judd wartete gespannt.

»Nach allem, was Sie mir mitteilten, müssen jene Szenen ziemlich extrem gewesen sein. Was immer sie veranlaßt hat, ohne musikalische Ausbildung Klavier zu spielen und Ihrer Frau so feindselig zu begegnen — es ist sicher nicht das Ergebnis ihrer Reaktion auf den Tod der Mutter. Ich fürchte, dahinter stecken tiefergehende Gründe. Und diese Amnesie... So etwas ist für gewöhnlich ein Schutzmechanismus, eine Methode, mit schlimmen Dingen fertig zu werden. Daß sie sich an nichts erinnert — und da belügt sie uns keineswegs — ist symptomatisch für eine ernsthafte psychische Störung.«

»Und was bedeutet das?« Judd war elend zumute.

»Nun, das hängt davon ab, ob Addy sich im Unterbewußtsein schuldig, wütend oder verängstigt fühlt — oder ob alle drei Emotionen zusammenwirken. Wenn es Wut ist — auf wen ist sie wütend? Auf Sie? Auf ihre Mutter? Auf Ihre Frau? Oder vielleicht auf sich selbst? Möglicherweise wird sie wegen dieses Zorns von Gewissensbissen geplagt.« Der Arzt setzte sich wieder. »Eine andere Überlegung — konnte sie ihren Kummer mit jemandem teilen? Vielleicht mit ihrer Schwester. Aber auch mit Ihnen? Oder sieht sie in Ihrer Frau ein Hindernis, das ihr diese geteilte Trauer verwehrt? Glaubt sie, es wäre Ihnen egal, daß ihre Mutter tot ist?«

»Darauf finde ich keine Antwort«, gestand Judd leise. »Und deshalb bin ich schuldig.«

»Ich klage niemanden an, Mr. Pauling. Möglicherweise hat das alles nichts mit Ihnen zu tun. Addy könnte bizarre, völlig irrationale Vorstellungen bezüglich ihrer Mutter haben. Manche Kinder legen sich die verrücktesten Theorien zurecht und konstruieren komplizierte Verteidigungsbastionen gegen ihre unbewußten Ängste. Leider wissen wir nicht, was in Addy vorgeht, ehe wir ihre Seele gründlich erforschen.«

»Was empfehlen Sie mir?«

»Nächste Woche würde ich Addy gern wiedersehen — falls nicht schon vorher etwas geschieht, das Sie beunruhigt. Verbringen Sie möglichst viel Zeit mit ihr. Beobachten Sie sie, stellen Sie fest, ob sie ratlos wirkt oder verschlossen. Fragen Sie sie nach ihrer Mutter, aber ganz behutsam, Mr. Pauling. Helfen Sie ihr, die Trauer zu verarbeiten. Versuchen Sie zu eruieren, ob sie Schuldgefühle hat. Und was immer sie tun — bieten Sie ihr keine Lösung des Problems an. Hören Sie ihr zu, aber erteilen Sie keine Ratschläge. Das ist mein Job. Machen Sie sich Notizen. Und . . .«

»Ja?«

»Nehmen Sie Addy oft in die Arme.« Roth schaute auf

seine Uhr. »Jetzt muß ich unser Gespräch unglücklicherweise beenden. Um halb vier habe ich einen Termin.«

Judd stand auf und reichte ihm die Hand. »Danke, Dr. Roth.«

Die Finger des Arztes waren trocken und rauh. »Tut mir leid, daß ich keine genauere Diagnose stellen konnte. Aber wir stehen erst am Anfang eines langen Weges. Jedenfalls haben Sie die Sache in Angriff genommen, ehe sie ernsthaften Schaden anrichten kann.«

»Hoffentlich haben Sie recht. Also, dann sehen wir uns nächste Woche.« Judd ging zur Tür, doch der Doktor rief ihn zurück.

»Nächstes Mal möchte ich auch Emma sprechen. Bringen Sie sie bitte mit. Vielleicht kann sie ein paar wichtige Fragen beantworten.«

In Dr. Roths Hinterhof gab Emma der Schaukel immer wieder einen heftigen Stoß, während Addy auf dem Brett saß und sich krampfhaft an den Seilen festklammerte.

»Nicht so fest, Emma! Sonst fall ich runter!«

»Aber nein«, erwiderte Emma, doch sie drosselte ihren Kraftaufwand ein wenig. »Wenn du nicht hoch genug fliegst, macht's keinen Spaß.«

»Mir schon.«

»Wie gefällt dir der Doktor?«

»Er sieht wie eine Eidechse aus.«

»Aber er ist nett.«

»Er hat einen Hund. Und einen Sohn, der Spider heißt.«

»Hat er gesagt, was mit dir los ist?«

»Mit mir ist nichts los.«

»Hat er das gesagt?«

Addy schüttelte den Kopf.

»Hat er gefragt, ob du dich vor Geistern fürchtest?«

»Nein, aber er wollte wissen, ob ich am Daumen lutsche, und da sagte ich nein.«

»O Addy, du hast geschwindelt!«

»Gar nicht wahr! Damit hab ich aufgehört.«

»Wann?«

»Gestern. Nicht mal letzte Nacht hab ich am Daumen gelutscht.«

»Doch.« Emma erschauerte bei der Erinnerung an die vergangene Nacht, an die kleine Hand, die niemandem gehörte.

»Nein. Außerdem werd' ich's nicht mehr tun. Nur Babys lutschen am Daumen.«

»Was hat er sonst noch gefragt?«

»Oh, eine ganze Menge. Ich mußte ihm ein Lied vorsingen, und dann hab ich ein Puzzle gemacht – und ein Bild von unserer Familie. Dabei wollte er, daß ich Mommy im Himmel zeichne.« Addy schaute in die wolkenlose Bläue hinauf. »Was hält sie da oben fest, Emma? Warum fällt sie nicht runter?«

»Weil sie fliegen kann – deshalb. Wenn man stirbt und in den Himmel kommt, kann man fliegen, wie die Engel und der liebe Gott und alle anderen.«

Feierlich nickte Addy. »Ich glaube, davon hat Dr. Roth keine Ahnung. Ständig fragte er, ob ich weiß, wo Mommy ist. Und ob ich sie gesehen habe.«

»Wie konntest du sie denn sehen, wenn sie tot ist?«

Addy zuckte die Achseln. »Vielleicht denkt er, Mommy ist ein Geist.«

»Er glaubt an Geister?« Emma riß die Augen auf, und ihre kleine Schwester runzelte die Stirn.

»Vielleicht. Dauernd fragte er nach toten Leuten. Er wollte sogar wissen, ob Mommy mit mir redet und mir sagt, was ich machen soll.«

Nun begann Emmas Herz wie rasend zu schlagen. Wenn Dr. Roth an Geister glaubte, bestand eine gewisse Hoffnung. Vielleicht konnte sie ihn nach dem Geist von Land's End fragen. Wenn es wirklich einen gab. Vielleicht würde er nicht lachen und auch nicht behaupten, sie würde sich nur was einbilden.

»Emma!« schrie Addy. »Du schubst mich schon wieder zu fest!«

»Tut mir leid.« Emma hielt in ihrer Bewegung inne, aber ihr Herz pochte immer noch heftig. Wann würden sie wieder hierherkommen? Und wie konnte sie Dr. Roth nach Geistern fragen, ohne daß irgend jemand zuhörte?

Wenig später wurde das Problem gelöst, als ihr Vater im Hinterhof erschien und erklärte, nun würden sie nach Hause fahren. »Nächste Woche dürft ihr wieder schaukeln. Dr. Roth möchte mit euch beiden sprechen.«

»Mit mir auch?« fragte Emma fast atemlos.

Judd nickte und musterte seine Tochter aufmerksam. »Bist du okay?«

»Klar, Daddy.« Emma wußte nicht, warum der Doktor mit ihr reden wollte, und es war ihr auch egal. Nur eins zählte — möglicherweise glaubte er an Geister, und er würde ihr vielleicht helfen, ehe auf Land's End irgendwas Schreckliches geschah.

10

Bei der Rückkehr nach Land's End sehnte sich Judd nach einem Drink, einer heißen Dusche und nach einem geruhsamen Beisammensein mit Rachel und den Kindern. Doch daraus wurde nichts. Priscilla hatte Henry Adelford, die Elliots und eine alte Jungfer namens Jane Bogner zu einem zwanglosen Dinner und einem Bridgeabend eingeladen.

Er kannte sie alle und fand sie recht nett, aber diesen Abend wollte er nicht nur mit seiner Familie verbringen — er hatte auch auf eine Gelegenheit gehofft, mit seiner Schwiegermutter zu reden. Dazu kam es nicht. Priscilla blieb bis nach der Ankunft der Gäste in ihrem Zimmer und tauchte erst kurz vor der Mahlzeit auf.

Rachel war fast so lebhaft wie auf der Party, mit einem großen Unterschied. Sie sprach kaum mit ihrer Mutter. Hingegen bemühte sich Priscilla sehr um ihre Tochter. Offensichtlich hegt sie Reuegefühle, dachte Judd und fragte sich, ob es überhaupt nötig sein würde, mir ihr zu diskutieren. Ausnahmsweise schien Rachel die Oberhand gewonnen zu haben. Trotzdem konnte es nicht schaden, wenn er herausfand, warum seine Schwiegermutter eine Gefahr in Addy sah und ihn aus dem Leben seiner Frau verbannen wollte.

Beim Essen saß er zwischen Elizabeth und Henry. »Wie war's bei Dr. Roth?« fragte der Arzt leise.

»So erfolgreich, wie man's unter den Umständen erwarten konnte. Ich mag ihn.«

»Er zählt zu den besten Spezialisten. Früher hat er in Boston an einer Kinderklinik gearbeitet.«

»Spielen Sie Bridge?« unterbrach Priscilla das Gespräch, und ihr Tonfall überraschte ihn. Es klang so, als gehörte sie zu seinen glühendsten Bewunderinnen.

»Ich habe jahrelang nicht gespielt. Seit dem College nicht mehr.«

»Das macht nichts, Darling«, bemerkte Rachel sanft. »Wir werden's ihnen schon zeigen.«

Priscilla musterte ihre Tochter mit unergründlichen Augen. Ihr Gesicht war zu einer Maske erstarrt, verriet nichts von ihren Gedanken. »Ich hatte gehofft, du würdest meine Partnerin sein, Rachel. So wie früher.«

»Wir waren nie Partnerinnen, Mutter. Nicht wirklich.« Rachel sprach leise, aber mit einer gewissen Schärfe. »Partner sind gleichberechtigt.«

Für eine Weile herrschte drückendes Schweigen, dann sprang Elizabeth in die Bresche. »Rachel war heute Segeln, Henry. Mit der *Windward*.«

»Tüchtiges Mädchen! Läßt sich das Boot immer noch so gut steuern wie früher?«

»Noch besser.« Rachels Miene hellte sich auf. »Ich hatte fast vergessen, welch eine Herausforderung es ist, ganz allein über das Meer zu fahren. Das war beinahe ein religiöses Erlebnis.«

Margot Elliot lachte. »Du redest wie Peter.«

Sekundenlang stockte Rachels Atem. Sie ignorierte die Frau und wandte sich zu Judd. »Segelst du morgen mit mir, wenn das Wetter so schön bleibt? Bitte! Es wird dir bestimmt Spaß machen.«

Er zögerte und erinnerte sich an Dr. Roths Rat, dem zufolge er möglichst viel Zeit mit Addy verbringen sollte. »Das bezweifle ich nicht. Und den Kindern würde es auch gefallen.«

Ihr Lächeln erlosch. »Aber Judd! Ich hatte gehofft, wir . . .«

»Rachel!« Ihre Mutter sprach nur diesen Namen aus, aber er klang so explosiv wie ein Gewehrschuß.

Langsam wandte sich Rachel zu Priscilla. »Sag nichts mehr.« Ihr Gesicht nahm einen grimmigen Ausdruck an, und ihre Augen schienen Funken zu sprühen. »Kein Wort mehr!«

Schweigend hielt Priscilla dem Blick ihrer Tochter stand. Eine scheinbare Ewigkeit fochten die beiden Frauen ihren geheimnisvollen Willenskampf aus; keine sprach, keine kümmerte sich um die übrigen Anwesenden.

Und dann war es erstaunlicherweise Priscilla, die kapitulierte und wegschaute. »Trinken wir den Kaffee in der Bibliothek«, schlug sie mit zitternder Stimme vor. »Clarence soll Feuer im Kamin machen. Heute abend ist es kalt geworden.« Sie betrachtete alle der Reihe nach. »Oder bin ich die einzige, die das merkt?«

Henry erhob sich, ging um den Tisch herum und half ihr auf die Beine. »Du bist keineswegs die einzige, meine Liebe. Es ist tatsächlich kalt, wie an so vielen Abenden im Juni.« Er sah Rachel nicht an, aber Judd gewann den Eindruck, daß der Arzt ihr grollte.

Behutsam ergriff Henry den Arm der alten Frau. Er behandelte sie so vorsichtig, als wäre sie aus kostbarem Porzellan, und Judd überlegte, ob der Doktor sie liebte.

Ohne einen Blick zurückzuwerfen, verließen die beiden das Eßzimmer, und die anderen folgten ihnen.

Wer hat bei diesem seltsamen Kampf gesiegt, fragte sich Judd, und während er mit Rachel die Halle durchquerte, flüsterte er: »Was hatte das zu bedeuten?«

»Nichts. Mutter vergißt, daß ich kein Kind mehr bin, dem sie kurzerhand den Mund verbieten kann.«

Nachdenklich betrat er die Bibliothek. Welch eine sonderbare Vergangenheit mußten diese zwei Frauen teilen, die einander oft so liebevoll begegneten — und manchmal mit unverhohlener, unerklärlicher Feindseligkeit ... Er mußte unbedingt mit seiner Schwiegermutter reden, so unangenehm dieses Gespräch auch werden mochte.

Noch nie in seinem Leben hatte Judd so schlechte Karten gesehen, und dafür war er unendlich dankbar. Nun mußte er nicht befürchten, dumme Fehler zu begehen, indem er bei einem Spiel bot, dem Rachel und die Elliots in verbissener Leidenschaft frönten.

An beiden Tischen wurde keine belanglose Konversation gemacht. Man sprach nur, wenn geboten wurde, und auch das erleichterte Judd. Er war nicht in der Stimmung für banales Geschwätz, weil ihm zu viele Dinge durch den Sinn gingen.

Addy war friedlich eingeschlafen, sobald ihr Kopf das Kissen berührt hatte. Doch er wußte, daß dieses Glück seiner zweiten Tochter nicht vergönnt war. So lange wie möglich hatte sie den schrecklichen Moment hinausgezögert, wo er die Lampe löschen und sie verlassen würde.

Nachdem Addy eingeschlummert war, saß er noch eine ganze Weile bei Emma auf dem Bettrand und erzählte ihr Geschichten aus der Zeit, wo sie noch klein gewesen war — Geschichten, die sie normalerweise liebte. Aber an diesem Abend hörte sie kaum zu. Sie wirkte sehr nervös, spähte immer wieder an seinem rechten Ohr vorbei zum Fenster, und bei jedem kleinsten Geräusch zuckte sie zusammen.

Schließlich hatte er die Tür offengelassen und das Licht im Bad eingeschaltet, ohne viel Aufhebens darum zu machen. Auf diese Weise hoffte er, Emma das Einschlafen zu erleichtern.

»Leg dein Blatt hin, Judd«, befahl Rachel. »Wir haben vier Herz.«

Gehorsam legte er die Karten auf den Tisch. »Tut mir leid, wenn ich keine große Hilfe bin.« Er schob seinen Stuhl zurück. »Und während du hier die Stellung hältst, werde ich mal nach den Kindern sehen.«

Als er die Tür öffnete, stand Emma im Nachthemd vor ihm, ihre Zähne klapperten, Tränen rollten über ihre Wangen. Alle starrten sie an.

»Wieder ein böser Traum?« fragte er sanft.

Sie schüttelte den Kopf. »Daddy...« Ihre Stimme bebte. »Ich kann Addy nicht finden. Sie ist nicht in ihrem Bett, nicht im Bad — sie ist nirgends.« Mühsam schöpfte sie Atem. »Und ihr Bett ist ganz naß. Ich glaube, es ist ihr ein Mißgeschick passiert.«

Judd ergriff ihre Hand. »Das bringen wir schon in Ordnung, Schätzchen. Wahrscheinlich hat sie sich verirrt. Wir werden sie bald finden.« Aber da war er sich nicht so sicher. Unerwartete Angst erfaßte ihn, irgend etwas Irrationales trieb ihn zur Eile an. Er ließ Emmas Hand los, durchquerte mit großen Schritten die Halle, nahm immer zwei Stufen auf einmal. Dabei hörte er, wie Rachel und Emma ihm folgten, doch er drehte sich nicht um.

Die Tür zum Kinderzimmer stand offen, im Bad brannte immer noch Licht. Judds Blick fiel auf die beiden leeren Betten. »Addy?« rief er und schaute sich um. »Wo steckst du?«

Stille.

Er lief zu Addys Bett und schlug die zerknüllte Decke zurück. Emma hatte recht, das Laken war naß. Sofort erinnerte er sich an Dr. Roths Frage, ob Addy Bettnässerin sei. Das hatte er entschieden verneint.

Judd kehrte zur Tür zurück, wo seine ältere Tochter und seine Frau auftauchten. »Emma, du gehst mit Rachel. Durchsucht alle Räume in diesem Flügel. Ich sehe im Haupthaus nach.«

»Wozu dieses Getue?« fragte Rachel in ruhigem Ton. »Offensichtlich hat Addy ins Bett gemacht und schämt sich zu sehr, um es einzugestehen. Ich glaube, sie versteckt sich irgendwo.«

Verärgert runzelte er die Stirn. So etwas Lächerliches hatte er noch nie gehört. Plötzlich stieg Panik in ihm auf. Wenn Rachel recht hatte? Wenn Addy tatsächlich nicht wagte, ihr Mißgeschick einzugestehen?

»Daddy, darf ich mit dir kommen?« wisperte Emma.

Er zögerte nur so lange, bis er die Angst in den Kinderaugen las. »Natürlich. Gehen wir.«

Rachel schlug die andere Richtung ein, und er lief mit Emma durch die dunklen Korridore, öffnete die Türen zu beiden Seiten und rief Addys Namen. Keine Antwort. Nachdem sie im ersten Stock in alle Zimmer geschaut hatten, eilten sie die Haupttreppe hinab. »Wir sollten Hilfe holen«, meinte er. »Vielleicht können die Dienstboten deine Schwester finden.«

Am Fuß der Treppe stand Priscilla Daimler und starrte zu ihnen herauf, das Gesicht halb im Schatten verborgen. Aber Judd spürte ihre Furcht, die ringsum in der Luft zu knistern schien. Sie kam ihnen langsam entgegen, und jetzt sah er ihre verzerrten Züge. Wortlos deutete sie den beiden, ihr zu folgen, holte mühsam Luft und stieg die restlichen Stufen hinauf.

Hand in Hand gingen sie hinter der alten Frau durch den Hauptkorridor und die Galerie, dann einen weiteren Gang entlang. Schließlich blieben sie vor einer steilen, schmalen Treppe stehen, die zum zweiten Stock hinaufführte.

Judd fühlte, wie Emma zurückschreckte und den Atem anhielt. »Bist du okay?« fragte er.

Sie nickte, doch er merkte ihr an, daß sie ebenso verängstigt war wie Priscilla, aber aus anderen Gründen. Das verriet ihm ein seltsamer Instinkt.

Verwundert beobachtete er seine Schwiegermutter, die schweigend zu einer kleinen Tür hinaufstarrte.

Eine volle Minute lang rührte sie sich nicht, dann stieg sie nach oben, legte eine bebende Hand auf die Klinke und öffnete die Tür. »Komm heraus, Kind!« sagte sie tonlos. »Niemand wird dir was zuleide tun.«

Er traute seinen Ohren nicht. Glaubte Priscilla tatsächlich, Addy hätte sich da oben im Dunkel versteckt? Er folgte der alten Frau und spähte an ihr vorbei in eine winzige Kammer. »Addy?« rief er skeptisch. »Bist du da drin?«

Zunächst blieb alles still. Dann erklang zu seiner Verblüffung ein kaum vernehmliches Wimmern – und Sekunden später ein einziges Wort. »Papa?«

Seine Kinnlade klappte nach unten. In einer dunklen Ecke kauerte ein schluchzendes Kind – aber nicht Addy. Er hockte sich auf die Fersen. »Du mußt dich nicht fürchten«, versicherte er sanft. »Komm heraus, kleines Mädchen. Wir tun dir nichts.«

Schweigen.

Emma kniete neben ihm nieder und legte den Kopf schief, als lauschte sie auf etwas, das er nicht hören konnte. »Ads?« stieß sie unter Tränen hervor. »Ich bin's, Emma. Komm heraus.«

»Das ist nicht Addy«, flüsterte Judd.

Sie wandte sich zu ihm, einen eigenartigen Ausdruck im Gesicht. »Doch, Daddy. Es ist Ads.«

Sprachlos starrte er sie an.

»Addy?« rief er, diesmal in scharfem Ton. »Ich mein's ernst. Du kommst da sofort heraus.«

Da vernahm er ein Rascheln, ein leises Schlurfen, und zu seinem Entsetzen kroch Addy auf allen vieren aus der Kammer, mit glasigen Augen.

Judd hob sie hoch, drückte sie an seine Schulter und glaubte eine knochenlose Fetzenpuppe zu umarmen. Keine Reaktion. Kein Leben. »Schätzchen, um Himmels willen, was ist denn passiert?«

Sie gab keine Antwort. Schlaff hing sie in seinen Armen und schnüffelte.

Verwirrt drehte er sich um, wollte Priscillas Reaktion auf diesen verrückten Zwischenfall sehen, aber sie war verschwunden. »Jesus«, hauchte er. »Jesus Christus.«

Von Emma gefolgt, trug er Addy ins Kinderzimmer. Mittlerweile war ihr Bett neu bezogen worden, und er legte sie behutsam darauf. »Bring mir ein sauberes Nachthemd«, befahl er seiner älteren Tochter. »Und einen Waschlappen.«

Vorsichtig wusch er sein Kind und steckte es in das frische Hemd. Wie ein Stein lag sie da, als stünde sie unter der Einwirkung von Drogen. Erst nachdem er fertig war und ihr die Decke bis ans Kinn gezogen hatte, öffnete sie endlich die Augen. »Gute Nacht, Addys Daddy.« Ihre Stimme klang schläfrig, aber völlig normal. Nichts schien sie zu bedrücken. Sie drehte sich auf die Seite und versank in tiefem, friedlichem Schlummer.

Judd betrachtete sie und verspürte das fast überwältigende Bedürfnis, zu schreien oder etwas zu unternehmen — irgend etwas, das dieses Rätsel lösen und seinem Baby helfen würde.

Nach einer Weile wandte er sich zu Emma, die in ihrem Bett lag. Offenbar schlief sie, aber er neigte sich trotzdem hinab und küßte sie. Armes Kind, dachte er. Das ist nicht gut für dich — wo du dich doch ohnehin vor Gespenstern und geheimnisvollen nächtlichen Ereignissen fürchtest. Wäre ich erst zehn, hätte ich auch Angst.

Er hatte beinahe die Tür erreicht, als er ihr Flüstern

hörte. »Daddy, was geschieht mit uns?« Leise Worte, aber von explosivem Grauen erfüllt.

Sofort kehrte er zu ihr zurück, umarmte sie, versuchte, ihr eine Zuversicht zu vermitteln, die er keineswegs empfand. »Addy ist nur traurig, Schätzchen. Sehr traurig.«

»Wegen Mommy?«

»Wegen Mommy.«

Sie preßte den Kopf an seine Schulter, sagte nichts, und er fühlte ihre innere Anspannung. »Gibt's da noch was, Emma? Etwas, das du mir verschweigst?«

Sie schüttelte den Kopf.

»Wenn dich irgendwas quält – du kannst mir alles anvertrauen. Das weißt du doch?«

»Ja«, antwortete sie, aber er gewann den beklemmenden Eindruck, daß sie es nicht so meinte.

Er holte tief Atem. »Könntest du mit Dr. Roth darüber reden?« fragte er sanft. »Falls es etwas ist, das du mir nicht erzählen willst ...«

Emma schaute ihn mit jener Miene an, die er schon zuvor gesehen hatte, die besagte, sie fühle sich von ihm im Stich gelassen. Irgendwie hatte sie mit ihm gerechnet und war enttäuscht worden. Lange Zeit schwieg sie, und er glaubte schon, sie wäre eingeschlafen. Er küßte sie, wandte sich zum Gehen, aber da rief sie ihn zurück. »Daddy, warum hast du behauptet, das kleine Mädchen in dieser Kammer sei nicht Addy gewesen?«

Er überlegte kurz. »Nun, ich konnte mir nicht vorstellen, daß sich deine Schwester in so einem gruseligen Loch verkriechen würde. Außerdem klang ihre Stimme ganz fremd.«

»Ich weiß. Aber es war Ads.«

»Wieso hast du's gemerkt?« Gespannt beobachtete er Emmas Gesicht.

Sie starrte ihn an und schien mit sich zu kämpfen.

»Kannst du's mir nicht sagen?«

Jetzt wich sie seinem Blick aus. Nach einer langen Pause fragte sie: »Magst du Dr. Roth?«

»Ja.«

»Findest du, daß er klug ist?«

Judd nickte.

»Dann kommt vielleicht alles wieder in Ordnung. Gute Nacht, Daddy.«

»Gute Nacht, Emma.« Er gab ihr noch einen Kuß, verließ das Zimmer und hoffte, die Stunden bis zum Morgen würden schnell verstreichen. Ohne weiteren Zwischenfall.

Emma blieb noch lange wach. Es hatte Zeiten gegeben, wo sie gern ins Bett gegangen war, um sich unter der Decke zusammenzurollen und Geschichten zu erfinden, in denen sie zur Königin der Tiere ernannt wurde oder durch Spiegel wandern konnte. Jetzt nicht mehr. Es kam ihr so vor, als müßte sie Wache halten; doch sie wußte nicht, wovor sie ihre Schwester und sich selbst schützen sollte.

Schließlich schlummerte sie trotz ihrer Angst ein.

Wie alle Nächte fand auch diese Nacht ein Ende. Als Emma am Morgen die Augen öffnete, blickte sie erleichtert ins Tageslicht. Nichts war geschehen. Weder mit ihr noch mit Addy oder den anderen.

11

In den nächsten vier Tagen ließ sich Priscilla Daimler nicht blicken und war nur für Henry Adelford zu sprechen. Sie hatte ihre »besondere Phase«, und wenn die eintrat, durfte kein Hausbewohner zu ihr, nicht einmal Rachel.

Judd betrachtete die Situation mit gemischten Gefühlen. Er wollte mit seiner Schwiegermutter sprechen und erfahren, wie zum Teufel sie Addys Versteck in jener Nacht aufgespürt hatte. Aber das war unmöglich, zumindest vorerst.

Andererseits verliefen diese vier Tage auf Land's End erstaunlich angenehm, beinahe normal.

Das Personal bereitete den alljährlichen Sommerball vor, der traditionsgemäß am 21. Juni stattfinden sollte. Wie Elizabeth erklärte, war diese Gala in den letzten drei Jahren — nachdem Rachel das Haus verlassen hatte — allerdings nicht veranstaltet worden. Erst letzte Woche hatte Priscilla beschlossen, den alten Brauch wiederzubeleben. Einladungen wurden verschickt, zusätzliche Dienstboten engagiert, Zimmer geöffnet und gelüftet, alle möglichen Leute kamen und gingen.

Angesichts dieses chaotischen Zustands blühte Rachel auf. Noch nie hatte Judd einen derart übermütigen Eifer an ihr beobachtet. Es schien so, als hätte sie jahrelang auf dieses Fest gewartet und wollte nun jeden einzelnen Augenblick in vollen Zügen genießen, schon während der Planung.

Auch die Kinder waren in bester Laune. Addy bekam keine seltsamen Anfälle, Emma hatte keine Alpträume. Um sie sorgte sich Judd genauso wie um ihre jüngere Schwester. Aber im Lauf dieser heiteren Sommertage verflog Emmas Nervosität, die dunklen Schatten unter ihren Augen verschwanden.

Er verbrachte viel Zeit mit den beiden. Sie gingen spazieren, sprachen über Dinge, die sie mochten oder verabscheuten und spielten. Rachel verstand offensichtlich, wie wichtig ihm dieses Beisammensein mit seinen Töchtern war, denn sie ließ ihn gewähren und widmete sich den Ballvorbereitungen.

Sorgfältig machte er sich Notizen für Dr. Roth, bezweifelte aber, ob das dem Arzt helfen würde, eine genaue Diagnose zu stellen, was Addys Problem betraf. Sie redete ohne Punkt und Komma, sagte aber nichts, was die Vorstellungswelt einer normalen Fünfjährigen überstiegen hätte. Wenn ihre Mutter erwähnt wurde, weinte sie immer noch, schien aber zu begreifen, daß Nicole nie mehr zurückkommen würde.

»Manchmal bin ich traurig«, erklärte sie ernsthaft, »weil ich Mommy nicht sehe — so sehr ich mich auch bemühe. Aber wenn ich sterbe und in den Himmel komme, bin ich wieder mit ihr zusammen. Da wird sie staunen, weil ich lesen gelernt habe.«

Einmal saßen sie am Strand, dicht vor der Brandung, und er fragte, ob sie Rachel möge.

»Klar.« Addy streute feuchten Sand auf ihre Beine. »Sie ist so hübsch, daß ich sie sogar heiraten würde.«

»Du kannst sie nicht heiraten, du dummes Ding!« rief Emma lachend.

»Warum nicht?«

»Weil sie ein Mädchen und außerdem schon mit Daddy verheiratet ist.«

»Nun, dann heirate ich Elizabeth.«

»Aber die ist auch ein Mädchen.«

Addy ließ sich nicht entmutigen. »Okay, ich heirate Daddy, und dabei bleibt's.«

Seufzend verdrehte Emma die Augen. »Den kannst du auch nicht heiraten, Ads. Er ist dein Vater. Außerdem bist du noch zu klein für so was.«

Nun verlor Addy das Interesse an diesem Thema. Sie entdeckte eine Sandkrabbe, die über den Strand flitzte. »Komm her, Crabby, Crabby!« kreischte sie, und beide Kinder rannten dem Tierchen nach.

Judd schaute ihnen nach. Wie unbeschwert sie waren, fröhlich, frei von Angst. Er spürte, wie sich seine verkrampften Nackenmuskeln lockerten, dann blickte er auf sein Notizbuch hinab und schrieb: »Zehn Uhr — alles okay.« Er packte alle Sachen zusammen und folgte seinen Töchtern.

Am nächsten Tag glaubte er, die emotionale Stabilität der beiden wäre hinreichend gesichert, so daß er sie für ein paar Stunden verlassen und mit Rachel zum Lunch nach Kennebunkport fahren konnte. Sie hatte ihn darum gebeten, um endlich wieder mit ihm allein zu sein, und nach gründlicher Überlegung stimmte er zu. In den letzten Tagen war er kaum mit ihr zusammengewesen, und den Kindern schien es überhaupt nichts auszumachen, als er von seinen Plänen sprach. Es überraschte sie sogar, daß er fragte, ob sie einverstanden seien.

Außerdem wurden sie nicht sich selbst überlassen. Elizabeth und Priscilla waren im Haus, ganz zu schweigen vom Personal.

»Du kannst nicht in jeder Minute ihres Lebens auf sie aufpassen«, hatte Rachel bemerkt. »Und allmählich dürfte sich Addy an ihr neues Heim gewöhnen. Ich bezweifle zwar, ob sie sich jetzt in meiner Nähe wohler fühlt, aber wenigstens macht sie keine Szenen mehr.«

Diese Wortwahl verblüffte ihn. Sicher, Addy hatte ziemlich seltsam auf eine Kombination von Einflüssen reagiert, zu denen gewiß auch Rachel zählte. Aber er fand nicht, daß sie »Szenen« gemacht hatte. Sonst wüßte sie, wie sie sich verhalten hatte, und das glaubte er keine Sekunde lang. Er wollte seine Frau darauf hinweisen, doch da stellte sie sich auf die Zehenspitzen und küßte ihn mit atemberaubender Zärtlichkeit auf die Lippen. »Ich liebe dich, Judd. Du bist der beste Ehemann, den sich eine Frau wünschen kann.«

An diesem Vormittag um elf Uhr lag Emma im Spielzimmer bäuchlings am Boden und wartete auf Addys Rückkehr aus dem Bad. Sie spielten gerade Pachisi, und jedesmal, wenn das kleine Mädchen zu verlieren drohte, mußte es auf die Toilette.

Doch das störte Emma nicht besonders. Sie ertrug fast alles, was ihre Schwester trieb, solange es die Streiche der normalen alten Ads waren. Und mit jedem Tag, der ereignislos verstrich, kehrte auch Emmas gewohntes Selbstgefühl zurück. Ihr angeborener Optimismus gewann wieder die Oberhand, verdrängte die Ängste, und ihre Vernunft übernahm die Kontrolle und zügelte die Phantasie. Hier ist alles okay, sagte sie sich. Und wenn es wirklich einen Geist gab, würde er aus unerfindlichen Gründen kommen und gehen. Oder auch nicht. So einfach war das. Zumindest redete sie sich das ein.

Am letzten Abend war sie sogar eingeschlafen, ohne daß das Licht im Bad gebrannt hatte.

»Beeil dich, Ads!« rief sie, wälzte sich auf den Rücken und starrte zur Zimmerdecke hinauf. Es war die merkwürdigste Decke, die sie je gesehen hatte, mit dicken kleinen Stuckengeln. Manche flogen umher, andere saßen da und spielten auf Musikinstrumenten. Sie begann die Figuren zu zählen. Wie viele mochten sich auf dieser riesigen Fläche tummeln?

Addy kam herein und fiel auf die Knie. »Ich bin dran«, verkündete sie und ergriff den Würfel.

Ihre Schwester gab keine Antwort. Sie hatte bereits siebenundvierzig Engel gezählt und wollte nicht aus dem Konzept gebracht werden.

»Emma, ich hab eine Sechs. Jetzt kann ich mich in die Mitte stellen.«

»Still! Ich bin gerade bei vierundfünfzig.«

»Vierundfünfzig — was?« Addy warf sich neben Emma auf den Rücken. »Wohin schaust du?«

Emma zeigte nach oben und prägte sich die Zahl ein, bei der sie zu zählen aufgehört hatte. »Sieh dir den da an. Wie Normy Barton.«

»Normy ist furchtbar fett«, meinte Addy kichernd.

»Eben.«

»Kriegt er auch Babys? Wie Maude?«

»Jungs bekommen keine Babys, du Dummkopf.« Emma lachte schallend und drehte sich wieder um. Manchmal konnte Addy wahnsinnig komisch sein.

»Wieso nicht?«

»Weil Jungs nicht die richtigen Bäuche haben.«

Addy setzte sich auf und zog ihr T-Shirt hoch. »Ich kriege auch keine Babys.« Plötzlich quietschte sie. »Da ist

Maude!« rief sie und zeigte zur Tür, die zum rückwärtigen Teil des Hauses führte. Sie sprang auf und stürmte hinaus.

»Wohin gehst du, Ads?«

»Laufen wir ihr nach! Vielleicht kriegt sie jetzt ihre Kätzchen!«

Nun erhob sich auch Emma. Ja, das wäre großartig.

Auf der Suche nach der Katze folgten die beiden Kinder dem hinteren Korridor bis zur Küche und den Dienstbotenquartieren. Sie hatten Maude aus den Augen verloren, aber ehe sie das beklagen konnten, bogen sie um eine Ekke, und da saß sie am Fuß der Küchentreppe und leckte sich das Fell.

»Hi, Maude«, wisperte Addy und näherte sich der Katze auf Zehenspitzen. Aber als sie ihr über das Köpfchen streichen wollte, wandte Maude sich ab und watschelte schwerfällig die Stufen hinauf. Normalerweise hätte sie mühelos flüchten können, aber wegen ihres gegenwärtigen Zustands fiel es den Kindern leicht, mit ihr Schritt zu halten.

Gemächlich trottete Maude durch die Korridore und blieb immer wieder stehen, um sich an Möbelstücken zu reiben oder ihre Pfoten zu lecken. Einmal schaffte es Addy sogar, sie zu streicheln, ehe sie die langsame Wanderung fortsetzten.

Addy ließ die Katze nicht aus den Augen, aber Emma war fasziniert von den Dingen, die sie unterwegs zu sehen bekam. Die meisten Schlafzimmertüren standen offen, denn die Räume wurden für die Wochenendgäste gelüftet. Zum erstenmal seit der Ankunft auf Land's End schaute sie sich um, ohne eine gewisse Nervosität zu empfinden. Solange sie Ads und Maude in ihrem Blickfeld hatte, gab es keinen Grund zur Besorgnis.

Plötzlich hielt sie inne und starrte durch eine offene Tür. »Ads! Guck mal!«

Nur widerstrebend wandte sich Addy von Maude ab, doch in diesem Moment streckte sich die Katze auf dem

Teppich aus, wärmte sich in einem Sonnenfleck, der durch das Fenster am Ende des Korridors hereinfiel.

Neugierig kehrte Addy zu ihrer Schwester zurück. »Wow!«

Mit kleinen, zögernden Schritten betraten die Kinder das Zimmer. Es war groß und düster, mit einem riesigen Vier-Pfosten-Bett und Bücherregalen an den Wänden. Aber was Emmas Aufmerksamkeit erregt hatte und nun alle beide fesselte, war ein Podest neben dem Kamin. Darauf befand sich ein echter Pferdekopf. Zunächst waren die Mädchen sprachlos, dann rümpfte Addy die Nase. »Igitt! Was glaubst du, wer das gemacht hat?«

So etwas hatte Emma noch nie gesehen. Das Pferd schaute sie direkt an, mit tieftraurigen Augen, und beinahe hätte sie geweint. »Vielleicht ist es einfach nur gestorben. Und jemand liebte es so sehr, daß er den Kopf ausstopfen ließ.«

»Wer kommt denn auf solche Gedanken?« Langsam schüttelte Addy den Kopf. »Wir haben Mommy auch geliebt und sie trotzdem nicht ausstopfen lassen.«

»Das ist was anderes, Ads«, erwiderte Emma, ohne zu wissen, worin der Unterschied bestand. Wenn sie ein Pferd besäße und wenn es stürbe – sie würde es niemals ausstopfen lassen, und wenn sie es noch so innig geliebt hätte. Scheu streckte sie die Fingerspitzen aus, als wollte sie die Nüstern des Tieres streicheln, dann zuckte sie zurück und wandte sich ab. »Gehen wir«, sagte sie und ergriff die Hand ihrer Schwester. Nun konnte sie es kaum erwarten, diesen Raum zu verlassen. Bisher war sie so zuversichtlich gewesen, und das mochte sie sich nicht verderben.

Maude lag immer noch in der Sonne, aber als hätte sie nur auf die Kinder gewartet, stand sie auf, sobald sie zu ihr kamen, und wanderte weiter.

Sie folgten einem langen Korridor, an dessen Ende sie stehenblieben, um eine Vitrine mit antiken Glöckchen zu inspizieren. »Damit würde ich gern spielen«, wisperte Addy atemlos. »Ich wäre ganz vorsichtig und würde nichts kaputtmachen.« Sie wollte die Glastür öffnen, aber Emma hielt sie zurück.

»Das dürfen wir nicht, Ads«, mahnte sie streng. »Nicht ohne Erlaubnis.«

Addy schob die Unterlippe vor und verschränkte schmollend die Arme vor der Brust, offensichtlich entschlossen, nicht von der Stelle zu weichen, bis die Schwester sich anders besann.

»Maude geht weiter«, erklärte Emma und zeigte auf eine Ecke, hinter der die Katze verschwunden war.

Sofort vergaß Addy die Glöckchen und eilte hinter dem Tier her. Es führte die beiden Kinder zu einer Treppe, neben der ein Korridor abzweigte.

Es war nicht der Ort, wo Emma ihre Brille verloren hatte, doch sie wußte, daß man auch hier zum zweiten Stock gelangte. Trotz ihres neugewonnenen Selbstvertrauens hoffte sie, Maude würde nicht die Stufen hinaufsteigen.

Aber diesen Wunsch erfüllte die Katze nicht. Sie watschelte nach oben, gefolgt von Addy und einer widerstrebenden Emma. Sie betraten einen langen, dunklen Flur. In dieser Etage waren alle Türen geschlossen. Das einzige Licht spendeten die schrägen Dachfenster an beiden Enden des Hauses.

Maude wanderte ein Stück den Korridor hinab, dann hielt sie vor einer Tür inne und miaute.

»Was will sie da drin?« fragte Addy.

Ihre Schwester zuckte die Achseln. Hier oben, fern vom Sonnenschein und den hellen Räumen mit den offenen Türen, verflog ihr Forschergeist. »Gehen wir wieder runter. Das ist langweilig.«

»Wie kannst du das wissen, wenn wir uns noch gar nicht umgesehen haben? Und außerdem — während wir nach unten gehen, läßt du mich ohnehin nichts anfassen. Was für einen Spaß hätte ich denn da?« Offenbar hatte Addy beschlossen, ein Ekel zu sein, und sie schmollte immer noch, weil Emma ihr verboten hatte, mit den Glöckchen zu spielen.

»Okay.« Emma stemmte sekundenlang die Hände in die Hüften. »Schauen wir uns um.« Vorsichtig öffnete sie die nächstbeste Tür einen Spaltbreit und stieß sie dann weit auf.

Im Zimmer war es viel heller als im Flur, doch sie sahen kaum etwas, weil sich die Einrichtung unter Schonbezügen verbarg. Sie gingen hinein, und Addy zog die Nase kraus. »Hier stinkt's.«

»Es ist nur muffig, weil dieses Zimmer lange nicht gelüftet wurde.«

»Und was ist unter diesen Decken?« Addy ging zu einem großen verhüllten Gegenstand, hob einen Zipfel des Schonbezugs hoch und spähte darunter.

»Nur alte Möbel.«

»Ja, du hast recht. Das da ist ein Schreibtisch.« Addy trat an ein Fenster. »Wow! Von hier aus sieht man alles. Komm her!«

Immer noch leicht nervös, warf Emma einen Blick über die Schulter und folgte ihrer Schwester. Die Aussicht war tatsächlich eindrucksvoll. Der Raum lag an derselben Seite des Hauses wie das Kinderzimmer eine Etage tiefer, doch hier oben konnte man über die Bäume hinwegschauen, bis zum Meer.

Emma erschauerte, denn plötzlich erinnerte sie sich an den dunklen Fleck, der sich auf dem Rasen bewegt hatte, und an den Kindergesang. Sie blinzelte durch ihre Brille, aber alles im Garten wirkte völlig normal. Trotzdem stieg ein eigenartiges Gefühl in ihr auf. »Laufen wir zum Strand«, schlug sie vor, »und tauchen wir die Füße ins Wasser.«

»Eine tolle Idee!« Addy klatschte in die Hände. Während sie das Zimmer durchquerten, schaute sie unter mehrere Schonbezüge. Und dann blieb sie jubelnd stehen. »Heiliges Kanonenrohr! Guck mal!«

Ihre Schwester hatte bereits die Tür erreicht. »Beeil dich! Wir wollten doch zum Meer.«

Addy verschwand unter dem Tuch. »Warte nur, bis du das gesehen hast! Hilf mir doch, die Decke wegzuziehen!«

Widerwillig kehrte Emma um, und mit vereinten Kräften entfernten sie den Schonbezug.

Was darunter zum Vorschein kam, raubte Emma den Atem. Ein Puppenhaus, ein Meisterwerk, wie es keines der Mädchen jemals erträumt hatte. »Das ist Land's End«, hauchte sie, und sie betrachtete tatsächlich ein perfektes Miniaturduplikat des Hauses. Alle Räume waren nachgebildet, auch der, in dem sie jetzt standen, ebenso alle Einrichtungsgegenstände, bis zu den Teppichen und den Gemälden in der Galerie.

»O Emma!« wisperte Addy. »Da gibt's sogar ein winziges Puppenhaus.«

»Und Türen und Fenster, die man aufmachen kann!« sagte Emma hingerissen. »Schau dir mal das kleine Teeservice an!« Nie zuvor hatte sie eine solche Kostbarkeit bewundert. Sie fühlte sich wie Alice in Wunderland.

Addy ergriff eine winzige Lampe und balancierte sie lächelnd auf ihrer Handfläche.

»Paß bloß auf!« mahnte Emma. »Wenn wir irgendwas zerbrechen, bringen sie uns um.«

»Wem hat dieses Haus gehört?« Vorsichtig stellte Addy das Lämpchen auf den winzigen Wandtisch zurück.

»Wahrscheinlich Elizabeth und Rachel«, antwortete Emma geistesabwesend. Sie hatte das winzige Puppenhaus aus dem Miniaturzimmer genommen, drehte es fasziniert hin und her. Alles, was sie darin erblickte, wurde kleiner und kleiner und kleiner, bis sie nichts mehr erkennen konnte. Das machte sie schwindlig, und sie schloß sekundenlang die Augen. Als sie die Lider wieder hob, sah sie ein bemaltes Schaukelpferd. Behutsam holte sie es hervor. »Schau, Addy!« Das Pferdchen hatte vermutlich im früheren Kinderzimmer gestanden, das mit Spielzeug gefüllt war — mit Stofftieren, Puppen, einer Eisenbahn. Es gab sogar eine Rutschbahn und eine Schaukel.

Entzückt hob Addy die Brauen. »Wo ist das richtige Kinderzimmer Was meinst du?«

Emma zählte die Räume. »Zwei Türen weiter, auf der anderen Seite des Flurs.«

Aufgeregt hüpfte Addy umher. »Sehen wir nach, ob's noch da ist! O, bitte, Emma! Wollen wir?«

Nur ungern riß sich Emma von dem Puppenhaus los, aber wenn das echte Kinderzimmer der Nachbildung entsprach, würde ein Märchen wahr werden. »Okay. Aber zuerst müssen wir das Häuschen wieder zudecken.«

»Mach du's. Ich bin zu klein. Inzwischen suche ich das Kinderzimmer.«

Emma öffnete den Mund, um zu protestieren, aber ehe sie etwas sagen konnte, war ihre Schwester zur Tür hinausgehuscht. Mit einiger Mühe streifte sie den Schonbezug über das Puppenhaus. Ich komme wieder, wisperte sie, und nach einem letzten Blick auf den verhüllten Schatz folgte sie dem kleinen Mädchen.

Es dauerte eine Weile, bis sich ihre Augen an die Finsternis im Flur gewöhnten. Sie ging zwei Türen weiter, blieb stehen und runzelte die Stirn.

Seltsam — alle Türen waren immer noch geschlossen; plötzlich wurde sie nervös. »Addy? Addy Pauling, wo steckst du?«

Keine Antwort.

Emma starrte auf die geschlossene Tür. »Addy?« Ihre Stimme klang hoch und schrill, wie das Quäken einer Maus, die von einer Katze bedroht wird.

Mit bebenden Fingern drückte sie die Klinke hinab. Da drin gibt's nichts, was dir weh tun kann, redete sie sich ein. Gar nichts.

Langsam schwang die Tür nach innen, und Emma starrte in einen Raum voller Schatten. Hier waren die Möbel nicht verhüllt, aber die dicken Staubschichten erzielten beinahe die gleiche Wirkung. Sie konnte die einzelnen Gegenstände kaum identifizieren. Vorsichtig machte sie einen Schritt und fuhr zurück, weil Spinnweben ihr Gesicht streiften. Sie wischte die dünnen Netze schaudernd weg, blickte sich suchend nach Addy um.

Die Luft war warm. Unangenehm warm. Und sie roch merkwürdig. Nicht muffig wie im anderen Zimmer, sondern eher wie in einem Keller, nach feuchter, dunkler Erde.

Erleichtert entdeckte sie Addy, die rittlings auf dem Schaukelpferd saß. »Ads, du Dummkopf!« rief sie und lachte über ihre eigene alberne Angst. »Warum hast du die Tür zugemacht?«

Aber Addy schwieg. In stetigem Rhythmus schaukelte sie auf und ab.

Und in der schalen Luft hörte Emma das Echo, das ihre verdrängte Furcht von neuem weckte. Das Echo einer Melodie, jenes unheimlichen Wiegenlieds, an das sie sich nur zu gut erinnerte. Und es wurde von einer grausigen, durchdringenden Kälte begleitet. Sie glich nicht der Kälte, die man verspürte, wenn man zu lange Schlitten gefahren war, wenn in Fingern und Zehen jedes Gefühl erstarb.

Diese Kälte war anders. Sie breitete sich in Emmas Körper aus, überall, so als würde sie von einer Million winziger Eiszapfen durchbohrt. »Ads«, wisperte sie, von lähmendem Entsetzen erfüllt. »Ads, ich habe Angst.«

Langsam wandte sich die kleine Schwester zu ihr und starrte sie an, das Gesicht geisterhaft und leblos. Aber was Emma zutiefst erschreckte, war die Gewißheit, daß sie dieses Gesicht noch nie gesehen hatte. Es gehörte zu niemandem, den sie kannte.

»Addy!« schrie sie.

Und zu ihrem Grauen öffnete das leichenähnliche Kind den Mund. »Warum nennst du mich Addy?« Die Stimme klang wie das Eisflüstern arktischer Stürme. »Ich heiße nicht Addy — ich bin Lilith.«

12

Auf der langen Zufahrt nach Land's End stellte Judd erstaunt fest, daß es geregnet hatte, während er mit seiner Frau in Kennebuckport gewesen war. Kleine Nebelschwaden stiegen von den Pfützen empor, die Azaleen und Rhododendren schimmerten feucht in der Nachmittagssonne.

»Merkwürdig«, meinte Rachel. »Hier muß es ein Gewitter gegeben haben. Und in der Stadt war es so schön.«

Er ergriff ihre Hand. »Ja, nicht wahr?«

»Danke, daß du mich heute so verwöhnt hast« sagte sie leise. »Ich weiß, es war selbstsüchtig von mir, aber ich wollte dich endlich mal wieder für mich allein haben. Wenn auch nur für eine kleine Weile . . .«

Judd drückte ihre Finger. »Ich weiß, Liebling, aber keine Bange. Wenn mich nicht alles täuscht, sind die Kinder jetzt so gut wie okay. Bald wird Dr. Roth eine kleine Patientin verlieren.«

Seine Frau entzog ihm ihre Hand. »Hoffentlich. Als wir heute nur zu zweit waren, merkte ich, wie sehr ich dich brauche. Es fällt mir schwer, mein Glück mit anderen zu teilen.«

»Wie kannst du das behaupten? Du bist der großzügigste Mensch, den ich kenne.«

»Wenn es nur um Gegenstände geht — vielleicht.« Sie machte eine Pause, und als sie weitersprach, klang ihre Stimme fast ärgerlich. »Aber es gibt Dinge, die man niemals teilen sollte.«

Erstaunt über ihren Tonfall, warf er einen Blick zu ihr hinüber, aber sie hatte das Gesicht abgewandt. »Zum Beispiel?«

»Schon gut.« Sie rutschte zu Judd herüber und schmiegte sich an ihn. »Ich liebe dich, und ich wünschte, wir könnten uns öfter davonstehlen. Das ist alles.«

Er legte einen Arm um ihre Schultern. »Keine Angst, wir haben noch so viel Zeit.« Seine Hand glitt zu ihrer Brust hinab. Rachel trug keinen BH, und er spürte, wie sich die Knospe unter der Seidenbluse aufrichtete.

Leise seufzte sie. »Glaubst du, wir könnten unsere Zweisamkeit für ein paar Minuten verlängern, wenn wir daheim sind?« flüsterte sie heiser und atemlos.

»Sicher. Genau das habe ich vor.«

Sie bogen um die letzte Kurve der Zufahrt. Im Hof parkten mehrere Lieferwagen, und so fuhr Judd hinter das Haus. Er kannte nur noch einen einzigen Gedanken — wie leidenschaftlich er Rachel begehrte. Und so stoppte er das Auto einfach vor dem Eingang, zog sie an sich und küßte sie. »Schleichen wir hinein, ehe die anderen merken, daß wir wieder da sind.«

Wenn er Jahre später an diesen Moment zurückdachte, begriff er noch immer nicht, wie es möglich gewesen war, innerhalb weniger Sekunden aus dem Himmel seines Liebesglücks in tiefste Verzweiflung hinabzustürzen. So, als wäre ihm ein Arm oder ein Bein abgesägt worden, so plötzlich und unerwartet, daß er es zunächst kaum wahrnahm.

Eben hatte ihn noch ein heißes Verlangen nach Rachel erfüllt. Und im nächsten Moment starrte er in Elizabeths bleiches, grimmiges Gesicht, hörte ihre Stimme, aber ihre Worte ergaben keinen Sinn. Er schaute sie einfach nur an, über den Kopf seiner Frau hinweg, und grinste albern, als hätte Elizabeth irgendeinen dummen Witz erzählt, dessen Pointe er nicht verstand und über den er nur aus Höflichkeit lächelte.

»Judd!« rief sie in scharfem Ton. »Sind Sie taub? Ich sagte, Emma hatte einen — einen Anfall. Sie sollten sofort zu ihr gehen.«

Halb benommen, immer noch verständnislos, folgte er ihr und ließ Rachel allein im Wagen sitzen.

Emma lag in der Bibliothek auf der Couch, die Augen

geschlossen, einen feuchten Lappen über der Stirn. Sie wirkte so klein und hilflos, daß sich ein Kloß in Judds Kehle bildete. Neben ihr saß Addy und lutschte am Daumen. Beim Anblick ihres Vaters sprang sie auf und lief zu ihm, schlang die Arme um seine Knie und warf ihn fast um. »Daddy!« würgte sie hervor. »Emma fiel in Ohnmacht, und ich konnte sie nicht wecken, obwohl ich's immer wieder versuchte. Da lief ich nach unten und holte Elizabeth.«

»Henry ist schon unterwegs«, verkündete Elizabeth von der Tür her.

Mit drei großen Schritten eilte Judd zur Couch und kniete neben seiner Tochter nieder. Sie glich einer Leiche – reglos, bis auf die Brust, die sich kaum merklich hob und senkte. »Emma!« Krampfhaft bemühte er sich, seiner Stimme einen ruhigen Klang zu verleihen. »Schätzchen, hörst du mich? Daddy ist da.«

Keine Reaktion.

»So ist sie schon, seit wir sie gefunden haben«, erklärte Elizabeth.

»Ist sie gestürzt?«

»Das weiß niemand. Sie war im zweiten Stock, im alten Kinderzimmer.«

Unzählige Fragen gingen ihm durch den Sinn, aber er verdrängte sie. Seine erste Sorge galt nun Emma. »Schätzchen, hörst du mich?« wiederholte er, nahm den Lappen von ihrer Stirn und strich ihr behutsam das feuchte Haar aus dem Gesicht.

»Warum wacht sie nicht auf? Sie ist doch nicht tot wie Mommy?« fragte Addy mit zitternder Stimme und brach in Tränen aus.

Judd zog sie an sich. »Nein, Addy«, erwiderte er mit erzwungener Ruhe. »Sie ist nicht tot, nur bewußtlos.« Zu Elizabeth gewandt, stieß er zwischen den Zähnen hervor: »Wo zum Teufel bleibt Henry?«

»Er müßte jede Minute hier sein.«

»Daddy...« Ein schwaches, fast unhörbares Wimmern.
Er drehte sich zu seiner älteren Tochter um, die ihre Augen geöffnet hatte. »Emma! Gott sei Dank!« Zärtlich strich er mit einem Finger über ihre Wange. »Du hast deinen alten Dad ziemlich erschreckt, weißt du das?«
Mit leeren, glasigen Augen starrte sie ihn an, schien nicht genau zu wissen, wer er war. »Daddy?« Plötzlich fuhr sie hoch, klammerte sich an ihn und schluchzte hysterisch, als wären alle Höllenhunde hinter ihr her.
Judd hielt sie fest, versuchte sie zu beruhigen, spürte ihre zarten, dünnen Knochen. Wie jung sie war — und völlig abhängig von ihm... »Ist ja schon gut, Schätzchen. Ich bin bei dir.« Er legte einen Finger unter ihr Kinn und hob es hoch, um ihr ins Gesicht zu schauen. Ihre Augen waren geschlossen, die Lider geschwollen vom Weinen. Aber als sie ihn wieder anschaute, stockte sein Atem. Es gab nur ein einziges Wort, um zu beschreiben, was er in ihrem Blick las. Entsetzen. Unverhohlenes, blankes Entsetzen.
»Ich habe sie gesehen«, würgte sie hervor. »O Daddy, ich habe sie gesehen.«
»Ist ja gut, Emma. Beruhige dich erst einmal, und dann erzählst du mir alles.«
Sie legte den Kopf an seine Schulter, rang nach Luft und bekam einen Schluckauf. Addy schmiegte sich auf der anderen Seite an ihn.
»Was ist denn los?« Henry Adelford erschien in der Tür.
Das weiß nur Gott, dachte Judd.

Der Doktor kam und ging, ohne bei Emma irgendwelche Anzeichen einer körperlichen Krankheit entdeckt zu haben. »Seien Sie vorsichtig«, riet er Judd unter vier Augen. »Irgendwas macht ihr angst. Das wissen wir — aber wir wissen nicht, was. Nun, Sie haben schon mit Addy gewisse Schwierigkeiten — und jetzt auch mit Emma.« Nachdenklich zog er die Brauen zusammen. »Aber das ist nicht ungewöhnlich. Wenn sich Kinder so nahe stehen wie Ihre beiden, färbt das Problem des einen oft auf das andere ab. Ich werde Martin Roth anrufen und ihn informieren. Er ist ja der Experte.«

Nachdem sich der Arzt verabschiedet hatte, saß Judd zwischen Emma und Addy auf der Couch, musterte sie abwechselnd und fühlte sich völlig hilflos. Wie konnte er der einen die Ereignisse erklären, ohne die andere zu erschrecken?

Soeben hatte Addy ihre Version des Zwischenfalls im Kinderzimmer beendet. Sie war auf dem Schaukelpferd geritten, mit ihren eigenen Gedanken beschäftigt, und plötzlich hatte Emma am Boden gelegen. Vergeblich hatte Addy versucht, sie hochzuziehen, und dann Elizabeth geholt.

Schweigend hörte Emma zu, und Judd spürte ihre innere Anspannung. »Jetzt bist du dran, Schätzchen.«

Sie fürchtete, er würde ihr nicht glauben. Das verriet ihre unglückliche Miene. »Da — da war jemand anderer, Daddy«, stammelte sie.

»Im Kinderzimmer?« fragte er.

Sie nickte, ohne sein Gesicht aus den Augen zu lassen, suchte nach einem Zeichen, daß er sie ernst nehmen würde. »Aber es war kein richtiger, lebendiger Mensch«, ergänzte sie verzweifelt. Wortlos wartete er, weil er seiner Stimme nicht traute. Ihre Augen wurden groß und rund, kraß hob sich die tiefe Bläue von den aschfahlen Wangen ab. »Da war ein kleines Mädchen — sie heißt Lilith«, wisperte sie. »Und sie steckte — in Addy drin.«

Judd unterdrückte ein Stöhnen. Das war schlimmer, als er gedacht hatte. Addy mußte wieder einen Anfall bekommen haben. Und Emma hatte darauf mit einer Ohnmacht reagiert. Wie sollte er ihr irgendwas erklären, wenn er selber nichts verstand?

Addy kroch über seine Beine, stellte sich vor ihre Schwester hin und stemmte die Hände in die Hüften. »Das ist die gemeinste Lüge, die du je erzählt hast, Emma Pauling. Niemand steckt in mir drin. Schau doch her, wenn du's nicht glaubst!« verlangte sie und riß den Mund weit auf.

»Ads, ich bin durstig«, sagte Judd in beiläufigem Ton. »Könntest du mir ein Glas Wasser bringen, ohne was zu verschütten?«

Sie zögerte und legte nachdenklich den Kopf schief. »Aber wie soll ich an den Hahn rankommen?«

»Geh in die Küche und bitte Kate um Hilfe.«

»Okay, Addys Daddy.« Sie hielt eine Hand hoch und zählte eifrig die Finger. »In eins, zwei, drei Sekunden bin ich wieder da.« Ohne einen Blick zurückzuwerfen, rannte sie aus dem Zimmer.

Emma starrte vor sich hin. »Du glaubst mir nicht.« Es war kein Tadel, nur reine Verzweiflung.

Er holte tief Atem und zog sie an sich. Irgendwie mußte er ihr helfen. »Ich habe Addy weggeschickt, weil sie jetzt nicht zuhören soll. Das würde ihr Angst einjagen, und es bleibt unser Geheimnis.« Wieder hob er ihr Gesicht hoch und sah ihr in die Augen. »Ich glaube dir, wenn du sagst, da oben sei was Furchtbares passiert. Ich begreife es nicht, aber ich glaube dir.«

Ungläubig schaute sie ihn an, das Blut stieg ihr in die Wangen. »Wirklich?« hauchte sie, und er nickte. »O Daddy!« Nun lachte und weinte sie gleichzeitig. In maßloser Erleichterung schlang sie die Arme um seinen Hals und erdrosselte ihn beinahe. »O Daddy, ich danke dir!«

Und dann schilderte sie noch einmal, was sich abgespielt hatte, in allen Einzelheiten. Schweren Herzens lauschte er der Geschichte von dem Geisterkind, das im Stall und später in der Galerie gelauert hatte, von der verschlossenen Tür im zweiten Stock. Und schließlich berichtete sie von dem grausigen Gesicht im Kinderzimmer. »Weißt du was, Daddy?« Sie hielt den Atem an.

»Was, Schätzchen?«

Sie sprach so leise, daß er sie kaum verstand. »Wir sollten alle von hier verschwinden.«

Judd fühlte sich, als wäre er von einer Klippe abgerutscht und würde in eine schwarze, bodenlose Grube fallen. Es war viel schlimmer, als er erwartet hatte. Emma reagierte nicht nur auf Addys emotionales Trauma, sie erlitt ihr eigenes.

Und dies war noch lange nicht das Schrecklichste. Sie hatte ihre tiefsten Geheimnisse mit ihm geteilt, ihr ganz persönliches Grauen. Weil sie dachte, er glaubte an ihren Geist. Und für sie gab es nur eine einzige logische Lösung des Problems. Sie mußten Land's End verlassen, vor dem Geist fliehen.

Er schloß die Augen. Bitte, lieber Gott, betete er stumm, bewahre mich davor, einen furchtbaren Fehler zu begehen. Du mußt verhindern, daß ich ihr weh tue.

Emma ergriff seine Hand, und als er die Augen öffnete, war ihr Gesicht nur wenige Zentimeter von seinem entfernt. »Weißt du was, Daddy?« fragte sie noch einmal sehr ernsthaft.

Judd schüttelte den Kopf.

»Jetzt fürchte ich mich nicht mehr so. Weißt du, warum?«

»Warum?«

»Weil ich nicht mehr allein bin. Was immer auch passiert – du wirst herausfinden, was wir unternehmen müssen.«

Diesmal konnte er nicht anders. Er stöhnte.

13

Emma glaubt also, Addy wäre besessen«, erklärte er müde. Fast eine halbe Stunde lang hatte er ununterbrochen geredet und Dr. Roth mitgeteilt, was seit dem letzten Besuch in der Praxis geschehen war. Sein Kopf drohte zu bersten.

Der Arzt nickte. »Das verstehe ich. Emma sieht darin eine vernünftige Erklärung für Addys unvernünftiges Verhalten. Immerhin ist Emma erst zehn, und sie fürchtet sich.« Er lehnte sich in seinem Sessel zurück. »Aber es ist keine gewöhnliche Angst, sondern Grauen — die Erwartung schlimmer Ereignisse, nicht die Reaktion auf das, was tatsächlich passiert. Die meisten Kinder ihres Alters können sehr gut mit gräßlichen Dingen umgehen, wenn sie Ursache und Wirkung erkennen. Darin liegt das Problem. Emma beobachtet nur die Wirkung — Addys bizarres Benehmen. Die Ursache bleibt verborgen. Deshalb hat sie eine erfunden. Dieser Geist ist vermutlich eine komplizierte Erklärung für etwas, das sie nicht versteht. Und wir können ihr kaum helfen, weil wir auch nicht wissen, was hinter Addys Problem steckt.«

»Und was sollen wir tun?«

Dr. Roth beugte sich vor und nahm eine Packung Kaugummi aus einer Schreibtischschublade. »Möchten Sie auch einen?«

Judd schüttelte den Kopf.

»Haben Sie bemerkt, daß ich nicht mehr rauche?«

»Ja.«

»Seit zwei Tagen. Zwei Tage und sieben Stunden...« Der Doktor schaute auf seine Uhr. »... und vierundzwanzig Minuten, um genau zu sein.« Er holte tief Luft und richtete sich in seinem Sessel auf. »Das sollen Sie wissen — für den Fall, daß ich mich sonderbar aufführe. Aber zurück zu Ihrer Frage — was ist zu tun?« Nun ergriff er einen Bleistift. »Ich werde alles notieren, was ich sage. Das ist eine Art lautes Nachdenken, und es hilft mir, die Maßnahmen zu planen.« Er schaute kurz auf. »Vielleicht sollten Sie meinem Beispiel folgen. Schreiben Sie alles auf, was Ihnen einfällt, sehen Sie, was dabei rauskommt, und dann vergleichen wir unsere Notizen.«

Während er weitersprach, begann er zu schreiben. »Unser Hauptproblem betrifft nicht Emma, sondern immer noch Addy. Wenn wir feststellen, was der Kleinen fehlt, wird es auch ihrer Schwester helfen. Der Schlüssel besteht darin, Emma logische Antworten zu geben, etwas Konkretes, woran sie sich festhalten kann, dann wird sie ihren Geist vergessen.«

»Hoffentlich haben Sie recht.«

Wieder blickte der Arzt auf. »Das hoffe ich auch. Aber eins nach dem anderen. Ich drücke mich so schlicht wie möglich aus, weil ich auf Ihre Mitarbeit angewiesen bin, und wenn der Fachjargon Sie verwirren würde, wären Sie keine große Hilfe.« Die Hände über dem Nasenrücken gefaltet, schwieg er eine Weile, und Judd konnte beinahe beobachten, wie der Doktor seine Gedanken ordnete. Schließlich fuhr Roth fort: »Was wissen wir über Addy? Erstens — sie hat diese plötzlichen, kurzen Bewußtseinsveränderungen, und später erinnert sie sich nicht daran. Bei diesen Anfällen nimmt sie eine neue Identität an — die Identität einer Person, die eine andere Stimme hat, die Dinge tut, die Addy nicht kann oder normalerweise nicht machen würde. Sie haben es ebenso miterlebt wie Emma. So ist es doch?«

Judd nickte.

Dr. Roth legte den Bleistift beiseite. »Angenommen, Emma hat gestern einen solchen Anfall mit angesehen. Wohin führt uns das?«

»Dahin, wo wir schon am Freitag waren«, entgegnete Judd tonlos. »Aber jetzt dreht auch Emma durch.«

Der Doktor ließ nicht erkennen, ob er zugehört hatte.

Er folgte weiterhin seinen eigenen Gedankengängen, dachte laut, notierte hin und wieder etwas auf seinem Schreibblock, lehnte sich manchmal zurück und schloß sekundenlang die Augen. »Unglücklicherweise wissen wir besser, was es nicht ist, als was es sein könnte. Es ist keine Fugue, also kein Verlassen der gewohnten Umgebung im Dämmerzustand, sonst würden wir beobachten, daß Addy ihre eigene Identität für viel längere Zeiträume vergißt. Sie zeigt auch keine Symptome einer Phobie. Keine Angst, keine Schweißausbrüche, keine Atemnot. Wenn sie wieder sie selbst ist, bemerken Sie keinen Zorn, keine Nervosität, keine Schwächen.«

Der Doktor runzelte die Stirn. »Vielleicht ein Zwangsverhalten? Das Bedürfnis, eine Handlungsweise zu wiederholen? Zum Beispiel Gebete? Ein Ritualtrieb? Verlangt sie etwa, Sie sollen immer wieder nachschauen, ob die Fenster auch wirklich geschlossen sind? Oder möchte sie nur auf der linken Seite ins Bett steigen? Ist etwas dergleichen vorgekommen?«

»Nein.«

»Gibt es, abgesehen vom Daumenlutschen, irgendwelche Rückfälle in die Kleinkindphase? Häufiges Weinen, eine Babysprache oder der Wunsch, dauernd umarmt zu werden?«

»Nein, nichts.«

Die Augen des Psychiaters verengten sich. »Hat Addy jemals eine schwere Kopfverletzung erlitten?«

»Nicht, daß ich wüßte. Warum?«

Dr. Roth stand auf, ging zum Fenster und blickte zu Emma und Addy hinab, die auf der Schaukel spielten. »Anfangs war ich wie Dr. Adelford der Meinung, daß es sich höchstwahrscheinlich um ein psychologisches Problem handelt. Eine Reaktion auf den Tod der Mutter. Nun will ich das etwas genauer untersuchen, wenn ich darf.«

Judd wartete schweigend.

»Ein EEG, Röntgenaufnahmen vom Kopf. Um die

Möglichkeit auszuschließen, es könnten psychomotorische Attacken sein.«

»Wie äußern sich die?«

»Zum Beispiel durch epileptische Anfälle.«

»O Gott ...«

Der Arzt drehte sich um. »Auf diesen Gedanken brachte mich Emmas Überzeugung, Addy wäre besessen.«

»Wieso?«

»Auf diese Weise wurden gewisse Formen der Epilepsie jahrtausendelang erklärt. Die betreffende Person verliert ihre Identität, hat keine Verbindung mehr zu ihrer Umwelt. Später erinnert sie sich nicht an ihr Verhalten. Sie tut uncharakteristische, sogar unmögliche Dinge.«

»Zum Beispiel spielt sie Klavier.«

»Genau. Sie erwähnten auch, Addy habe ins Bett gemacht, bevor sie sich in dieser Kammer versteckte.«

Judd nickte.

»Manchmal vermischen sich solche Attacken, ein Grand mal, also ein epileptischer Anfall mit schweren Krämpfen, Bewußtlosigkeit und Gedächtnisverlust, mit einer psychomotorischen Störung.«

Verwirrt strich sich Judd über die Stirn.

»Das würde erklären, warum sich Addy zwischen den Attacken völlig normal benimmt, warum sie weder Angst noch Depressionen zeigt.« Dr. Roth senkte die Stimme. »Würde das zutreffen, könnten wir's Emma viel leichter begreiflich machen. Es wäre längst nicht so schlimm für sie wie das, was sie jetzt ertragen muß.«

»Und wenn Addy tatsächlich Epileptikerin ist?«

»Dann bestünde die Möglichkeit eines chirurgischen Eingriffs, falls sie irgendwann einmal verletzt wurde.« Der Arzt hob eine Hand. »Aber wir greifen vor, Mr. Pauling. Warten wir erst einmal das EEG und die Röntgenaufnahmen ab. Das alles soll noch heute gemacht werden.«

Judd nickte. Addy, dachte er, arme, liebe, fröhliche kleine Addy. »Es wird ihr doch nicht weh tun?«

»Nein.« Roth führte ein kurzes Telefongespräch. »Sie können Addy jetzt gleich rüberbringen, die Leute wissen Bescheid.« Er notierte eine Adresse und gab Judd den Zettel. »Erster Stock. Nachher kommen Sie wieder zu mir, und wir reden über die weiteren Maßnahmen.« Judd stand auf, und der Arzt fragte »Würde es Emma etwas ausmachen, bei mir zu bleiben, während Sie weg sind? Dann könnte ich mich mit ihr unterhalten.«

»Ich werde ihr das vorschlagen.«

»Aber drängen Sie sie nicht, wenn sie sich weigert.«

»Keine Bange, das werde ich nicht tun.« Judd verließ das Sprechzimmer und zum erstenmal seit Nicoles Tod wünschte er, sie wäre hier und würde ihm helfen.

Emma saß Dr. Roth in einem großen Sessel gegenüber, starrten ihn an und gab ihrer Schwester recht. Er sah tatsächlich wie eine Eidechse aus. Die Wangen hingen zu beiden Seiten des Halses herab, die glänzenden schwarzen Augen quollen ein wenig hervor.

»Dein Dad sagte, du hättest nichts dagegen, bei mir zu warten, während Addy untersucht wird«, begann er. »Nun können wir uns näher kennenlernen.«

»Es macht mir nichts aus.« Emma fühlte sich viel zuversichtlicher als bei Daddys letztem Besuch in der Praxis und das nur, weil er über Lilith Bescheid wußte. Außerdem gefiel ihr Dr. Roths Stimme. Die klang tief und warm und sehr ernst, so als würde er mit einer Erwachsenen reden.

»Erzähl mir, was deiner Meinung nach mit Addy geschieht.«

»Wie meinen Sie das?«

»Glaubst du, daß sie krank ist?«

Emma schüttelte den Kopf. »Sie ist okay.«

»Ich dachte, gestern wäre etwas mit ihr passiert, das dich erschreckt hat.«

»Ja.« Aufmerksam beobachtete sie ihn und war sich

nicht sicher, wieviel sie verraten sollte. »Aber das war nicht Addys Schuld.«

»Und wer war schuld? Während du überlegst, was du mir anvertrauen willst, nimm dir einen Kaugummi.« Er hielt ihr die Packung hin.

»Oh, mit Fruchtgeschmack! Den mag ich am liebsten. Wußten Sie, daß Maulwürfe keinen Kaugummi schlucken können?«

Dr. Roth hob erstaunt die Brauen. »Nein, das wußte ich nicht. Ist das wahr?«

Sie nickte. »Man benutzt ihn, um die Maulwürfe loszuwerden, wenn sie Löcher in den Rasen buddeln«, erklärte sie, wickelte den Kaugummi aus dem Papier und schob ihn in den Mund. »Glauben Sie an Geister?« Diese Frage war ihr unwillkürlich herausgerutscht, schien den Arzt aber kein bißchen zu verwirren. Seine schwarzen Augen blinzelten nicht einmal.

»Um die Wahrheit zu gestehen, ich bin mir nicht sicher. Warum willst du das wissen?«

Emma dachte kurz nach. »Weil es auf Land's End einen Geist gibt«, antwortete sie dann leise und richtete sich in ihrem Sessel auf. »Wenn Sie mir nicht glauben, reden Sie mit meinem Vater.«

»Warum sollte ich?« entgegnete Dr. Roth gleichmütig. »Du bist ein vernünftiges Mädchen, also kann ich das auch mit dir besprechen. Wieso meinst du, daß auf Land's End ein Geist umgeht?«

»Zuerst habe ich ihn nur gehört. Und später sah ich ihn.«

»Gestern?«

Sie nickte.

Eine Zeitlang schwieg er. Schließlich runzelte er die Stirn. »Leider ist mir noch nie ein Geist begegnet, Emma.« Seine Augen verengten sich. »Wo hast du ihn gesehen?«

»Er war in meiner Schwester.« Wieder beobachtete sie ihn aufmerksam, um eine etwaige negative Reaktion festzustellen, aber seine Miene blieb unverändert.

»Das ist sehr ungewöhnlich, findest du nicht auch?«

»Ja. Aber ich habe mal eine Geschichte über so was gelesen. Über einen toten Jungen, der in seinen Bruder reinkroch.«

»Hmmmm.« Eine Furche bildete sich zwischen Dr. Roths Brauen. »Und wieso weißt du, daß dir gestern ein Geist erschienen ist?«

»Weil er keinen eigenen Körper hatte.«

Nun begann der Doktor schneller an seinem Kaugummi zu kauen, und es dauerte sehr lange, bis er wieder sprach. »Hast du diesen Geist jemals gesehen, wenn Addy nicht in der Nähe war?«

Angestrengt überlegte Emma. »Nicht direkt. Aber sie war da. Sie versteckte sich.« Nachdem sie ihr Erlebnis im Stall geschildert hatte, fügte sie hinzu: »Und einmal war sie da, als Addy in die Stadt zu Dr. Adelford fuhr. Da sah ich sie nicht, aber ich hörte sie.«

»Und wieso weißt du, daß es eine weibliche Person ist?«

»Das sagte sie mir. Sie heißt Lilith.« Schaudernd erinnerte sich Emma an das gespenstische tote Gesicht.

»Lilith hat dir Angst eingejagt, nicht wahr?« erkundigte sich Dr. Roth sanft.

»O ja. Beinahe hätte ich geschrien.« Lachend schlug sie sich auf das Knie. »Ich meine — ich habe wirklich geschrien — wie verrückt.«

Er lächelte. »Das kann ich mir vorstellen. Wahrscheinlich hätte ich auch geschrien.« Nach einer kleinen Pause fuhr er fort: »Hat der Geist noch was anderes gesagt oder seinen Namen genannt?«

»Sonst nichts. Und da fiel ich in Ohnmacht.«

Der Doktor stand auf, kam zu Emma und setzte sich auf die Schreibtischkante. Er senkte die Stimme, die jetzt noch ernster klang. »Bevor du meine nächste Frage beantwortest, denk gründlich nach«, bat er und rieb sich das Kinn.

»Was glaubst du, was dieses Geisterkind von dir will?«

Sie erschauerte wieder. »Keine Ahnung.«

»Meinst du, Lilith möchte dir oder Addy weh tun?«

»Vielleicht — vielleicht auch nicht. Aber es spielt keine Rolle, ob sie das will, weil sie uns ja so oder so weh tut.«

»Das stimmt.« Er stand auf und kehrte zu seinem Sessel zurück.

»Noch eine Frage. Glaubst du, dein Vater kann was dagegen unternehmen?«

Emma zögerte. Um darüber nachzudenken, war sie fast die ganze letzte Nacht wach geblieben. Schließlich erwiderte sie leise: »Ich finde, er sollte uns von Land's End wegbringen.«

»Nach allem, was du mir erzählt hast, wäre das ein logischer Schritt. Du meinst, in New York wäre Addy wieder sie selbst?«

Zum erstenmal staunte sie über eine seiner Fragen. Offenbar war Dr. Roth doch nicht so klug, wie sie gedacht hatte. »Natürlich«, entgegnete sie geduldig. »Der Geist kriecht in Addys Körper und zwingt sie, all die unheimlichen Dinge zu tun. Sie selber ist gar nicht dran beteiligt.«

»Hmmm... Du bist eine sehr gescheite junge Dame, und deshalb möchte ich dich jetzt was fragen, das dir vielleicht noch nicht in den Sinn gekommen ist. Eine schwierige Frage«

Emma wartete.

»Warum, glaubst du, kriecht der Geist in Addys Körper und nicht in deinen?«

Nachdenklich zog Emma die Brauen zusammen. Sie spürte, daß Dr. Roth sie beobachtete und eine aufschlußreiche Antwort erhoffte, schlug bedächtig die Beine übereinander und strich ihren Rock glatt. »Vielleicht, weil Addy jünger ist, erst fünf — und nicht so stark wie ich.«

Der Arzt legte den Kopf schief. »Hast du jemals die Möglichkeit erwogen, Addy könnte sich wünschen, daß der Geist in sie hineinkriecht?«

Sie schnappte nach Luft. »Warum zum Teufel sollte sie?«

»Wenn der Geist in ihr ist, kann sie so tun, als wäre sie jemand anderer, und deine Mutter vergessen. Sie muß nicht mehr spüren, wie furchtbar traurig sie ist!«

Emma überdachte diese Theorie sehr gründlich. »Da gibt's nur zwei Probleme. Erstens – Addy weiß gar nicht, daß es diesen Geist gibt. Und zweitens – sie ist nicht traurig. Nur wenn Lilith in ihr steckt. Sonst ist sie so fröhlich, daß ich fast Kopfschmerzen davon kriege.« Sie schaute dem Arzt direkt in die Augen. »Ich weiß nicht, warum der Geist uns quält, Dr. Roth. Aber eins steht für mich fest – mit Addy hat das überhaupt nichts zu tun.« Nach einer Pause fügte sie hinzu: »Und ich weiß noch was.«

Abwartend erwiderte er ihren Blick.

»Wenn wir auf Land's End bleiben, werden weitere schlimme Dinge geschehen.«

Emma träumte. Sie war auf dem Spielplatz ihrer Schule, und alle beobachteten sie, weil sie plötzlich fliegen gelernt hatte. Eigentlich flog sie nicht richtig. Sie flatterte nicht mit den Armen. Es war eher ein Hüpfen, hoch hinauf, über die Köpfe der anderen. Und sie konnte oben in der Luft bleiben, indem sie einfach den Atem anhielt.

Wie ein Ballon schwebte sie über den Spielplatz hinweg und die Perkins Street hinab, über den großen Brunnen im Park, der kühle plätschernde Geräusche von sich gab, und sie beschloß, hinabzugleiten und die Füße hineinzutauchen.

Beinahe hatte sie das Wasser erreicht, als sie aufwachte. Seltsamerweise hörte sie das Plätschern immer noch. Sie öffnete die Augen und setzte sich kerzengerade auf. Addy lag nicht in ihrem Bett.

»Ads?« wisperte Emma, und die viel zu vertraute Furcht krampfte ihr das Herz zusammen. »Addy?«

Kein Laut außer dem Plätschern.

Sie erschauerte und bekam eine Gänsehaut. Angstvoll stieg Sie aus dem Bett und schlich auf Zehenspitzen zur Badezimmertür.

Addy stand auf einem Stuhl neben dem Becken, den Rücken zu ihrer Schwester gewandt, und wusch sich die Hände.

»Ads — was — was machst du?« stotterte Emma.

Keine Antwort.

»Addy!« jammerte Emma, von der panischen Furcht ergriffen, dieses Kind könnte nicht Addy sein.

Langsam drehte sich Addy um, und zu Emmas namenloser Erleichterung war es Addy. Niemand anderer. Die gute alte Addy.

»Ich wasche mir nur die Hände«, murmelte sie verschlafen.

»Mitten in der Nacht? Geh sofort wieder ins Bett, bevor du Daddy weckst.«

Addy blinzelte wie betäubt. »Ich hatte was an den Händen. Etwas Feuchtes, Klebriges. Und es ist auch auf meinem ganzen Nachthemd.«

Emma betrachtete Addys Hände, dann das Wasser, das in den Abfluß rann. Alles sauber — aber dann schaute sie auf das Nachthemd, und es war tatsächlich voller Flecken. »Hattest du Nasenbluten?« Sie drückte Addys Kopf nach hinten, um ihr in die Nasenlöcher zu spähen.

»Nein.« Addy riß sich los. »Aber meinem Nachthemd war schlecht.«

»Natürlich, deine Nase muß geblutet haben.«

Addy begann zu wimmern.

»Das ist kein Grund, um zu heulen. Trockne dir die Hände ab, ich gebe dir ein frisches Nachthemd, und vielleicht können wir dann endlich wieder schlafen.«

Wenige Minuten später lagen die Kinder in den Betten und kuschelten sich unter die Decken. Addy schlummerte sofort ein, aber Emma blieb noch lange wach. Sie war froh, weil im Bad nichts Schlimmes geschehen war, konnte aber das schreckliche Gefühl eines drohenden Grauens nicht abschütteln. Bitte, lieber Gott, betete sie, mach Daddy klar, daß er uns von hier wegbringen muß. Wenn du das tust, werde ich nie wieder jemanden Blödmann nennen, so lange ich lebe.

Rachel sah es am Morgen zuerst. Große, zittrige, blutrote Buchstaben. Vor dem Schlafzimmer zogen sie sich die Wände entlang, durch den ganzen Korridor. Immer wieder dasselbe Wort. Momma. Momma. Momma. Sie brach zusammen.

14

»Was steht da?« fragte Addy.
»›Momma‹«, erwiderte Emma mit bebender Stimme.
»Jetzt wird jemand furchtbaren Ärger kriegen, nicht wahr, Daddy. O Mann, bin ich froh, daß ich's nicht war. Ich kann ja noch gar nicht alle Buchstaben Schreiben. Nur meinen Namen, A-D-D-Y.«
Judd schwieg und spürte schmerzhaft Emmas Nähe. Sie ging hinter ihnen und starrte mit unverhülltem Entsetzen auf das Geschmiere an den Wänden. Als er sie vorhin befragt hatte, war sie mit ihm in eine stille Ecke geeilt, um ihm zitternd anzuvertrauen, sie wisse, wer es getan habe.
»Wer?« Eigentlich wollte er es gar nicht hören.
»Lilith. Sie hat Addy dazu gezwungen.«
»Wieso weißt du das?« Ein Stein schien in seiner Brust zu liegen.
Und da erzählte sie von Addy, die sich mitten in der Nacht die Hände gewaschen hatte, von dem klebrigen roten Zeug auf dem Nachthemd. »Ich hab's in den Wäschekorb geworfen, aber du kannst es sehen.«
Widerstrebend, voller Angst vor dem Anblick, der ihn erwartete, schaute er nach. Emma hatte recht. Das Nacht-

hemd war noch feucht. »Anscheinend hatte Addy Nasenbluten«, meinte er in möglichst ruhigem Ton.

»Nein, Daddy.« Emmas heftiger Protest duldete keinen Widerspruch. Dann wurde sie rot, sah auf ihre Füße hinunter und wandte sich ab. Sie sagte nichts mehr, doch er fühlte die Veränderung, die mit ihr vorgegangen war. Das gestern gewonnene Selbstvertrauen hatte sich verflüchtigt, nun erlitt sie schlimmere Ängste denn je. Und sie erwartete, daß er endlich etwas unternahm.

»Gehen wir frühstücken«, schlug er vor, obwohl er sich nicht vorstellen konnte, auch nur einen einzigen Bissen hinunterzubekommen. Hand in Hand folgten die drei dem Korridor, wo die Dienstboten die Wände abschrubbten.

Sobald Rachel die roten Buchstaben entdeckt hatte, war die Hölle los gewesen. Aus allen Richtungen rannte das Personal herbei und gaffte, Elizabeth rang die Hände, und inmitten des Tumults stand eine stumme, bleiche Rachel. Bevor sie ins Erdgeschoß hinabgegangen war, hatte sie nur wenige Worte geäußert, eine geflüsterte Bitte. »Sie muß aufhören, Judd. Sorg dafür. Ich flehe dich an.«

Niemand schien genau zu wissen, woraus das Zeug an den Wänden bestand, nur, daß es etwas Dunkles und Rotes und Klebriges war. Und es hatte einen widerwärtigen, süßlichen Geruch hinterlassen. Wäre es nicht völlig unmöglich gewesen, hätte Judd geschworen, es sei Blut. Aber wer konnte so etwas getan haben? Und sie? Um genug Blut für die Schmiererei zu bekommen, hätte man einen Ochsen schlachten müssen. Addy? Sicher nicht. Aber er dachte immer wieder daran.

Seine Kopfschmerzen kehrten verstärkt zurück, schienen sein Gehirn zu zermalmen, und während er mit den Kindern zum Speisezimmer ging, fragte er sich, wie zum Teufel er diesen Tag überstehen sollte. An der Tür wurde er von einem Hausmädchen aufgehalten. »Ein Anruf für Sie, Mr. Pauling. Sie können ihn in der Bibliothek entgegennehmen, wenn Sie möchten.«

»Danke.« Er wandte sich zu Emma. »Setz dich schon mal mit deiner Schwester an den Tisch und paß auf, daß sie sich was Vernünftiges zu essen bestellt. Ich bin gleich wieder da.«

Sie zögerte, dann ergriff sie Addys Hand.

»Ich will keins von diesen komischen Eiern«, wisperte Addy, doch ihre Schwester antwortete nicht.

Judd durchquerte die, Halle, betrat die Bibliothek und hob den Hörer ab. »Pauling.«

Es war Dr. Roth. »Ich wollte Ihnen die Testergebnisse mitteilen.«

Judd wartete und betete stumm, ohne zu wissen, worum.

»Alles völlig normal.«

Noch immer sagte Judd nichts.

»Mr. Pauling? Hören Sie mich?«

»Ja.«

»Ich möchte noch ein paar andere Untersuchungen an Addy vornehmen, um die Möglichkeit einer somatischen Störung restlos auszuschließen. Können Sie die Kleine heute nachmittag herbringen?«

»Ja. Aber vorher sollte ich Ihnen das Allerneueste erzählen.«

Nachdem Judd seinen Bericht beendet hatte, schwieg der Psychiater eine Weile, und als er dann sprach, klang seine Stimme sehr müde. »Ich möchte Sie nicht beunruhigen — nicht noch mehr. Aber ich ich muß Ihnen eine Frage stellen. Gibt es auf Land's End jemanden — jemanden außer Addy, der es getan haben könnte, der zwei verletzliche Kinder quälen möchte und aus irgendwelchen Motiven allen angst zu machen versucht?«

Judd seufzte vernehmlich. Bisher hatte er sich nicht gestattet, diese Möglichkeit zu erwägen. Sie war ihm zu schrecklich erschienen. Aber jetzt, wo Dr. Roth sie erwähnte, fand er sie wesentlich akzeptabler — als den Verdacht, Addy würde an einer Geisteskrankheit leiden. »Ja, das wäre denkbar«, erwiderte er leise.

»Überlegen Sie sich das. Es kann nicht schaden, darüber zu diskutieren. Vielleicht behandle ich die falsche Patientin. Nun, bringen Sie die Mädchen erst mal her.« Judd hörte Papier rascheln. »Mal sehen. Um zwei haben Sie Ihren Termin. Können Sie dann kommen?«
»Natürlich.«

Weder Judd noch Emma brachten beim Frühstück mehr als ein paar Bissen hinunter, aber Addy verschlang mehrere Waffeln und schwatzte unentwegt. »Welcher Tag gefällt dir am besten, Emma?« Sie wartete keine Antwort ab. »Ich mag den Montag, weil er gleich nach dem Sonntag kommt. Hör zu, Daddy, ich kann alle Tage in der richtigen Reihenfolge aufsagen«, verkündete sie und fing damit an.

»Man spricht nicht mit vollem Mund«, tadelte Emma.

Ihre kleine Schwester neigte den Kopf hin und her. »Dideldum, Dideldum«, sang sie.

»Addy!« schimpfte Emma. »Hast du mich nicht verstanden?«

»Ich rede nicht, ich summe nur vor mich hin.«

»Iß dein Frühstück auf, Ads«, mahnte Judd. »Danach gehen wir an den Strand.« Verwirrt beobachtete er seine beiden Kinder. Addy erinnerte sich offensichtlich nicht an die Ereignisse der letzten Nacht und nahm das Leben zufrieden hin, so wie es eben kam. Da gab es keinerlei Probleme. Hingegen war Emma blaß und nervös. Immer wieder schaute sie ihn ängstlich an und schien zu erwarten, daß er etwas tat oder sagte, um alles in Ordnung zu bringen. Und die ganze Zeit wanderten seine Gedanken im Kreis, drehten sich ständig um eine einzige Frage. Wenn nicht Addy — wer dann?

Er trank einen letzten Schluck Kaffee und wollte den Tisch verlassen, als Elizabeth das Zimmer betrat. Unsicher runzelte sie die Stirn. »Judd, ich habe keine Ahnung, warum — aber meine Mutter möchte mit Ihnen reden.«

Er hob verblüfft die Brauen. Niemand außer Henry hatte Priscilla in den letzten fünf Tagen gesehen. »Jetzt?«
»Ja, sofort. Sie legt großen Wert darauf.«
»Sie will mir Addys wegen die Daumenschrauben ansetzen.« Es überraschte ihn selbst, daß er diesen Verdacht laut ausgesprochen hatte.
»Um Himmels willen, warum sollte sie?« rief Elizabeth schockiert.
Er stand auf und führte sie beiseite. »Rachel glaubt, Addy will sie loswerden. Und Ihre Mutter denkt genauso.«
»Das haben Sie mir schon mal erzählt, Judd. Und ich empfahl Ihnen, Mutter danach zu fragen. Dazu finden Sie nun eine Gelegenheit.«
»Ja, Sie haben recht. Ich hasse es, Ihnen immer wieder damit zur Last zu fallen — aber würden Sie auf die beiden aufpassen? Ich wage es nicht, sie allein zu lassen. Und Rachel habe ich nicht gesehen, seit sie heute morgen eine Besprechung mit dem Küchenpersonal abhielt.«
»Es macht mir nichts aus, bei den Kindern zu bleiben. Gehen Sie nur. Aber — seien Sie vorsichtig, Wählen Sie Ihre Worte sehr sorgfältig, wenn Sie mit Mutter reden. Sie kann nicht so leicht verzeihen — genauso wie Rachel.«
Er eilte zur Treppe und nahm immer zwei Stufen auf einmal. Seit der Nacht, wo Addy sich in jener Kammer verkrochen hatte, wollte er herausfinden, wieso Priscilla Daimler das Versteck kannte, und ihre verängstigte Miene konnte er nicht vergessen. Wüßte er es nicht besser, würde er annehmen, sie glaube ebenso wie Addy an einen Geist. Und die Möglichkeit, die Dr. Roth erwähnt hatte ... Könnte Priscilla Daimler die Schuld an der gräßlichen Schmiererei im Korridor tragen? Versuchte sie auf diese Weise, seine Töchter und ihn selbst von Land's End zu vertreiben?
Vor ihrer Tür holte er tief Luft, dann klopfte er an.
»Herein!«
Die Vorhänge waren zugezogen, Priscilla saß im Halbdunkel vor dem Kamin, in einem Rollstuhl. Sie wandte

Judd den Rücken zu, so daß er ihr Gesicht nicht sah. Da sie sich nicht rührte, dachte er einen schrecklichen Augenblick lang, sie wäre tot. »Priscilla? Sind Sie okay?«

»Ich meine, das hängt von der Definition dieses Wortes ab.« Ihre Stimme war nur ein Röcheln.

Er ging um den Rollstuhl herum, was er sofort bereute. Ihre Züge waren zu einer leidvollen Maske verzerrt.

»Tut mir leid, daß Sie mich so sehen«, keuchte sie. »Das ist sicher sehr unangenehm für sie, aber die Angelegenheit kann nicht länger warten. Wir müssen miteinander reden. Es ist höchste Zeit.« Resignation schwang in ihrer Stimme mit, als hätte sie endlich beschlossen, eine abscheuliche Aufgabe zu erledigen, weil sie ihr nicht mehr ausweichen konnte. »Bitte, nehmen Sie Platz.« Sie zeigte auf einen Sessel gegenüber dem Rollstuhl, und er setzte sich.

Einige Sekunden lang starrte sie ihn nur an, ohne sich zu bewegen, und in dieser Reglosigkeit lag etwas Unheimliches. Plötzlich war er nicht mehr sicher, ob er hören wollte, was sie zu sagen hatte.

»Zunächst möchte ich Ihnen das Versprechen abnehmen, nicht weiterzuerzählen, was Sie jetzt erfahren werden«, begann sie. Unverwandt beobachtete sie sein Gesicht. »Geben Sie mir Ihr Wort?«

Er nickte.

»Dann komme ich ohne Umschweife zur Sache. Ich will, daß Sie Land's End verlassen.«

»Das überrascht mich nicht.«

»Rachel hat es Ihnen natürlich mitgeteilt. Das hätte ich wissen müssen. Nannte sie auch meine Gründe?«

»Sie sagte, Sie würden glauben, meine Kinder versuchten ihr weh zu tun. Und ich würde sie einen Tages ebenfalls verletzen.«

Priscilla versank wieder in Schweigen, und als sie dann sprach, klang ihre Stimme bedauernd. »Ja, so wird es letzten Endes sein. Ich weiß es, auch wenn Sie es nicht wahrhaben wollen.«

Ärger stieg in ihm auf. »Ich bin nicht hier, um in Ihre Kristallkugel zu schauen, sondern weil Elizabeth mir ausrichtete, Sie hätten mir etwas zu sagen. Übrigens, ehe ich abreise, möchte ich Ihnen einige Fragen stellen, die unbedingt beantwortet werden müssen.«

Sein rauher Tonfall schien Priscilla nicht zu stören. »Ich wollte Sie nicht beleidigen, Mr. Pauling.« Daß sie aufhörte, ihn Judd zu nennen, erstaunte ihn nicht. Das konnte nur eins bedeuten — vorerst sollte es keine höfliche Heuchelei zwischen Ihnen geben. Für die alte Frau war er ein unwillkommener Fremder. »Ich kenne meine Tochter«, fuhr sie fort. »Und Sie kennen sie leider überhaupt nicht.«

Er öffnete den Mund, um zu protestieren, doch sie brachte ihn mit einer knappen Geste zum Schweigen. »Sagen Sie nichts. Hören Sie nur zu.« Sie legte den Kopf an die Lehne des Rollstuhls und schloß die Augen, als müßte sie innere Kräfte sammeln. »Haben Sie schon mal einen Eulenpapagei gesehen, Mr. Pauling?« Ohne eine Antwort abzuwarten, fügte sie hinzu: »Wahrscheinlich nicht. Mittlerweile dürften diese Tiere fast ausgestorben sein. Aber ich habe mal einen gesehen. Als ich sehr jung war. Bemitleidenswerte Kreaturen. Sie können nämlich nicht fliegen. Irgendwann im evolutionären Prozeß war diese Fähigkeit nicht mehr nötig. Bis der Mensch Raubtiere in der natürlichen Umwelt der Eulenpapageien ansiedelte. Und jetzt ist es zu spät für die Ärmsten. Sie schlafen am Boden, klettern auf Bäume, um ihre Nahrung zu suchen und warten darauf, gefressen zu werden.« Priscilla schlug die Augen auf und starrte ihn an. »So ist auch meine Rachel. Irgendwo, irgendwann verlor sie die Fähigkeit zu fliegen. Oder sie hat sie niemals wirklich besessen. Jedenfalls kann sie jetzt nur mehr am Boden kriechen und warten, bis jemand kommt, um sie zu verschlingen.«

»Ein merkwürdiger Vergleich. Aber leider erkenne ich keinen Zusammenhang zwischen meiner Frau und irgendwelchen flügellahmen Vögeln. Versuchen Sie etwa anzudeuten, Rachel sei ein emotionaler Krüppel?«

Ihr Gesicht nahm einen harten Ausdruck an. »Ich versuche Ihnen zu erklären, daß meine Tochter Schutz braucht. Und nur eine einzige Person kennt sie gut genug, um ihr zu geben, was sie benötigt. Ich.«

»Unsinn!« stieß Judd hervor. »Reden Sie nicht um den Brei herum, führen Sie lieber Tatsachen an. Zum Beispiel sollten Sie mir erzählen, warum Ihre Tochter von hier weggegangen ist und warum sie nie mehr zurückkommen wollte.« Judd machte eine Pause. »Und da wir nun schon mal dabei sind — verraten Sie mir, warum Addys Verhalten Sie so erschreckt. Was hat das mit Ihren Erläuterungen zu tun? Ich glaube nämlich, daß es da ein gewisse Verbindung gibt. Wieso wußten sie, wo sich Addy in jener Nacht versteckte? Und wer hat die Wände beschmiert? Meine Tochter jedenfalls nicht, verdammt noch mal!«

Trotz seines Zorns zuckte Priscilla Daimler mit keiner Wimper. Es war so, als hätte sie diesen Wutanfall erwartet und sich dagegen gewappnet. Aufmerksam beobachtete sie ihn, während ihr eigenes Gesicht keinerlei Empfindungen verriet. »Rachel verließ Land's End, weil sie einen Nervenzusammenbruch hatte. Sie verbrachte zwei Jahre in einem Sanatorium. Nach ihrer Entlassung kehrte sie nicht nach Hause zurück.«

Judd hörte die Worte, aber aus irgendeinem Grund beeindruckten sie ihn kaum. Beinahe kam es ihm so vor, als hätte er es von Anfang an gewußt. »Das erklärt noch immer nicht, warum sie Land's End wie die Pest gemieden hat.«

»Ihr Leben lang vertraute sie mir, und letzten Endes enttäuschte ich sie. Obwohl sie nicht glaubte, daß sie krank war, schickte ich sie weg. Nach ihrer Ansicht habe ich sie verraten.«

»Stimmt das?«

Irgend etwas schien hinter ihren Augen zu flackern, etwas so Schmerzliches, daß es ihm den Atem nahm. »Ja, in gewisser Weise. Aber damals glaubte ich, keine andere Wahl zu haben.«

»Was hat ihren Nervenzusammenbruch verursacht?«

Jetzt zeigte ihr Gesicht den Ausdruck eines Menschen, der an einer vorübergehenden Gedächtnisschwäche litt. Dann zuckte sie die Achseln. »Wer weiß schon, was man an einem Tag zu ertragen vermag und am nächsten nicht mehr? Dazwischen liegt ein sehr schmaler Grat, Mr. Pauling. Das weiß ich, weil ich ihn täglich entlanggehe.«

Plötzlich hegte er einen bösen Verdacht. »Was wollen Sie mir einreden? Daß ausgerechnet Sie keine Ahnung haben, warum Rachel krank wurde?«

Priscilla schien die Frage nicht zu hören. »Ich denke, Sie lieben meine Tochter. Deshalb möchten Sie sicher tun, was am besten für sie ist.«

»Und das wäre?«

Sie sprach, als überquerte sie ein Minenfeld, suchte angestrengt nach den richtigen Worten, weil ein einziger falscher Schritt sie beide in die Luft jagen würde. »Wie Sie wissen, stellt ihre Addy ein ernsthaftes emotionales Problem für Rachel dar.« Nun sah er echte Furcht in dem leidvollen Gesicht, die aber sofort wieder verschwand. »Ob sich das Kind mit Absicht so benimmt oder nicht – Sie sehen, welche Wirkung sein Verhalten auf Ihre Frau ausübt. Erst das Klavierspiel, das Rachels Heimkehrparty verdarb, dann die Szene im Auto. Und jetzt diese Schmiererei an meinen Wänden.« Ihre Stimme begann zu zittern, wieder lag Angst in ihren Augen, und diesmal verflog sie nicht, drohte Priscilla sogar zu überwältigen. »Ich habe noch nie im Leben um etwas gebeten, Mr. Pauling, aber jetzt flehe ich Sie an – verlassen Sie Land's End, bevor...« Ein Hustenanfall erstickte ihre Worte.

»Bevor was?«

»Beschäftigen Ihre Kinder Sie so sehr, daß Sie nicht merken, was mit Rachel geschieht?« fragte sie erbost.

»Ich weiß, sie hat sich aufgeregt. Aber dieses Problem werden wir lösen. Sie bilden sich doch nicht ein, ich würde mich von ihr trennen — nachdem Sie mir das alles erzählt haben?«

»Rachel ist mehr als aufgeregt. Daran zweifle ich nicht. Immerhin habe ich so etwas schon einmal miterlebt.«

Seine Augen verengten sich, während er versuchte, Priscillas wahre Motive zu erraten. »Sie meinen, sie steht vor einem weiteren Nervenzusammenbruch?«

Schweigend nickte sie.

»Und was noch, Mrs. Daimler? Was passiert in diesem Haus?«

Sie seufzte niedergeschlagen. »Genügt es Ihnen nicht, was Sie von mir erfahren haben?«

Judd runzelte nachdenklich die Stirn. »Und was glauben Sie, wie Rachel reagiert, wenn ich ihr mitteile, ich würde abreisen?«

Nun wandte sie das Gesicht ab, verbarg es im Schatten. »Sie wird es überleben.«

Langsam stand er auf. »Unglücklicherweise wünsche ich mir mehr für meine Frau als nur ihr Überleben. Und ich beabsichtige nicht, sie zu verlassen. Wenn ich mit meinen Töchtern abreise, wird Rachel uns begleiten. Wie ich hinzufügen muß — ein Ausweg, den ich mit jedem Tag erstrebenswerter finde. Wenn Sie mich nun entschuldigen würden — ich habe einiges zu tun.«

Er hatte beinahe die Tür erreicht, als sie ihn mit einem einzigen Wort zurückhielt. »Niemals!« Ob ihre Stimme dann wütend oder angstvoll klang, konnte er nicht erkennen. Jedenfalls erschien sie ihm äußerst explosiv. »Sie armer blinder Narr! Begreifen Sie denn nicht, daß ich Ihnen niemals erlauben kann, Rachel von hier wegzubringen?«

Da verlor er die Beherrschung und fuhr zu Priscilla herum. »Sie können es nicht erlauben? Für wen zum Teufel halten Sie sich eigentlich? Glauben Sie allen Ernstes, Sie hätten in dieser Angelegenheit etwas zu sagen? Sie nennen mich einen Narren? Vielleicht bin ich das, aber eins weiß ich. Niemals werde ich Ihnen gestatten, über unser Leben zu bestimmen, und Rachel wird das ebensowenig zulassen. Was immer Sie auch wünschen mögen — wir bleiben zusammen, hier oder anderswo.«

Sie erschlaffte, als hätte jemand einen Stöpsel entfernt, so daß alles Leben aus ihrem Körper wich. Plötzlich wirkte sie wie eine Leiche — bis auf die Augen. Sie waren weit geöffnet, und etwas so Kaltes, so Gefährliches schien sich darin zu regen, daß Judd sekundenlang fröstelte. »Nun haben wir wohl alles gesagt, was zu sagen war«, erwiderte sie mit einer Stimme, die ihm ebenso tot vorkam, wie ihre Miene. »Ich dachte, Sie würden sich um meine Tochter sorgen. Doch das war offenbar ein Irrtum. Morgen abend wird der Sommerball stattfinden. Bis zu dieser Nacht dürfen Sie sich in meinem Haus aufhalten, weil ich weiß, wieviel dieses Fest meiner Tochter bedeutet. Danach werden sie mit ihren Kindern abreisen. Ohne Rachel. Und täuschen Sie sich nicht, Mr. Pauling. Darum ersuche ich Sie nicht. Es ist ein Befehl.« Nun steuerte sie den Rollstuhl zu einer Tür am anderen Ende des Zimmers und öffnete sie. »Da ich nicht annehme, daß wir noch einmal miteinander sprechen werden, verabschiede ich mich schon jetzt. Leben Sie wohl, Mr. Pauling.« Und dann verschwand sie. Völlig verdattert stand er da, als hätte sie ihn ins Gesicht geschlagen.

Erst auf der Treppe wurde ihm bewußt, daß er keine Antwort erhalten hatte, die Addy betraf. Doch das spielte wohl keine Rolle mehr. Übermorgen würden sie Land's End verlassen — die gesamte Familie. Und aus einem unerklärlichen Grund erfaßte ihn das Gefühl, die Last der ganzen Welt würde von seinen Schultern genommen. Er beschloß sogar, wieder zu arbeiten, verspürte den plötzlichen Drang, etwas Lebendiges, Pulsierendes zu schaffen. Irgend etwas, das nicht mit Krankheit und Tod zusammenhängen würde.

15

Er fand Rachel im Salon, aus dem die Möbel beiseite gerückt wurden, um Platz für die Buffettische zu machen. »Da hinüber«, trug sie den Arbeitern auf. »An die Wand. Ja, so ist es gut.«

»Rachel?«

Sie drehte sich um, und der Atem blieb ihm im Hals stecken, weil sie über das ganze Gesicht strahlte. Offenbar hatte sie den Schock dieses Morgens vergessen, zumindest vorläufig. »O Judd!« Sie schlang die Arme um seinen Hals. »Es ist einfach unglaublich, wie wundervoll ich mich fühle! So als ...« Das Blut stieg ihr in die Wangen. »Als wäre ich wieder ein Kind.«

Sanft schob er sie von sich. »Wir müssen miteinander reden, Liebling.«

Sie runzelte die Stirn. »Geht es wieder um Addy?«

»Nein.«

»Aber ich habe so viel zu tun.« Seufzend schaute sie sich im Zimmer um.

»Es ist wichtig, Rachel.«

Ein wachsamer Ausdruck trat in ihre Augen. »Also? Was willst du mir sagen?«

Er nahm sie bei der Hand und führte sie durch die Halle in die Bibliothek. Dort war es kühl und still, ein krasser Kontrast zur hektischen Atmosphäre im restlichen Haus. Sie setzten sich auf das Sofa. »Soeben habe ich mit deiner Mutter gesprochen«, begann er.

Rachel hob die Brauen. »Mit Mutter? Wieso denn? Sie ist immer noch viel zu krank, um jemanden zu empfangen.«

»Trotzdem wollte sie mich sehen.«

»Aber warum?«

»Sie bat mich, Land's End zu verlassen.«

Alle Farbe wich aus Rachels Gesicht. »So schnell gibt

sie nicht auf. Wie hat sie es diesmal begründet? Mit derselben alten Leier, daß du mir weh tun wirst und daß sie die einzige ist, die mich beschützen kann?«

Judd nickte. »Sie meint, die Sache mit Addy würde dich viel mehr aufregen, als es mir bewußt sei.«

Ihre Augen verengten sich. Äußerlich wirkte sie gelassen, aber er sah einen winzigen Puls in ihrer Schläfe pochen. »Was hat sie dir sonst noch erzählt?« Irgendwie klang die Frage bedrohlich.

Nur wenige Sekunden lang erwog er die Möglichkeit, sie zu belügen. Rachel war seine Frau und hatte ein Recht auf die Wahrheit. »Sie erwähnte deinen Nervenzusammenbruch.« Die Worte hingen in der Luft und sanken dann wie Staub ins Leere hinab.

Sie schien zu versteinern. Reglos saß sie da, und Judds Atemzüge bildeten das einzige Geräusch. Sein Kopf fing wieder zu schmerzen an. »Bist du okay, Darling? Schau mich an.«

Nun wandte sie sich zu ihm, und er las so tiefen Kummer in ihren Augen, daß er ihrem Blick ausweichen mußte. »O Gott, Rachel es tut mir leid.«

Da lächelte sie bittersüß. »Was denn?«

»Ich hätte es nicht sagen und warten sollen, bis du dich sicher genug fühlst, um mir das alles selbst mitzuteilen.«

Rachel schüttelte den Kopf und berührte seinen Arm. »Mach dir keine Vorwürfe. Es ist meine Schuld. Ich hätte längst davon sprechen müssen, aber wenn man so verletzt wird wie ich . . .« Sie schlug die Hände vors Gesicht. »Oh, ich wußte, es würde passieren, wenn ich nach Land's End zurückkehre. Meine Mutter . . .« Ihre Lippen bewegten sich, aber kein Laut drang aus ihrer Kehle. Es kam ihm so vor, als versuchte sie, ihm in einer fremden Sprache zu erklären, was sie meinte, würde aber nicht die richtigen Worte finden.

»Ich habe ihr versprochen, dir nichts zu verraten.«

Sie holte tief Atem, ihre Stimme klang völlig verzweifelt.

»Meine Mutter ist eine arme Seele. Ich hoffte vergeblich, sie hätte sich inzwischen geändert.« Schwerfällig stand sie auf, trat ans Fenster und starrte in den Garten. »Als Kind schaute ich oft hier hinaus und stellte mir vor, wenn ich ganz still wäre, würden alle Figuren aus den Büchern in diesen Regalen zum Leben erwachen. Dann müßte ich nie mehr allein sein. Immer hätte ich jemanden, der mit mir spielt...« Sie lachte freudlos. »Und *ich* glaube, meine *Mutter* wäre eine arme Seele.«

Rachel setzte sich wieder neben ihn. »Wir müssen endlich abreisen. Das hätten wir schon vor Tagen tun sollen.« Neue Entschlußkraft schien sie zu erfüllen. »Wenn's dir recht ist, möchte ich noch bis nach dem Ball hierbleiben. Einige von den Gästen habe ich jahrelang nicht gesehen. Und vermutlich werde ich ihnen danach nie wieder begegnen.« Echtes Bedauern schwang in diesen Worten mit, aber auch innere Stärke. »Am Sonntagmorgen verlassen wir Land's End.«

Judd drückte ihre Hand. Er hatte nicht erwartet daß sie ihre Entscheidung so schnell, so vorbehaltlos treffen würde. »Bist du dir sicher?«

Sie strich mit einem Finger über sein Kinn. »Ich liebe dich, Judd, und das lasse ich mir von niemandem zerstören.« Als gäbe es keine Sorgen mehr, umarmte sie ihn. »So, jetzt muß ich wieder an die Arbeit.«

Der Morgen war warm, eine sanfte Brise wehte vom Meer herüber. Goldenes Sonnenlicht tanzte auf den Blumenbeeten, tausend Sommerlaute erfüllten die Luft, aber Emma hörte sie nicht, weil sie viel zu beschäftigt war. Sie starrte in das Buch auf ihrem Schoß und versuchte mit geringem Erfolg, einen Sinn in ihrer Lektüre zu finden.

Nicht weit entfernt saßen Elizabeth und Addy an einem Tisch unter den Bäumen und spielten Karten.

Manchmal klatschte die Kinderhand so geräuschvoll auf den Kartenstapel, daß Emma zusammenzuckte. Aber Elizabeth lachte nur und rief ihr zu: »Willst du wirklich nicht mitspielen?«

Emma schüttelte den Kopf und beugte sich wieder über die Enzyklopädie, die sie nebst einigen anderen Büchern aus Mrs. Daimlers Bibliothek geholt hatte. »Jahrtausendelang«, las sie, »wurden alle Formen von Wahnsinn, abnormem Verhalten und auch gewisser physischer Krankheiten mit Besessenheit erklärt.« Und ein paar Zeilen weiter: »Wie die Hysterie hat die seelische Besessenheit zwei Voraussetzungen — eine Grundvoraussetzung in der intrapsychischen Spannung der betreffenden Person und eine herbeigeführte Voraussetzung, hervorgerufen durch ein Ereignis oder eine Situation, die emotionalen Streß erzeugen.«

Immer wieder studierte Emma diesen Text, und ihre Depressionen wuchsen. Sie verstand nur die Hälfte der Wörter, und der Sinn, den sie ihnen entnahm, ließ nur eine einzige Schlußfolgerung zu: Es gab keine Geister, die von Menschen Besitz ergriffen.

Sie blätterte noch ein wenig in dem Buch, dann schloß sie es. Einige Minuten lang schaute sie ins Leere, dann fiel ihr Blick auf den Rock, den sie trug. Es war ihr Lieblingsrock, aber an diesem Vormittag wirkte er irgendwie anders. Ganz fremd. Als wäre er zu hell, als würden manche Karos zu grell hervortreten. Die Farben schmerzten in Emmas Augen. Plötzlich fürchtete sie sich und sah zu den Bäumen hinüber, um festzustellen, ob Elizabeth und Addy immer noch dort saßen.

»Jetzt müssen Sie gehen«, sagte Addy.

Ihre Schwester atmete auf und betrachtete wieder den Rock. Sie blinzelte durch ihre Brille, und da erloschen die krassen Farben. Es war wieder ihr guter alter Rock. Trotzdem beschloß sie, zu den beiden hinüberzugehen. Sie nahm ein weiteres Buch und setzte sich neben Addy.

»Hast du dich anders besonnen?« Elizabeth schaute von den Karten auf. »Es ist noch nicht zu spät, um mitzumachen.«

»Nein, danke, ich lese lieber.« Der Buchtitel lautete:

»Geister sind Geister.« Und die ersten Worte auf der ersten Seite beschleunigten Emmas Herzschlag. »Gibt es Geister? Nachdem alle Daten gesammelt, geprüft, geordnet, verifiziert und analysiert wurden, kann man diese Frage nur bejahen.« Sie traute ihren Augen nicht. Der Verfasser dieses Werks glaubte wirklich und wahrhaftig an Geister. »Heiliger Strohsack«, murmelte sie.

Elizabeth hob den Kopf. »Ist das Buch so toll?«

»O ja.« Emma lächelte — das erste Lächeln, das sie an diesem Vormittag zustande brachte. Seit sie die Schmiererei an den Wänden gesehen hatte. Sie las weiter.

In ihre Lektüre vertieft, bemerkte sie ihren Vater erst, als er direkt neben ihr stand. »Was verschlingst du denn da, Schätzchen?«

Sie ließ das Buch in den Schoß fallen, den Titel nach unten gekehrt, damit Daddy ihn nicht sehen konnte. »Ach, nur ein altes Buch«, erwiderte sie, ohne aufzublicken.

Neugierig beugte er sich herab, dann runzelte er die Stirn, als er die Aufschrift des Buchrückens entzifferte. »Was über Geister? Hast du immer noch nicht genug davon?« Seine Stimme klang sehr müde.

»Das ist kein Gruselbuch, Daddy. Es handelt von richtigen Geistern.«

»Und richtige Geister sind nicht gruselig?«

»Nicht so wie die, von denen die Leute meinen, man würde sie erfinden«, entgegnete sie leise.

»Was soll dieses Gerede von Geistern?« fragte Elizabeth.

Emmas Wangen färbten sich feuerrot, und sie warf ihrem Vater einen warnenden Blick zu. Aber es war zu spät, denn in diesem Moment verriet Addy: »Meine Schwester glaubt, daß hier im Haus ein Geist wohnt.«

»O nein, Ads!« flüsterte Emma zerknirscht. Jetzt, wo das kleine Mädchen es laut aussprach, hörte es sich schrecklich albern an, und sie wäre am liebsten gestorben.

»Doch.« Addy mischte die Karten. »Du hast uns sogar erzählt, wie der Geist heißt — Lilith.«

Was nun geschah, kam so unerwartet, daß Emma ihre Verlegenheit vergaß. Sie hatte gedacht, Elizabeth würde sie auslachen. Aber die starrte vor sich hin, als wäre ihr selber ein Geist erschienen, und fragte atemlos: »Wieso kennst du diesen Namen?«

Emma war zu verblüfft, um zu antworten, aber ihr Vater musterte Elizabeth mit schmalen Augen. »Hat der Name irgendeine Bedeutung für Sie?«

Nervös schüttelte sie den Kopf. »Er ist nur so merkwürdig — das ist alles. Kaum zu glauben, daß Emma einen solchen Namen erfindet. Ich wollte bloß wissen, wie sie darauf gestoßen ist.«

»Ich habe gar nichts erfunden«, beteuerte Emma. »Ich sah sie, und sie heißt Lilith.«

Elizabeth lachte gezwungen und stand auf. »Ich fürchte, bald wird sich ein Gewitter zusammenbrauen. Wir sollten hineingehen.« Ohne auf die anderen zu warten, eilte sie den Weg zum Haus hinauf.

»Merkwürdig...« Judd zog die Brauen zusammen. Er hatte begonnen, auf Elizabeths tröstliche Gelassenheit zu bauen. Doch nun erschien sie ihm zutiefst verwirrt.

»Und wir haben gar nicht zu Ende gespielt«, klagte Addy.

»Später, Schätzchen«, versprach Judd. »Elizabeth hat recht. Bald wird ein Gewitter losbrechen. Außerdem müssen wir jetzt zu Dr. Roth fahren.« Er wandte sich zu Emma und legte einen Finger unter ihr Kinn, um ihr ins Gesicht zu schauen. »Kopf hoch! Ich habe gute Neuigkeiten.«

Gespannt wartete sie.

»Übermorgen reisen wir ab.«

Da leuchteten ihre Augen auf. »Wirklich?«

»Wirklich.«

»Schwörst du's auf die heilige Bibel?«

»Ich schwöre es auf die heilige Bibel.«

»O Daddy!« Sie hüpfte umher, schlang beide Arme um ihn. »Danke! Danke!« Dann nahm sie ihre Schwester bei der Hand. »Komm Ads, wir müssen unsere Sachen packen.«

»Dazu habt ihr morgen noch den ganzen Tag Zeit«, sagte Judd. »Jetzt legt die Spielkarten zusammen, dann geht's zu Dr. Roth.«

»Warum müssen wir denn zu ihm?« fragte Emma verständnislos. »Wir verlassen Land's End doch ohnehin. Nun wird alles gut.«

O Gott, dachte er bedrückt, ich wünschte, es wäre so einfach. »Wahrscheinlich werden wir ihn danach nie wiedersehen, und ich möchte ihm für alles danken, was er für uns getan hat.«

Emma nickte. »Er wird staunen, wenn er hört, daß alles so geschehen soll, wie ich's erhofft habe. Sobald wir in New York sind, schreibe ich ihm einen langen, netten Brief.«

»Darüber wird er sich bestimmt freuen.« Judd ergriff das Kartenspiel, und die drei gingen zum Haus.

Beinahe hatten sie die Terrasse erreicht, als Emma stehenblieb. »Ich habe die Bücher vergessen.«

»Dann lauf zurück und hol sie«, sagte ihr Vater. »Wir warten hier.«

Sie zögerte nur kurz, denn sie fürchtete sich nicht mehr. Übermorgen würden sie diesen bösen Ort verlassen, endlich wieder in Sicherheit sein. Sie stürmte den Weg hinab. Die ersten Regentropfen fielen vom Himmel und sie wünschte, das Unwetter würde sich noch etwas Zeit nehmen — zumindest, bis sie die Bücher gerettet hatte. Mrs. Daimler würde sich gewiß sehr ärgern, wenn ihre Bücher naß wurden — noch dazu, wo Emma nicht um Erlaubnis gebeten hatte, ehe sie damit ins Freie gegangen war.

Ihre Füße schienen den Boden kaum zu berühren, und sie gewann den unheimlichen Eindruck, sie wäre längst aus dem Garten hinausgerannt. Aber vor ihr erstreckte sich der Weg, ohne Ende. Sie runzelte die Stirn. Wie war das möglich? Die Stelle, wo sie mit Addy und Elizabeth gesessen hatte, lag nur wenige Schritte vom Haus entfernt.

Sie drosselte ihr Tempo, blickte nervös über die Schulter und fürchtete, die falsche Richtung eingeschlagen zu haben.

Über den Bäumen sah sie das Dach von Land's End, mit den gigantischen Schornsteinen, die zu den Gewitterwolken emporragten. Und gleichzeitig wurde die Luft ringsum bitterkalt. Der Wind begann zu pfeifen, blies immer heftiger vom Meer herüber, und sein Rauschen klang tieftraurig.

Emma hielt inne und lauschte. Nun mischte sich ein anderes Geräusch in die Klage des Sturms. Ein leises Rascheln. Wurde sie verfolgt?

Schau nicht zurück, sagte sie sich beklommen. Schau nicht zurück. Lauf.

Sie rannte, so schnell sie konnte. Nun bezweifelte sie nicht mehr, daß jemand hinter ihr her war. »Du kannst mir nichts antun!« schrie sie. »Wir gehen weg von hier, für immer. Hörst du? Wir gehen weg!«

Und zu ihrem Entsetzen vernahm sie zwischen den Bäumen das Echo einer Kinderstimme — immer noch hinter ihr, aber die Worte kamen näher und näher, drohten Emmas Blut in Eis zu verwandeln. *Zu spät. Zu spät.*

Sie raste weiter, stolperte über unsichtbare Hindernisse, wußte nicht, wohin, wußte nur, daß sie gejagt wurde, und dann stürzte sie, flog durch die Luft, landete auf allen vieren im Gras, neben dem Bücherstapel. Keuchend und schluchzend sammelte sie alle ein. Ohne ihre aufgeschundenen Knie zu beachten, sprang sie auf und lief zum Haus hinauf. Hinter ihr blieb das unsichtbare Geisterkind im Garten zurück, wisperte in einem fort dieselben Worte. *Zu spät. Zu spät.*

16

Hell und sonnig dämmerte der Tag des Sommerballs herauf, und die heitere Stimmung des Himmels wirkte ansteckend. Judd beschloß, das Beste aus diesen letzten Stunden auf Land's End zu machen. Seit der Entschluß zur

Abreise feststand, fühlte er sich maßlos erleichtert. Auch der Besuch bei Dr. Roth hatte ein optimistisches Ende gefunden.

»Mich freut's fast ebenso wie Emma, daß Sie alle bald wieder in New York sind«, hatte der Arzt bemerkt und mahnend den Zeigefinger erhoben. »Das heißt keineswegs, ich würde an Geister glauben. Doch die Rückkehr in eine vertraute Umgebung ist vielleicht genau das, was Addy braucht, um diese Phase zu überwinden.« Er nannte die Namen mehrerer Therapeuten in der City. »Aber um die Wahrheit zu sagen, Mr. Pauling, ich glaube, die werden Sie nicht brauchen. Ab jetzt müßten Ihre kleinen Mädchen wieder okay sein.«

Auf der Rückfahrt hielten sie an, um Eiscreme zu kaufen, und Judd beobachtete Emma belustigt. Wie in einem alten Film tat sie alles mit Höchstgeschwindigkeit, als würde der Sonntag um so früher anbrechen, je schneller sie sich bewegte. Sie hatte ihr Eis schon halb gegessen, als Addy noch die Streusel ableckte.

»Immer mit der Ruhe, Emma«, neckte er sie. »Der Sonntag wird auch kommen, wenn du ab und zu eine Atempause einlegst.«

Aus den Augenwinkeln schaute sie ihn an und grinste verlegen. »Ich weiß, aber ich habe einfach das Gefühl, er ist eher da, wenn ich mich mit allem beeile.«

Nach dem Lunch fragte sie, ob sie jetzt bitte, bitte packen dürfe.

»Dazu hast du morgen noch genug Zeit«, meinte Judd, aber sie beharrte auf ihrer Absicht. Anscheinend fürchtete sie, irgend etwas könnte ihn umstimmen, wenn sie nicht so rasch wie möglich die Reisevorbereitungen traf.

Judd saß bei den Mädchen im Kinderzimmer. Er wollte ein paar Skizzen machen, während Addy mit einem Puzzle spielte und Emma packte, doch es gelang ihm nicht. Fasziniert beobachtete er, wie Schränke und Schubladen geleert, Koffer gefüllt und Spielsachen verstaut wurden — alles in erstaunlichem Tempo, als besäßen die Gegenstände eigene

Arme und Beine. Endlich war der letzte Koffer geschlossen, und Emma sank aufs Bett, mit strahlenden Augen, die Hände im Schoß ineinandergeschlungen. »So...« Sie stieß einen tiefen Seufzer aus. »Jetzt sind wir bereit.«

Judd setzte sich zu ihr. »Reg dich ab, Schätzchen. Ich weiß, du kannst es kaum erwarten, von hier wegzukommen. Aber nun solltest du dich entspannen. Bis zum Sonntag dauert's ja nicht mehr lange.«

Sie wich seinem Blick aus. »Können wir nicht – schon morgen fahren?«

»Nein, Schätzchen.« Er drückte sie an sich. »Ich habe Rachel versprochen, bis nach dem Ball hierzubleiben. Außerdem wird dir das Fest sicher gefallen. So viele Leute sind eingeladen. Im ganzen Haus wird's kein einziges ruhiges Fleckchen geben, nicht mal Platz für einen freundlichen Geist.«

Emma nickte, aber sie schaute ihn unsicher an.

Er brachte die Kinder ins Bett, und als er zur Tür ging, rief ihn seine ältere Tochter zurück. »Daddy?«

»Ja, Emma?«

»Kannst du dir irgendeinen Grund vorstellen, der uns dran hindern würde, am Sonntag abzureisen?«

»Keinen einzigen.«

»Nicht mal einen kleinwinzigen?«

»Nicht mal einen kleinwinzigen.« In der Dunkelheit erahnte er ihr Lächeln nur.

Am Morgen verließ Rachel das Schlafzimmer, noch ehe Judd richtig aufgewacht war. Er wußte, daß sie den ganzen Tag beschäftigt sein würde, um die Vorbereitungen in letzter Minute zu beaufsichtigen und gute alte Freunde willkommen zu heißen. Rachels großer Ball, Rachels Tag. Er wollte ihr nicht im Weg stehen.

Am Vorabend hatte er beschlossen, auf den Klippen spazieren zu gehen, wenn das Wetter es erlaubte. Dort war er schon einmal gewesen. Nachdenklich runzelte er die Stirn.

Konnten seither wirklich nur zehn Tage verstrichen sein? Es erschien ihm wie ein Jahrhundert. Nun, er würde die Kinder mitnehmen, ein Picknick veranstalten und ein paar Skizzen machen. Wenn der Aufenthalt in Land's End auch ein Alptraum gewesen war — es gab keinen Grund, ihn mit Mißtönen zu beenden.

Beim Frühstück bat er Elizabeth, mitzukommen. Viel von Land's End würde er nicht vermissen, aber ganz bestimmt seine Schwägerin.

»Oh, ich liebe Picknicks«, erwiderte sie lächelnd, drückte impulsiv seine Hand und ließ sie sofort wieder los. »Ich — ich weiß nicht, was mir da eingefallen ist«, stammelte sie. »Tut mir leid, ich kann Sie unmöglich begleiten...« Und dann floh sie aus dem Zimmer.

»Verdammt«, murmelte Emma.

Ihr Vater seufzte. Auch er hatte auf Elizabeths Gesellschaft gehofft. »Nun, es wird trotzdem ein wunderbarer Tag werden, nicht wahr?«

»Klar«, bestätigte Addy.

Nach einem hastigen Frühstück brachen die drei auf. Unterwegs begegneten sie ganzen Heerscharen von Gärtnern, die Körbe mit frischen Blumen zum Haus trugen — blutrote Rosen, weiße Lilien und violette Lupinen. Addy sprang voraus, aber Emma blieb an der Seite ihres Vaters. Am morgen hatte sie alle Habseligkeiten neben der Schlafzimmertür gestapelt, sogar die schwersten Koffer. Es überraschte ihn, daß sie genug Kraft dafür besaß.

Schweigend trug sie den Picknickkorb, den Kate zurechtgemacht hatte. Immer wieder blickte sie nervös über die Schulter, als hielte sie nach jemandem Ausschau.

»Wen suchst du denn?«

Sie wurde rot. »Niemanden.«

»Ich bin ja bei dir, Schätzchen, und ich werde dich nicht aus den Augen lassen. Du brauchst dir keine Sorgen zu machen.«

Verlegen lächelte sie ihn an. »Das weiß ich, Daddy, ich

bin wirklich dumm. Morgen reisen wir ab, und den heutigen Tag wollen wir genießen.«

»Vielleicht gehen wir auf Entdeckungsreise?«

Addy wirbelte herum und klatschte in die Hände. »O ja, suchen wir Maude!«

»Mal sehen«, entgegnete Judd. Sie erreichten den höchsten Punkt der Klippe, wo er an jenem Tag gestanden und die Landschaft bewundert hatte. »So, hier bleiben wir. Packt die Picknicksachen aus, ich baue meine Staffelei auf.«

Die Kinder fanden eine geeignete Stelle in einem Wäldchen, wo geschützte Rhododendren blühten. Emma holte ein großes leinernes Tischtuch als dem Korb. »Du nimmst diese beiden Zipfel, Ads. Mal sehen, ob wir's ordentlich ausbreiten können.«

Sie hatten fast jede Falte glattgestrichen, als sie ihren Vater rufen hörten. »Da sind Harold und Maude!«

Die zwei Katzen kamen den Weg herauf. Harold blieb stehen, um sich an Addys Beinen zu reiben, aber Maude trottete weiter und gönnte den drei Menschen kaum einen Blick.

»Vielleicht sucht sie ein Plätzchen, um ihre Babys zu kriegen!« kreischte Addy, und ihre schrille Stimme scheuchte beide Tiere ins Unterholz. »O nein!« Enttäuscht sank sie ins Gras.

»Ich habe eine großartige Idee«, verkündete Judd.

Das kleine Mädchen blickte auf, die Mundwinkel immer noch nach unten gezogen.

»Mal sehen, wohin dieser alte Weg führt.« Er zeigte auf die wuchernden Büsche. »Da ist Maude schon mal verschwunden, erinnert ihr euch?«

Sofort erhellte sich Addys Miene. Aber Emma schaute drein, als müßte sie zu einem Begräbnis gehen. Er legte eine Hand auf ihre Schulter. »Ich dachte, du machst gern Entdeckungsreisen.«

»Klar«, erwiderte sie hastig, »aber heute bin ich nicht in der richtigen Stimmung.«

Judd spürte, wie sie zitterte, bückte sich und umarmte sie. »Jetzt hör mal zu, Miss Pauling. Ich weiß, du hast schlimme Zeiten hinter dir. Aber nun sei vernünftig. Ich verstehe, daß du dich fürchtest, wenn du allein bist. Aber ich bin hier, und kein Geist wird dich belästigen. Das verspreche ich dir.«

Sie holte tief Luft, und starrte auf ihre Füße hinab. »Natürlich, Daddy. Es ist nur...« Judd wartete, und sie zuckte die Achseln. »Ach, schon gut, ich bin einfach nur albern. Ab jetzt will ich mich amüsieren.«

»Braves Mädchen.«

Mit einiger Mühe kämpften sie sich durch die dichten, hoffnungslos ineinander verschlungenen Büsche. Einst wegen ihrer Schönheit gepflanzt, wuchsen sie nun wild nach allen Seiten, mit armseligen, verkümmerten Blüten. Aber als die drei Forschungsreisenden ein Stück den Hang hinabgestiegen waren und sich dem Meer näherten, öffnete sich der Weg ein wenig, und sie konnten ihm fast ungehindert folgen. Das einzige Mißgeschick war Addys Sturz, bei dem sie sich ein Knie aufschürfte, aber zu Judds Erleichterung achtete sie kaum darauf — eifrig bestrebt, Maude zu finden.

Bald fiel der Hang nicht mehr so steil ab und ging in Wassernähe schließlich in eine Ebene über. Hier hatte man früher eine Terrasse angelegt, mit einem mittlerweile rissigen, zerbröckelnden Ziegelboden, aus dem Dünengras und Nesseln wucherten. Am Rand der Fläche stand ein verwittertes Cottage, offenbar das Sommerhaus, von dem Elizabeth einmal gesprochen hatte, wie Judd sich erinnerte.

Die Fensterscheiben waren zerbrochen, die Tür hing nur mehr lose in den Angeln und bewegte sich langsam im unablässigen Wind.

»Wie ein Hexenhäuschen«, wisperte Addy, steckte einen Daumen in den Mund und drängte sich an ihren Vater. Er fühlte, wie Emma sich versteifte und nach seiner Hand griff.

»Das alte Sommerhaus, von dem Elizabeth erzählt hat«, bemerkte er beiläufig. »Schauen wir mal rein.«

Das Sonnenlicht schien durch die zertrümmerten Fenster

und ließ den Raum fast heiter erscheinen. Er war mit Tischen und Stühlen eingerichtet, und es gab sogar ein Sofa — alles in Kindergröße. Feiner Sand überzog die Möbel mit einer hellen Schicht und bezeugte, daß das Häuschen schon vor Jahren den Elementen übergeben worden war. Trotzdem wirkte es immer noch wie verzaubert.

»Wow!« Vorsichtig überquerte Addy die Schwelle.

»Wartet mal«, sagte Judd. »Ich will erst nachsehen, ob der Boden einstürzen könnte.« Langsam ging er umher, prüfte jede Diele und hinterließ deutliche Fußspuren im Sand. »Tretet nur dahin, wo ich schon war.«

Fasziniert folgten ihm die Kinder. »Ein richtiges Spielhaus, nicht wahr, Daddy?« Emmas Angst war verflogen. Am anderen Ende des Raums blieb sie entzückt stehen und blies den Sand weg.

»Guck mal, Ads! Eine richtige Spüle und ein Herd. Ich wette, die haben mal funktioniert.«

Judd nickte. »Wahrscheinlich. Aber jetzt sind sie sicher kaputt.«

Addy rümpfte die Nase. »Ich möchte wissen, warum Mrs. Daimler dieses Häuschen so verkommen läßt.«

»Keine Ahnung«, erwiderte er.

»Oh, ich wünschte, wir würden Land's End nicht verlassen. Dann könnten wir das alles herrichten und den ganzen Tag hier spielen.« Sie öffnete die Tür eines kleinen Schranks, der genau ihre Größe hatte. »Heiliges Kanonenrohr! Emma, schau mal!«

Emma lief zu ihr und starrte in den Schrank. Darin standen — vor dem Sand geschützt, der sämtliche anderen Gegenstände bedeckte — Töpfe, Pfannen, Porzellangeschirr, sogar echte Kristallgläser. Keine Miniaturen wie im Puppenhaus, nur etwas verkleinert. Genau richtig für ein Kind.

Bewundernd ergriff Addy einen Kristallkelch. »Wem hat das mal gehört?«

»Vermutlich Rachel und Elizabeth«, antwortete Emma. »Nicht wahr, Daddy?«

»Das glaube ich auch.« Aber noch während er sprach, begann eine winzige Alarmglocke in seinem Hinterkopf zu läuten. Irgendwas stimmte hier nicht. Irgend etwas ergab keinen Sinn. Er nahm ein Figürchen von einem der Tische, drehte es hin und her, stellte es wieder hin. Dann schaute er sich um. Was mochte es sein? Was war hier nicht in Ordnung? Der Großteil der Einrichtung mußte schon seit zwanzig oder dreißig Jahren hier stehen. Aber trotz der Sandschichten hatte er das seltsame Gefühl, daß ein paar Dinge erst kürzlich hinzugefügt worden waren.

Okay, Mr. Sherlock Holmes, sagte er sich. Was zum Beispiel? Nun sah er sich genauer um, wischte den Sand von mehreren Gegenständen und suchte nach der Ursache seines Unbehagens.

Und dann drückte Emma ihm ein Buch in die Hand. Eine Ausgabe des ersten Romans, den sie ganz allein gelesen hatte. »Guck mal, Daddy! ›Die Zauberpferde‹!«

Ein Kinderbuch, erst vor fünf Jahren veröffentlicht. Daran erinnerte er sich, weil er es für Emma anläßlich ihres ersten Schultags gekauft hatte. Na und, dachte er. Also hat ein anderes Kind das Spielhaus benutzt, nachdem Rachel und Elizabeth von Land's End weggezogen sind. Aber es beunruhigte ihn. Aus irgendeinem Grund verstärkte es seine Sehnsucht nach New York City.

Geistesabwesend schlug er das Buch auf, hielt den Atem an und klappte es sofort wieder zu, bevor Emma sah, was auf dem Vorsatzblatt geschrieben stand. »Gehen wir!« sagte er in scharfem Ton und ließ das Buch zu Boden fallen.

»Aber Daddy!« jammerte Addy. »Können wir nicht noch ein paar Minuten dableiben?«

»Nein. Jetzt müssen wir was essen.« Judd bemühte sich, in beiläufigem Ton zu sprechen, aber sein Kopf drohte zu explodieren.

Erschrocken starrte Emma ihn an und flüsterte: »Was ist denn los, Daddy?« Er hörte die Angst, die in ihrer Stimme mitschwang.

»Nichts, Schätzchen.« Besänftigend ergriff er ihre Hand. »Mir ist nur grade eingefallen, daß wir vergessen haben, den Picknickkorb zu schließen, ehe wir hierhergekommen sind. Womöglich fressen uns ein paar räuberische Möwen alles weg.«

Sie nickte, schien aber nicht überzeugt zu sein, und er verfluchte sich selber, weil er seinen Schock nicht besser verborgen hatte.

Erst auf der Klippe konnte er wieder ruhiger atmen. Was er auf dem Vorsatzblatt des Buches gelesen hatte, erschien ihm immer noch unglaublich — den Namen der Besitzerin, in großer, unregelmäßiger Kinderschrift. Lilith.

Am Abend erwachte Land's End zu fröhlichem Leben, ebenso wie Rachel. Sie trug weiße Blumen im Haar und ein Kleid aus türkisblauer Spitze, das zu ihren Augen paßte, und sie raubte ihrem Mann den Atem. »Wirst du mich ewig lieben?« wisperte sie, als sie Arm in Arm die Treppe hinabstiegen.

»Ewig.«

»Und morgen?« Sie brach in melodisches, ansteckendes Gelächter aus, umfaßte seinen Arm noch fester und führte ihn zu den ersten Gästen.

Emma und Addy knieten auf dem Teppich am Treppenabsatz und spähten zwischen den Geländerstangen hindurch. Judd hatte ihnen erlaubt, noch eine Weile aufzubleiben, damit sie die Damen in ihren schönen Kleidern bewundern konnten. Dafür war Emma über alle Maßen dankbar, denn es bedeutete, daß sie den letzten Abend auf Land's End nicht im Kinderzimmer verbringen würde, sondern hier draußen im hellen Licht, nicht fern von unzähligen Menschen. Und heitere Musik erfüllte die Luft — Musik, die ihr half, das Echo der grausigen, geisterhaften Worte zu verscheuchen. *Zu spät. Zu spät.*

Das Orchester machte eine Pause, und zum erstenmal an

diesem Abend stand Judd allein an der Bar. Er hatte auf ein Gespräch mit Elizabeth gehofft, um sie nach dem Namen in jenem Buch zu fragen. Aber sie ließ sich nicht blicken. Er bestellte einen Scotch und merkte zu seiner eigenen Verblüffung, daß er sich amüsierte. Glücklicherweise war Priscilla nicht auf dem Ball erschienen. Er genoß die Gesellschaft der anderen Gäste, war wahnsinnig verliebt in seine Frau, und morgen würden sie alle nach New York fahren. Was konnte er sich noch mehr wünschen?

»Hier, bitte, Sir«, sagte der Barkeeper.

»Danke.« Judd nahm seinen Drink und durchquerte den Raum. Soeben hatte er Henry Adelford durch die Tür erspäht, und er wollte sich von dem Arzt verabschieden, ihm für seine Anteilnahme und Hilfe danken. Er bahnte sich einen Weg durch die Menge, in die kleine Eingangshalle, wo sich ein paar Gäste unterhielten.

Beinahe hatte er Henry erreicht, als er plötzlich wie festgewurzelt stehenblieb. Über seinem Kopf begann der Kristallüster klirrend zu schwanken, als hätte jemand ein Fenster und eine Tür geöffnet, und kalter Meereswind würde hereinrauschen.

Judd schaute die anderen an, um festzustellen, ob sie es auch bemerkt hatten, und es war ihnen nicht entgangen. Alle verstummten, wechselten verwirrte Blicke und fragten sich offensichtlich, woher der sonderbare Luftzug kam.

Und dann wurde das Rauschen von der Türglocke übertönt. Gleichzeitig drang der Schrei eines Kindes von oben herab. Eine schrille, verzweifelte Stimme, in wilder Panik. »Papa, rette mich! Oh, bitte, Papa!«

Addy, dachte Judd entsetzt. Aber warum nannte sie ihn Papa? Ehe er sich in Bewegung setzen konnte, erklang wieder die Türglocke. Und die ganze Gesellschaft erstarrte. Die Zeit schien innezuhalten.

Judd beobachtete, wie der Butler die Hand ausstreckte, um die Haustür zu öffnen. Am Fuß der Treppe standen Rachel, die Elliots, Henry Adelford, dessen Arm in der Luft hing, weil er gerade in ein Canapé hatte beißen wollen, und dicht hinter ihm Priscilla, eine reglose dunkle Gestalt im Schatten. Und auf den Stufen Addy. Ihr weit aufgerissener Mund stieß einen unhörbaren Schrei aus, ihr Gesicht war bis zur Unkenntlichkeit verzerrt.

Es muß Addy sein, sagte Judds Gehirn. Seine Augen behaupteten etwas anderes.

Wieder klingelte es an der Tür, und die Leute erwachten wieder zum Leben. Ungläubig starrten sie auf Addy, die in wilder Flucht die Treppe herabstürmte. »Papa!« kreischte sie.

Er trat vor und breitete die Arme aus. »Addy!« Aber zu seiner Überraschung raste sie an ihm vorbei, prallte gegen mehrere Gäste, schob sich zwischen ihren Beinen hindurch. Erst an der Tür, die nun aufschwang, blieb sie stehen.

Ein Mann kam aus dem Nebel herein – ein hochgewachsener, attraktiver Mann mit grauem Haar und grauen Augen. »Ich bin wohl gerade zur rechten Zeit eingetroffen.« Seine Stimme hatte einen leichten ausländischen Akzent. Er übergab dem Butler seinen Mantel und ging in die Halle.

Judd drängte sich zu Addy vor und fing sie auf, als sie zusammenbrach. Der Fremde schenkte ihnen keine Beachtung. Er wanderte durch die Menge, nickte lächelnd nach allen Seiten, betrachtete belustigt die verwirrten Gesichter, bis er den Fuß der Treppe erreichte, wo Rachel stand.

Sie hatte Judd den Rücken zugewandt, und so sah er ihr Gesicht nicht, aber er hörte ihren halberstickten Schrei.

Und dann legte der Fremde einen Arm um ihre Schultern. »Rachel, mein Liebling!« sagte er mit sanftem Spott. »Willst du deinen Ehemann nicht begrüßen?«

17

Stille.

Judd saß im halbdunklen Kinderzimmer. In der Mitte eines Betts zeichneten sich die Umrisse zweier aneinandergekuschelter kleiner Gestalten ab — Emma und Addy.

Er hatte versprochen, sie nicht allein zu lassen, und Emma war endlich eingeschlafen. Wie benommen saß er da, während einzelne Szenen des Vorabends durch sein Gehirn flimmerten wie kurze Filmsequenzen — voneinander losgelöst und doch auf unerklärliche Weise verbunden: Addy, schreiend, das Gesicht gräßlich verzerrt; Rachel, ohnmächtig in den Armen des Fremden, der behauptete, ihr Ehemann zu sein; mehrere Stimmen, die den Namen Peter wisperten; und Priscilla, die alles aus dem Schatten heraus beobachtete, wie versteinert, bis auf das Blutrinnsal an der Unterlippe, in die sie krampfhaft gebissen hatte. Judd fühlte sich elend, als er sich an ihre Worte erinnerte. Sie war ins Licht getreten und vor ihm stehengeblieben. »Sie haben mir keine Wahl gelassen, Mr. Pauling. Jetzt wissen Sie Bescheid.«

Wie gelähmt hatte er dagestanden, die bewußtlose Addy auf den Armen. Hilflos sah er zu, wie Rachel die Treppe hinaufgetragen wurde. Er erwachte aus seiner Erstarrung, wollte ihr folgen, aber Elizabeth hielt ihn zurück. »Es tut mir so leid, Judd.« Tiefes Mitgefühl sprach aus ihren Augen. »Immer wieder habe ich sie angefleht. Sie hätte Ihnen reinen Wein einschenken müssen.«

Ungläubig schaute er sie an. »Es stimmt also?« fragte er heiser. »Er ist ihr Mann?«

Sie nickte, und da brachte er Addy langsam die Treppe hinauf, mit vorsichtigen Schritten, als steckte ein Messer in seinem Rücken und jede abrupte Bewegung könnte fatale Folgen haben. Nun kannte er nur noch einen einzigen Gedanken — er mußte irgendwo allein und unsichtbar sein, nachdenken, seinen Verstand wiedererlangen.

Emma kam ihm auf den Stufen entgegen, die Augen groß vor Entsetzen und voller Tränen. »O Daddy«, wisperte sie. »Hast du sie gesehen?«

Irgendwie brachte er eine Antwort zustande. »Ja, Emma.«

Durch schweigende Korridore hatte sie ihn zum Kinderzimmer begleitet.

Nun legte er im Halbdunkel den Kopf an die Sessellehne, schloß die Augen und versuchte vergeblich zu ergründen, was mit Addy geschehen war. Jedenfalls mußte er Dr. Roth recht geben. Es gab nur einen einzigen Weg, das Kind zu retten — er mußte es von Land's End wegbringen. Darüber hinauszudenken — das überstieg seine Kräfte.

»Rachel«, stöhnte er, als könnte er aus dem unbegreiflichen Alptraum erwachen, wenn er ihren Namen aussprach, »Rachel.«

Allmählich begann er zu erkennen, was sich ereignet hatte, was es bedeutete. Etwas Ungeheuerliches. Rachel, seine große Liebe, war mit einem anderen verheiratet. Bigamie. Das Wort explodierte in seinem Kopf, und er begann zu zittern, von plötzlicher blinder Wut erfaßt.

Wie konnte sie ihn so schmählich hintergehen? Er wollte sie verfluchen, schlagen, töten. Doch er konnte seinen Zorn nicht am Leben erhalten. Trotz ihres Vergehens wurde sie von einer unantastbaren unschuldigen Aura umgeben, als könnte sie für nichts zur Rechenschaft gezogen werden. Alle, die sie kannten, schienen ihr die gleichen Gefühle entgegenzubringen. Priscilla Daimler, Henry Adelford, sogar Elizabeth. Und was am wichtigsten war — Judd liebte sie. Als der letzte Rest seiner Wut verflog, war er nur noch erschöpft und empfand nichts mehr außer dem Schmerz seines Verlustes.

Er bemerkte Elizabeths Anwesenheit erst, als sie dicht neben ihm stand. »Judd?« wisperte sie. »Sind Sie okay?«

»Nein.«

»Rachel möchte Sie sehen.«

Darauf konnte er nicht antworten.

»Gehen Sie zu ihr?«

Er schüttelte den Kopf.

Elizabeth sank neben seinem Sessel auf die Knie. »Ich weiß, es war ein furchtbarer Schock für Sie. Aber Sie braucht Sie so sehr...« Nach einer kurzen Pause sprach sie eindringlich weiter. »Judd, sie hat Probleme — echte Probleme.«

»Ich auch«, entgegnete er müde, »ich auch.«

»Bitte!« flehte Elizabeth. »Inzwischen bleibe ich hier und passe auf die Mädchen auf. Reden Sie mit Rachel.«

»Warum haben Sie mir nichts gesagt?«

Ärgerlich runzelte sie die Stirn. »Es kommt mir nicht zu, Ihnen irgendwas zu sagen. Rachel ist Ihre Frau. Das müßt ihr beide unter euch ausmachen.«

Er holte tief Luft und erhob sich langsam. »Wo ist sie?«

»In ihrem alten Zimmer, neben Mutter.«

Seine Füße fühlten sich wie Blei an, als er zur Tür ging. »Judd?« Die Flüsterstimme war kaum zu hören. Er blieb stehen. »Natürlich haben Sie allen Grund, sich verraten und betrogen zu fühlen«, würgte Elizabeth hervor. »Aber seien Sie bitte nicht unfreundlich. Sie — sie ist immer noch ein Kind.«

Rachel lag im Bett, die Augen geschlossen, das Haar eine Silberwolke auf dem weißen Kissen. Sie wirkte so jung, so schutzlos, daß Judds Atem im Hals steckenblieb. Er sah dunkle Schatten unter ihren Lidern, Tränen glänzten an den Wimpern.

Plötzlich öffnete sie die Augen, und er erkannte ihre Angst, ihre Verwirrung. Sie schien nicht zu wissen, wo sie war. Aber bei seinem Anblick lächelte sie — das spontane Lächeln eines Kindes, das sich verirrt und das man endlich gefunden hatte. »O Darling!« hauchte sie. »Gott sei Dank, daß du gekommen bist!« Sie setzte sich auf, faltete die Hände und schaute zur Zimmerdecke hinauf. »Ich danke dem

Himmel — und dir. Oh, ich wußte es ja, du würdest mir helfen.« Und dann sprang sie aus dem Bett, rannte zu ihm, umschlang seinen Hals, küßte ihn, netzte sein Hemd mit ihren Tränen.

Er rührte sich nicht. Schlaff hingen seine Arme herab. Und nun merkte sie offensichtlich, daß irgend etwas nicht in Ordnung war. Sie hörte auf, ihn zu küssen, trat zurück, eine winzige Furche bildete sich zwischen ihren Brauen. Ihr Gesicht wurde leichenblaß. »Judd — was ist denn los?« stammelte sie. »Du bist mir doch nicht mehr böse?« Sie glich einem Kind, das unartig gewesen und bestraft worden war und jetzt glaubte, man hätte ihm alles verziehen.

Mühsam zwang er sich zur Ruhe. »Rachel, morgen früh werde ich Land's End verlassen. Sobald ich alles ins Auto gepackt habe.«

»Ich weiß.« Ein zitterndes Lächeln umspielte ihre Lippen. »Das haben wir doch geplant.«

Sein Kopf begann zu dröhnen. Dachte sie wirklich, nichts hätte sich verändert. »Was wir geplant haben, ist nicht mehr relevant.« Am liebsten hätte er sie angeschrien. »Ich fahre allein weg — mit den Kindern.«

Sie zuckte zusammen, als hätte er sie geschlagen. »Was meinst du? Ich sagte doch, ich würde dich begleiten. Und das habe ich immer noch vor.«

Ihre Erklärung jagte einen Schauer über seinen Rücken. Was stimmte nicht mit ihr? Er suchte in ihrem Gesicht nach einem Anzeichen des Begreifens, einem Hinweis, der verraten hätte, daß sie es trotz ihrer Worte besser wußte. Aber er sah nur ungläubiges Staunen.

Langsam wandte sie sich ab und sank auf den Bettrand. »Mutter hatte also recht. Sie prophezeite mir, eines Tages würdest du mich verlassen.«

Absurderweise weckte sie Schuldgefühle in seiner Brust. Er setzte sich zu ihr und ergriff ihre eiskalte Hand. »Rachel, du verstehst doch, was geschehen ist?«

Sie atmete kaum. Vorwurfsvoll musterte sie ihn, als hätte

er sie hintergangen. Ist das möglich, fragte er sich. Weiß sie wirklich nicht, was das alles bedeutet? Das muß sie doch erkennen, um Himmels willen. Es war keine simple Unachtsamkeit, sondern Bigamie. Wie kann sie mit zwei Männern verheiratet sein, ohne auch nur zu ahnen, daß da etwas nicht stimmt?

»Ist Peter Rostov dein Mann?« Es fiel ihm schwer, ruhig zu bleiben.

»Das war er.«

»Hast du dich scheiden lassen?«

»Natürlich!« stieß sie entrüstet hervor. »Zumindest glaubte ich es.« Sie sah Judd aus den Augenwinkeln an. »Gleich, nachdem ich in dieses — an diesen Ort geschickt wurde. Mutter sagte mir, Peter wolle mich loswerden und habe die Scheidung eingereicht. Sie würde sich um alle Einzelheiten kümmern, ich dürfe mich nicht aufregen, solle mich nur ausruhen und wieder genesen.« Sie seufzte. »Ich war unfähig, irgend etwas in Frage zu stellen.«

»Deine Mutter behauptete, du seist geschieden worden.« Entgeistert schüttelte er den Kopf. Kein Wunder, daß Priscilla Daimler so entsetzt über Rachels zweite Ehe gewesen war... »Aber warum?«

»Ich weiß nicht... Nun, eigentlich ist es zu verstehen. Sie wollte mich veranlassen, nach meiner — meiner Entlassung heimzukehren und Peter nicht zu suchen.«

»Und er? Hat er sich nie bemüht, dich wiederzusehen?«

Ein Schatten glitt über ihr Gesicht. »Nein. Sicher hat Mutter auch dafür gesorgt.«

Reglos saß Judd da. Wie sollte er dieses Rätsel ergründen? Priscilla Daimler hatte ihre Tochter absichtlich getäuscht und ihr eingeredet, die Scheidung sei vollzogen worden. Warum? Hatte sie Peter Rostov so sehr gehaßt oder den selbstsüchtigen Zweck verfolgt, Rachel für sich allein zu haben? Wenn letzteres zutraf — stand dieses Motiv auch jetzt hinter ihrer Handlungsweise? Versuchte sie, ihn, Judd, mit Lug und Trug von Rachel wegzutreiben? Irgendwie mußte das alles zusammenhängen. Aber wie? Welches Glied fehlte in der Kette?

Rachel schien sein Schweigen falsch zu interpretieren, denn sie begann hastig zu sprechen. Ihre Worte überschlugen sich. »Natürlich hätte ich dir von Peter erzählen müssen, und es tut mir auch sehr leid. Aber ich war so müde, als ich aus jener Klinik kam. Und so unsicher. Ich wollte nie mehr an das alles denken. Das hätte ich nicht ertragen.« Sie erschauerte. »Ich liebte ihn nicht — ich liebe dich. Jetzt lasse ich mich von Peter scheiden, und zwischen dir und mir wird alles wieder so sein wie früher. Wir werden zusammenbleiben und keinen von diesen Leuten jemals wiedersehen.« Nun setzte sie das zuversichtliche Lächeln eines Kindes auf, das sich einbildet, es müßte nur sagen, was es sich wünschte, und schon wäre es Wirklichkeit. Eifrig drückte sie seine Hand. »Verstehst du denn nicht? Wir haben keinen Grund, unsere Pläne zu ändern. Morgen reisen wir ab.«

Judd seufzte erschöpft. »Wenn es bloß so einfach wäre, Rachel!«

Erschrocken starrte sie ihn an. »Aber — du begreifst doch, daß es nicht meine Schuld ist? Ich wollte dich nicht täuschen; ich dachte, ich wäre endlich von ihm befreit und könnte die Zeit mit ihm vergessen. Sicher, ich hätte dir alles sagen müssen. Das weiß ich jetzt.« Sie beugte sich vor, und ihre Stimme nahm einen milden, geduldigen Klang an, als versuchte sie etwas nur allzu Offenkundiges zu erklären. »Ich erzählte dir nichts von Peter, weil es mir wiederstrebte, seinen Namen jemals wieder auszusprechen. Und ich dachte auch, das würde nie mehr nötig sein, es wäre endgültig vorbei.« Nach einer kurzen Pause fuhr sie in schärferem Ton fort: »Außerdem wollte ich vergessen, daß ich ihn je gekannt hatte. Er ist der grausamste Mann, dem ich in meinem ganzen Leben begegnet bin. Oh, wie ich ihn hasse!« Erbost ballte sie die Hände. »Könntest du diesen Haß nachempfinden, würdest du alles verstehen.«

Sekundenlang schloß er die Augen, spürte wieder den

Schmerz in seinem Kopf, aber obwohl es nur mehr ein dumpfes Dröhnen war, konnte er sich noch immer nicht konzentrieren. Er wollte nur noch schlafen. Und nun spürte er, wie sie näher zu ihm rückte, ganz vorsichtig, wie ein junges Hündchen, das sich verzweifelt nach einer Liebkosung sehnt, aber unsicher zögert, weil es die Stimmung seines Herrn nicht ergründen kann.

Er nahm sie in die Arme, hielt sie eine Weile fest, dann schob er sie behutsam von sich. »Ich bin nicht böse, Rachel, aber ich muß nachdenken. Jedenfalls werde ich morgen mit den Kindern abreisen. Ohne dich.«

Ungläubig forschte sie in seinem Gesicht, als könnte sie kaum fassen, daß er es noch immer nicht begriffen hatte. »Aber...«

Er legte einen Finger auf ihre Lippen. »Es gibt nichts mehr zu sagen, Darling. Du bleibst hier, bis du dein Leben in Ordnung gebracht hast, aber ich muß mich vorerst von dir trennen, das alles allein durchdenken und sehen, ob ich irgendeinen Sinn darin finde.«

Ihr Mund begann zu zittern. »Ich habe keine Ahnung, wovon du redest. Liebst du mich denn nicht mehr?«

»Doch.«

»Dann ist mir das alles ein Rätsel.« Sie schüttelte den Kopf. »Was hat sich verändert?«

»Alles«, erwiderte er und atmete tief durch. »Verstehst du es wirklich nicht? Unsere Ehe war eine Lüge. Ob du es wußtest oder nicht – Peter Rostov ist immer noch dein Mann. Unsere beiden Schicksale sind so in Verwirrung geraten, daß ich mich frage, ob wir sie wieder vereinen können. Um Himmels willen, du bist mit zwei Männern verheiratet. Ehe dieses Problem nicht gelöst ist, dürfen wir nicht zusammenleben. Weder hier noch in New York. Und nicht nur wir sind in dieses Chaos verstrickt. Ich muß auch auf meine Kinder Rücksicht nehmen.«

Eine volle Minute lang saß Rachel schweigend neben ihm, dann schlug sie sich mit der flachen Hand auf die Stirn, als würde sie die Situation erst jetzt durchschauen. »Natürlich.« Ihre eisige Stimme ließ ihn frösteln. »Jetzt ist mir alles klar. Warum bin ich bloß immer so dumm? Es geht gar nicht um Peter, was? Sondern um deine Tochter — um Addy. Sie meint, ich wäre nicht gut genug für dich, und hat dir eingeredet, du müßtest mich verlassen.«

Bestürzt griff er nach ihrer Hand, die sie ihm sofort entzog. »Ich hätte es wissen müssen, Judd.« Zornestränen glänzten in ihren Augen. Sie stand auf, wich vor ihm zurück, mit der tief enttäuschten Miene eines Menschen, der sich schmählich verraten fühlt. »Und ich hätte auf Mutter hören sollen. Sie warnte mich und erklärte, mit dir könne ich niemals glücklich werden, solange deine Kinder bei dir seien. Nie würde es mir gelingen, gegen die beiden anzukommen. Vor allem gegen Addy nicht.«

»Rachel, das glaubst du doch selber nicht«, stieß er hervor. »Mit Addy hat es überhaupt nichts zu tun.«

Rachels Augen schienen Funken zu sprühen. »Nur mit ihr hat es zu tun. Es ist schon grausam genug von dir, mir davonzulaufen. Aber auch noch vorzugeben, alles wäre meine Schuld...«

Irgend etwas in Judds Kopf zerriß, und er verspürte den fast überwältigenden Drang, sie zu packen und zu schütteln, bis ihre Zähne klapperten. Er sprang auf, war mit zwei Schritten bei ihr, dann erstarrte er. Der bittere Vorwurf in ihrem Blick raubte ihm zunächst die Sprache. Rachel schien tatsächlich zu glauben, was sie da sagte. »O Gott«, flüsterte er.

»Bitte, geh nicht!« flehte sie plötzlich. Ihre Wut verflog so schnell, wie sie entstanden war. »Laß nicht zu, daß sie uns auseinanderbringt!«

Die Worte fehlten ihm. Hilflos breitete er die Arme aus, dann wandte er sich ab und floh aus dem Zimmer, ohne noch einmal zurückzuschauen.

Priscilla Daimler folgte dem Korridor, der von ihrer Suite zu

Rachels Zimmer führte. Sie hatte nur den letzten Teil des Wortwechsels zwischen ihrer Tochter und Judd gehört, wußte aber, daß er Land's End mit seinen Kindern verlassen wollte. Ohne Rachel. Ihre Miene verriet nicht, was sie dachte. Haltsuchend tastete sie nach der Wand und lauschte. Die Tür zum Flur wurde geöffnet und fiel dann ins Schloß.

Stille.

Reglos wartete sie. Als sie nichts mehr hörte, ging sie in das Zimmer ihrer Tochter. Rachel saß auf dem Bettrand und wandte ihr den Rücken zu.

»Mein liebes Kind, wie fühlst du dich?« fragte Priscilla leise.

Beim Klang der sanften Stimme drehte Rachel sich um. Ihre Miene zeigte nur Verblüffung, sonst nichts. »Warum bist du noch auf, Mutter? Mitten in der Nacht...«

Die alte Frau wich verwirrt zurück. Sie hatte mit einer anderen Reaktion gerechnet. Tränen? Vorwürfe? Vielleicht. Aber das nicht.

»Du solltest im Bett liegen.« Rachel stand auf und nahm ihre Mutter behutsam beim Arm. »Komm. Dieser Tag war für uns alle sehr anstrengend.«

Sie führte Priscilla in deren eigenes Zimmer, half ihr ins Bett und setzte sich zu ihr. Zunächst schwieg sie eine Weile, als müßte sie ihre Gedanken sammeln. Schließlich erkundigte sie sich: »Wieso hast du Peter hierherbestellt?« Kein Zorn, keine Anklage, nur einfache Neugier.

»Ich habe befürchtet, du könntest wieder verletzt werden.«

Der Ausdruck in Rachels Augen veränderte sich nicht. »Judd würde mir niemals weh tun.«

Erschöpft lag Priscilla da, aber sie schloß die Augen. Forschend betrachtete sie das Gesicht ihrer Tochter, als versuchte sie deren Gedanken zu lesen. »Aber er *hat* dir doch weh getan?«

»Ja«, gab Rachel zu, immer noch in ruhigem Ton. »Weil du ihm keine Wahl gelassen und Peter zurückgeholt hast.«

»Auch ich hatte keine Wahl. Ausnahmsweise mußte ich noch auf jemand anderen Rücksicht nehmen — nicht nur auf dich.«

Wieder blieb Rachel eine Zeitlang stumm, dann seufzte sie tief auf und legte den Kopf schief, als wollte sie ein Rätsel ergründen. »Was glaubst du wohl, warum ich in meinem ganzen Leben bei keinem Menschen an erster Stelle stand? Niemals...«

Priscilla ergriff die Hand ihrer Tochter. »Oh, mein Liebling, wie kannst du so reden? Du weißt, daß mir niemand außer dir wichtig war.«

»Wieso gelingt es dir dann immer wieder, alles zu zerstören, das mir etwas bedeutet?«

»Weil ich dich liebe. Und weil ich Angst habe.«

Ein sonderbares Lächeln umspielte Rachels Mundwinkel. »Du? Angst? Wovor? Was auf dieser Welt könnte Priscilla Daimler erschrecken?« Ohne Antwort tickten die Sekunden dahin. »Nun, Mutter?« Die Stimme klang noch immer ruhig, aber etwas eindringlicher als zuvor. »Was macht dir Angst?«

»Daß es wieder geschehen könnte.« Und dann zwei kurze Silben, nur geflüstert und trotzdem erfüllte ihr Echo den ganzen Raum. »Lilith. Ich fürchte mich vor Lilith.«

Rachels Augen wurden groß und rund, ihr Mund bildete ein erstauntes O. »Was hat sie denn damit zu tun?«

»Alles.« Nun waren Priscillas Worte kaum zu hören, alle Kräfte schienen sie zu verlassen. »Lilith ist zurückgekommen.« Beschwörend legte sie die Fingerspitzen auf den Arm ihrer Tochter. »Bedenk doch — das Klavierspiel, das Versteck in der Kammer. Und die gespenstische Schmiererei im Korridor. Ich weiß, es mutet unvorstellbar an, aber es ist wahr. Lilith ist zurückgekommen — in Addy Paulings Gestalt.«

Rachel starrte ihre Mutter an, als hätte sie eine Fremde vor sich. »Bist du wahnsinnig? Nichts von alldem hängt mit Lilith zusammen. Sie ist tot.« Sie umklammerte die Hand ihrer Mutter. »Hast du nicht verstanden, woran Addy leidet? Sie ist psychisch gestört. Dr. Roth sagte, sie könne den Verlust ihrer Mutter nicht verkraften und benehme sich nur so seltsam, um ihre Trauer zu verarbeiten.« Ihre Augen verengten sich, und sie schien laut nachzudenken. »Was Dr. Roth betrifft, bin ich mir nicht so sicher. Aber eines weiß ich. Addy haßt mich und will mich loswerden. Deshalb tat sie diese Dinge. Sie ist ein schwerkrankes Kind.«

»Ich kenne die Diagnose. Und ich weiß, wie du zu deiner Stieftochter stehst. Aber ich glaube nichts von alldem. Keine Sekunde lang. Es hat nichts mit Addy Paulings seelischer Verfassung oder ihrem Wunsch zu tun, dich loszuwerden, sondern mit Lilith. Sie ist hier. In diesem Haus. Und sie benutzt Judds Kind als Medium.«

Erbost runzelte Rachel die Stirn, »Du mußt mich für sehr dumm halten, Mutter. Natürlich hast du Peter nur hergeholt, um Judd zu vertreiben. Darum ging es doch, oder?«

Priscillas Lippen verkniffen sich. »Also gut, genau deshalb tat ich es. Würdest du Judd und die Kinder begleiten, müßte ich mich ständig fragen, was geschehen wird. Ich bin eine alte Frau, dem Tode nah. Ich kann nicht noch größere Schuld auf mich laden.«

Nun veränderte sich Rachels Miene. Ihr Mund verzog sich zu einem traurigen, schwachen Lächeln. »Offenbar ist es unmöglich, vernünftig mit dir zu reden. Was immer man sagt ständig fabrizierst du deine Lügen, um deinen Willen durchzusetzen.«

»Und was will ich nach deiner Meinung?«

»Ich soll für alle Zeiten hier bei dir bleiben.« Rachel preßte die Hände an die Schläfen, als würde sie von plötzlichen Schmerzen gepeinigt. »Vom ersten Tag an wußte ich, daß Addy Pauling ihren Vater und mich auseinanderbringen will. Bei jeder Gelegenheit hat sie's versucht. Erst meine verdorbene Heimkehrparty. Dann die schreckliche Szene, die sie mir im Auto machte. Das Geschmiere an den Wänden. Ich wußte, warum sie es tat, und war entschlossen, ihre Pläne zu vereiteln.« Bitter lachte sie auf. »Und nun hat sie gewonnen. Mit deiner Hilfe. Meine eigene liebevolle Mutter hat ihr den Sieg ermöglicht.« Zitternd ließ sie die Hände in den Schoß fallen. »Nie hast du mir gestattet, auf meine Weise zu leben. Immer mußte es nach deinem Kopf gehen. Das habe ich nicht vergessen. Als Peter endlich zu mir zurückkam, schicktest du mich weg. Wie ein Tier wurde ich eingesperrt. Und jetzt mißgönnst du mir auch Judd. Bis zu meinem Tod soll ich allein bleiben, auf Land's End.«

Schaudernd wandte die alte Frau den Kopf ab.

»Nein, Mutter, schau nicht weg. Sieh mich an.« Rachel sprach mit seltsamer Gelassenheit, als würde das alles sie nicht wirklich berühren. »Begreif doch, was du tust. Du kontrollierst nicht nur mein Leben — jetzt hast du dir auch noch diese neueste Absurdität einfallen lassen und willst mir einreden, Lilith würde hinter alldem stecken.«

Priscilla streckte eine bebende Hand aus, die aber von ihrer Tochter ignoriert wurde. Langsam stand Rachel auf, ihr Gesicht war völlig ausdruckslos. »Eigentlich wollte ich dich nie verlassen, Mutter. Aber irgendwie bringst du es immer fertig, mich zu vergraulen. Es spielt keine Rolle mehr, ob Judd mit mir oder ohne mich abreist. Bis ans Ende der Welt werde ich ihm folgen — und mein Bestes tun, um seine Liebe zurückzugewinnen. Und diesmal wirst du dich nicht einmischen. Deshalb glaube ich an meinen Sieg.«

»O Rachel — bitte . . .« Ein halberstickter Keuchen.

»Leb wohl, Mutter. Wir werden uns nicht wiedersehen.« Ohne zurückzublicken, ging Rachel hinaus und schloß lautlos die Tür hinter sich. Hätte sie sich umgedreht und das Gesicht ihrer Mutter gesehen, die Krämpfe, die den kranken Körper erschütterten, vielleicht hätte sie Hilfe geholt.

Aber in der Stunde ihrer höchsten Not blieb Priscilla Daimler allein.

Wie es seit fast einem halben Jahrhundert der Tradition auf Land's End entsprach, teilte Priscilla dem Personal jeden

Morgen um Punkt acht mit, wo sie zu frühstücken wünschte. Deshalb war es nicht verwunderlich, daß eine gewisse Aufregung entstand, als dieser Termin verstrich und Mrs. Daimler nichts von sich hören ließ. Ihre Zofe fand sie bewußtlos. Die alte Frau atmete kaum noch. Henry Adelford wurde verständigt.

18

Es war Sonntag, ein klarer, strahlender Sommermorgen, und in der Ferne hörte Emma Kirchenglocken. »Beeil dich, Daddy!« rief sie, dann setzte sie sich neben der Zufahrt auf einen Koffer und beobachtete den Vater, der die restlichen Gepäckstücke aus dem Haus trug. Am anderen Ende der Terrasse inspizierte Addy eine einsame Ameise, die einen toten Käfer über die Fliesen schleifte.

Emma schlug ihr Buch Seite dreiundneunzig auf und versuchte zu lesen, aber die Buchstaben verschwammen vor ihren Augen. In einem fort hörte sie die Echos vom Vorabend, insbesondere Addys grausiges Geschrei. Sie holte tief Atem und schaute zu ihrer Schwester hinüber. Plötzlich kam ihr ein so furchtbarer Gedanke, daß sie beinahe vom Koffer fiel. Wenn Dr. Roth sich irrte? Wenn es Addy in New York nicht bessergehen würde? »Ads, komm sofort her!« befahl sie.

Das kleine Mädchen hob nicht einmal den Kopf. »Ich kann nicht, ich bin beschäftigt.«

Emma legte ihr Buch beiseite und ging über die Terrasse zu der Stelle, wo ihre Schwester kauerte.

»Sei vorsichtig, Emma«, mahnte Addy und runzelte die Stirn. »Steig nicht auf sie drauf.«

»Auf wen?« Emma spähte nach unten.

»Auf Mrs. Ameise.«

»Was macht sie denn?«

»Sie schleppt einen riesigen Käfer davon.«

Emma vergaß ihre momentane Panik. »Wohin denn?«

»Wahrscheinlich in ihr Haus.«

Gespannt beobachtete Emma die qualvolle Mühe der Ameise.

»Wenn wir bloß wüßten, wo sie wohnt – dann könnten wir ihr helfen.«

»Wie denn?«

»Wir könnten den Käfer für sie hintragen.«

Addy sprang auf. »Eine tolle Idee, Emma! Du bist die klügste Schwester von der ganzen Welt. Suchen wir den Ameisenhügel.«

»Sei nicht albern. Wie sollen wir den richtigen finden? Womöglich müßten wir den ganzen Tag rumlaufen.«

Nachdenklich legte Addy den Kopf schief, dann hob sie einen Finger. »Wir sehen erst mal, daß wir einen Hügel finden. Dann heben wir die Ameise ganz vorsichtig mitsamt ihrem Käfer auf, stellen sie vor das Loch und warten ab, ob sie reinkriecht. Wenn nicht, suchen wir einen anderen Hügel. Klar?«

Emma seufzte skeptisch, sagte sich aber, dies sei bis zur Abreise ein ebenso guter Zeitvertreib wie jeder andere; jedenfalls besser, als allein hier rumzusitzen und sich Addys wegen Sorgen zu machen. Ganz zu schweigen von der verwirrenden Frage, warum Rachel nicht mitkommen würde, oder von der beklemmenden Angst, irgend etwas könnte sie alle daran hindern, Land's End zu verlassen. »Also gut, gehen wir.«

Langsam wanderten die Kinder am Rand der Terrasse entlang, spähten zwischen die Fliesen, hielten Ausschau nach verräterischen kleinen Erdhügeln, unter denen Ameisen hausen mochten.

»Da ist einer«, verkündete Addy.

Emma bückte sich und beobachtete den winzigen Hügel, bis eine Ameise herauskrabbelte. »Das kann nicht der richtige sein. Dieses Insekt ist zu klein – eine andere Art.«

»Wenn wir bloß nicht abreisen müßten!« klagte Addy unvermittelt, während sie vor ihrer Schwester hertrottete. »Mir gefällt's hier.«

Emma verdrehte die Augen. »Mir nicht!« stieß sie heftig hervor. »Ich hasse Land's End. Je schneller ich von hier wegkomme, desto besser.«

»Nun können wir nie mehr mit dem Puppenhaus spielen«, protestierte Addy. »Oder im Kinderzimmer mit all den schönen Sachen. Oder im Sommerhäuschen...« Plötzlich blieb sie stehen und drehte sich um. Ihr Gesicht lief feuerrot an und verzerrte sich weinerlich. »Und was am schlimmsten ist — ich werde niemals ein Kätzchen bekommen.«

»Oh, sei doch still. Daddy hat gesagt, in New York kauft er dir eins.«

»Aber in New York will ich keins. Ich will eines von Maudes Kindern haben.« Addys Unterlippe begann zu zittern, tränenreiche Gewitterwolken ballten sich zusammen.

»Ich wünschte, Daddy würde sich beeilen.« Emma schaute beunruhigt zum Haus. Neue Angst erfaßte sie, das viel zu vertraute Gefühl, beobachtet zu werden. »Addy«, wisperte sie, »siehst du jemanden da oben?« Sie zeigte auf das Fenster des Kinderzimmers im zweiten Stock.

»Nein.« Addy schmollte und warf nicht einmal einen kurzen Blick nach oben.

»Sei kein Baby und sag's mir.«

Die unverkennbare Furcht, die in Emmas Stimme mitschwang, riß Addy aus ihrer selbstsüchtigen trüben Laune. »Okay. Wo?« Sie trat näher zu ihrer Schwester.

»Da oben.«

Addy spähte zum zweiten Stock hinauf. »Ja, da ist wer.«

Ruckartig hob Emma den Kopf. »Du siehst jemanden?«

»Mhm. Ich glaube, es ist Rachel.«

Emma blinzelte durch ihre Brille, dann seufzte sie erleichtert auf. Es war tatsächlich Rachel. »Was treibt sie bloß in diesem dreckigen Zimmer?«

»Es ist gar nicht dreckig. Wahrscheinlich spielt sie mit all den schönen Sachen.« Addys Augen leuchteten. »He, ich hab die beste Idee von der Welt. Während wir auf Daddy warten, könnten wir raufgehen und mit Rachel spielen.«

»Dafür haben wir keine Zeit«, fauchte Emma und schickte ein stummes Dankgebet zum Himmel, weil ihnen wirklich die Zeit fehlte. Überall auf Erden wollte sie sein — nur nicht in diesem eisigen, unheimlichen Zimmer da oben.

»Du hast mir gar nichts zu sagen, ich weiß nicht, warum du mich ständig anplärrst. Nie kann man irgendwas mit dir tun, was auch nur ein bißchen Spaß macht.« Erbost wandte sich Addy ab und stürmte zum Gartenweg.

»Wohin gehst du?«

»Spazieren.«

»Lauf nicht zu weit weg! Daddy wird gleich da sein!«

Addy beachtete ihre Schwester nicht mehr und marschierte weiter, dann blieb sie plötzlich wie festgewurzelt stehen. »Emma, schau!« brüllte sie. »Da rennt Maude... Heiliges Kanonenrohr, sie ist ganz mager!« Aufgeregt klatschte sie in die Hände und eilte der Katze nach.

»Komm zurück, Addy!« schrie Emma. »Sofort!«

Das kleine Mädchen ignorierte sie.

»Addy.« jammerte Emma. »Daddy wird dich ganz schrecklich verhauen!« Doch die Drohung stieß auf taube Ohren. Zu ihrer Bestürzung verschwand das Kind auf dem Weg, der zu den Ställen führte.

Wie erstarrt stand sie da. Sie wollte ihrer Schwester nicht folgen, dafür fürchtete sie sich zu sehr, und sie wagte sich nicht einmal von der Terrasse hinunter. Aber Daddy hatte ihr aufgetragen, Addy nicht aus den Augen zu lassen, und betont: »Keine einzige Sekunde lang!«

Sie zögerte und schaute über die Schulter zum Haus. Bitte, Daddy, komm heraus, flehte sie stumm. Doch die Tür blieb geschlossen. Schweren Herzens machte Emma ein paar zaghafte Schritte, dann rannte sie, von wachsender Angst getrieben, den Weg entlang, wo ihre Schwester verschwunden war. »Wenn ich dich erwische, prügle ich dich windelweich, Addy Pauling!« schrie sie.

Auf der Klippenspitze sah sie das kleine Mädchen, nicht weit entfernt. Soeben war es über den Zaun geklettert, und nun lief es über die Weide, wo Clarissa friedlich graste. Keuchend stürmte Emma hinterher.

Kurz vor der Stalltür holte sie das Kind ein. »Addy Pauling, das wirst du büßen. Daddy hat gesagt, wir dürfen nirgendwohin gehen.« Den Tränen nah, packte sie Addys Arm. »Komm jetzt« Sie wollte ihre Schwester mit sich ziehen, aber die riß sich los.

»Du bist nicht mein Boß«, schmollte Addy. »Ich werde mir Maudes Babys anschauen, und wenn du völlig ausflippst. Außerdem mag ich dich gar nicht mehr.« Und dann huschte sie davon, ehe das ältere Mädchen wieder nach ihr greifen konnte.

Nun schluchzte Emma vor Zorn. »Addy, komm zurück!« jammerte sie, doch das Kind war bereits im Stall verschwunden.

Plötzlich verflog die Wut, von Angst verdrängt. Wie erstarrt blieb Emma stehen. Sie wollte ihrer Schwester nicht folgen. Nur zu gut erinnerte sie sich, was da drinnen geschehen war. »Ads!« kreischte sie.

Keine Antwort.

Sie wischte sich die Augen ab, näherte sich zaudernd der Tür, hielt wieder inne und lauschte.

Stille.

»Ads!«

Keine Antwort.

Widerstrebend ging sie zum Tor und spähte hindurch. Sonnenstrahlen bohrten sich durch die Ritzen und warfen ein unheimliches Schattenmuster an die Wände. Plötzlich glaubte sie etwas zu spüren, das ihren Nacken streifte. »Zu spät, *Emma*«, wisperte es. Sie wirbelte herum, aber da war nichts.

Sei kein Baby, sagte sie sich erbost. Du bildest dir nur was ein. Heute reisen wir ab, und alles wird gut ... Sie trat noch einen Schritt vor. »Addy, komm heraus!« rief sie. »Daddy hat gesagt, wir sollen beim Haus warten.«

Immer noch keine Antwort.

Trotz ihres Entschlusses, tapfer zu sein, wurde sie von dem drückenden Schweigen überwältigt und fing wieder an zu weinen. »Ads, ich habe Angst!« schrie sie in das Halbdunkel. »Ich mein's ernst! Wenn du nicht sofort rauskommst, rede ich nie wieder mit dir!«

Die einzige Antwort war ein leises Wiehern, aber es machte ihr Mut, und so ging sie in den Stall.

Im schwachen Licht sah sie eine Bewegung in der Ecke einer offenen Box. »Ads?« flüsterte sie. »Bist du das?«

Nur ihre eigenen Atemzüge antworteten.

Und dann entdeckte sie Maude. Die weiße Katze kauerte im Schatten, nicht weit entfernt, und Emma bemerkte, wie dünn das Tier war. »O Maude!« Erleichtert seufzte sie auf. »Addy hat recht. Deine Babys sind auf der Welt.«

Sie näherte sich der Katze und blieb wieder stehen. Jetzt wich Maude zur Wand zurück, die Ohren flach angelegt. »Was ist denn los?« wisperte Emma, und das Tier fletschte die Zähne und stieß ein grausiges Knurren aus, das tief in der Kehle begann.

»Ist ja gut«, versuchte Emma sie zu besänftigen. »Ich will deinen Kätzchen nichts tun.« Nach einem weiteren Schritt hielt sie erneut inne. Plötzlich erkannte sie, daß Maude sie nicht anschaute. Die grünen Augen spähten an ihr vorbei, der Schwanz schlug heftig hin und her.

Entnervt warf Emma einen angstvollen Blick über die Schulter, dann atmete sie auf. Neben der Stalltür kam Addy hinter einem Heuballen hervor. »O Mann, Daddy wird schrecklich böse sein, wenn ich ihm das erzähle.« Zorn mischte sich in die Erleichterung. Sie strecke eine Hand aus, um nach ihrer Schwester zu greifen, dann erstarrte sie. Ihr Mund öffnete und schloß sich lautlos.

Nicht Addys Anblick lähmte sie, sondern der Geruch. Ein Geruch wie im alten Kinderzimmer. Ein feuchter, finsterer Geruch, der an Verwesung erinnerte, begleitet von arktischer Kälte, die bis auf die Knochen drang.

Dann verließ Addy den Schatten. Aber es war nicht Addy, sondern das Kind mit dem reglosen, wie aus Eis gemeißelten Gesicht, mit Augen, die kühle Ewigkeit widerspiegelten, ein steinernes, lebloses Geschöpf aus Emmas schlimmstem Alptraum.

Sie ballte die Hände, und trotz ihres Entsetzens hielt sie die Stellung. »Verschwinde!« kreischte sie. »Bald gehen wir weg von diesem gräßlichen Ort, also laß uns in Ruhe und verschwinde!«

Das Kind, das Addys Gestalt angenommen hatte, gab keine Antwort, schüttelte nur den Kopf.

Und dann starrte Emma, stumm vor Grauen, auf den Mund, der sich langsam öffnete. Wie aus einer einsamen, fernen Galaxis wehte Liliths Stimme heran. »Zu spät, Emma«, sang sie. »Ich kann dich nicht weglassen, denn ich habe zu lange auf dich gewartet.«

Emma zitterte unkontrollierbar und wankte nach rückwärts, zur Wand. Gleichzeitig hörte sie ein wildes Knurren hinter sich. Ihr Blick irrte zwischen der geduckten, sprungbereiten, wütenden Katze und dem Leichenkind, das Addys Züge trug, hin und her.

Plötzlich schien ein zu straff gespannter Draht in Emmas Innerem zu zerreißen, und ihre letzten Kräfte verebbten. »Daddy!« schrie sie und stürmte durch die offene Tür hinaus. »Daddy, rette uns!« Ihre Füße schienen zu fliegen, als sie über die Weide raste.

Halb von Sinnen vor Angst, wußte sie nur eins — sie mußte zu ihrem Vater gelangen, bevor... Sie hatte keine Ahnung, wovor. Ehe sie das Ende der Lichtung erreichte, stolperte sie und stürzte, schürfte sich die Knie und Handflächen auf. Eine Million schmerzender Nadeln stachen sie, aber sie sprang auf, und dabei schaute sie über die Schulter. Addy kam aus dem Stall und schlenderte zum Zaun.

Verwirrt blinzelte Emma. Ein Teil von ihr drängte zur Flucht, ein anderer ermahnte sie, die kleine Schwester nicht im Stich zu lassen, die irgendwo hinter dem starren, leblosen

Gesicht gefangen war..»Ads!« brüllte sie, so laut sie konnte. »Jag sie weg! Sie soll dich freigeben!«

Keine Antwort. Und zu ihrem Entsetzen sah sie das Kind über den Zaun klettern. Langsam ging es zu ihr, ein kleiner Arm hob und senkte sich, bedeutete ihr hypnotisch, umzukehren.

Wie gebannt stand sie da und bebte vor Furcht, wollte sich abwenden und fliehen, aber wie in ihrem schrecklichsten Alptraum konnte sie die Beine nicht bewegen. Tränen brannten in ihren Augen, alles verschwamm. Gleich erwischt sie mich, dachte sie in wilder Verzweiflung. Ein ungeheuerliches Dröhnen erfüllte ihren Kopf, und inmitten dieses Lärms hörte sie plötzlich Clarissas Wiehern, nervös und schrill. Sie fuhr herum und sah jemanden den Weg herabeilen. »Daddy!« schrie sie, und ihre Beine erwachten zu neuem Leben. Mit ausgestreckten Armen lief sie ihm entgegen. »Daddy, schnell! Etwas Furchtbares geschieht mit Ads!«

Judd sprang über den Zaun und rannte zu seiner Tochter. Trotz der Entfernung erkannte er das nackte Entsetzen auf Emmas Gesicht. Aber was ihm eine eisige Angst einjagte, wie er sie nie zuvor empfunden hatte, war die Kindergestalt, die sich über die eingefriedete Weide näherte. So groß wie Addy, in Addys Kleid. Doch es war nicht Addy. »Jesus Christus«, keuchte er. »Was zum Teufel...« In seiner Bestürzung bemerkte er das Pferd nicht.

Aber Emma sah es. Vor lauter Schreck fand sie nicht genug Atem, um einen Warnruf auszustoßen. Wiehernd warf Clarissa den Kopf in den Nacken. Und dann, vor Angst in wilden Wahnsinn getrieben, bäumte sie sich auf und raste über die Lichtung auf Judd zu.

»Daddy!« schrie Emma — zu spät. Mit rollenden Augen, Schaum vor vor dem Maul, stürmte das Pferd, in einen Berserker verwandelt, dicht an der zitternden Emma vorbei und trat gegen das einzige Hindernis auf seinem Weg — Judd Pauling.

19

Die Großvateruhr in der unteren Halle schlug viermal. Elizabeths rotgeweinte Augen streiften ihre Armbanduhr. »Das gottverdammte Ding geht immer nach.«

Henry Adelford legte eine Hand auf ihre Schulter. »Beruhige dich, Elizabeth. Es gibt schlimmere Dinge auf dieser Welt als Uhren, die ein bißchen falsch ticken. Außerdem — du darfst nicht auch noch zusammenbrechen.«

»Keine Bange, ich bin okay«, seufzte sie, sank auf die Couch und starrte zu dem Bett hinüber, wo eine reglose Emma lag. »Ist ihr Zustand unverändert?«

Dr. Adelford schüttelte den Kopf.

»Was wird denn noch alles geschehen?« fragte Elizabeth. »Erst taucht Peter, dieses Monstrum, wie ein Blitz als heiterem Himmel auf. Dann liegt Mutter im Koma. Und jetzt das ... Ich bin nicht hysterisch veranlagt, Henry, aber in diesem Moment würde ich mich am liebsten irgendwo im Dunkeln verkriechen und heulen, bis ich nicht mehr klar denken kann.«

Er setzte sich zu ihr. »Das verstehe ich. Mir ist auch zum Weinen zumute. Wenn ich bloß wüßte, was gestern abend hier passiert ist ... Wäre ich doch nur dageblieben! Aber irgend jemand mußte Peter so schnell wie möglich wegbringen, und ich war offenbar der einzige, der für diese Aufgabe zur Verfügung stand.«

»Nicht, daß es mich besonders interessieren würde — aber wo ist der Bastard?«

»Auf dem Weg nach Boston.«

»Ist es wahr? Hat Mutter ihn wirklich herbestellt?«

»Ja, leider. Nun, früher oder später mußte es so kommen. Es war reiner Wahnsinn — zu glauben, Judd würde es nie herausfinden.«

»Ich weiß. Aber wir dachten alle, es wäre Rachels Sache, ihm von Peter zu erzählen. Und Sie versprach auch, sie würde es tun. Warum hat Mutter ihn trotzdem hergeholt?«

»Sie kennt nur ein einziges Lebensziel — Rachel zu schützen.«

»Sicher. Und genau deshalb begreife ich Mutters Handlungsweise nicht.«

»Hast du mit ihr geredet, nachdem ich gestern weggegangen war?«

Elizabeth schüttelte den Kopf. »Sie verschwand sofort in ihrem Zimmer und weigerte sich, irgend jemanden zu empfangen.«

»Nicht einmal Rachel?«

»Die wollte Mutter gar nicht sehen.«

Der Arzt seufzte tief auf. »Also beginnt alles wieder von vorn. Zum zweitenmal verliert Priscilla den Menschen, den sie am allermeisten liebt.« Er sagte es beinahe zu sich selbst.

Eine Zeitlang schwieg Elizabeth, dann erwiderte sie: »Das ist noch nicht alles. Als ich Rachel mitteilte, Mutter habe in der Nacht einen Schlaganfall erlitten, wollte sie nicht einmal nach ihr sehen. Sie sagte nur, sie hoffe, daß ich noch ein paar Wochen hierbleiben würde, weil sie an diesem Morgen mit Judd abreisen wolle.«

Henry hob die Brauen. »Du meinst, er hatte vor, sie mitzunehmen? Trotz der Bigamie?«

Ihre Stimme nahm einen wehmütigen Klang an. »Er liebt sie.«

»Arme Elizabeth. Hätten sich die Dinge doch nur anders entwickelt . . .«

»Aber die Ereignisse lassen sich nun mal nicht ändern«, entgegnete sie hastig, ehe er noch etwas hinzufügen konnte.

»Nun, wenigstens weiß meine bedauernswerte Priscilla nicht, daß Rachel sie verlassen wird.«

Elizabeth schaute ihn an. »Du liebst sie wirklich, nicht wahr?«

»Ja.«

»Und du hast es ihr nie gestanden. Wie traurig . . .«

Nachdenklich lächelte er, dann schüttelte er den Kopf. »Nein, das tat ich nie, sonst wäre alles verdorben gewesen. Nie wieder hätte sie mir vertraut.«

»Das stimmt. Sie hätte dich für einen gräßlichen Narren gehalten.«

»Sicher.«

Eine Weile blieb es still zwischen ihnen. Jeder versuchte die Tragödien zu verwinden, die so unerwartet auf sie eingestürmt waren. Schließlich brach Elizabeth das Schweigen. »Glaubst du, irgend jemand kann meiner Mutter helfen?«

»Nur wenn du bereit bist, sie aus ihrem Heim zu entfernen, nach Boston oder New York zu bringen. Dort würde man Gott weiß was mit ihr treiben und sie schrecklich quälen — vielleicht mit Erfolg. Und wenn sie dann hierher zurückkehrt, würdest du dich fragen — wozu das alles? Was hat es für einen Sinn, sie wieder in dieses Haus zu holen, wo sie nur zusehen wird, wie sie stirbt?« Ärgerlich fuhr er fort: »Es ist nicht meine Entscheidung, Elizabeth, aber an deiner Stelle würde ich sie in Ruhe lassen. Im Augenblick fühle ich mich sogar erleichtert. Ich hatte Angst davor.«

»Wovor?«

Vor ihrem Ende.. Mir ist bewußt, welche Schmerzen auf sie warten. Sie ist zwar sehr tapfer, aber manche Dinge zerbrechen sogar den stärksten Geist. In ihrem jetzigen Zustand muß sie wenigstens nicht leiden.«

»Wieso weißt du, daß sie nicht leidet — wo immer sie auch sein mag?« Eine Träne löste sich von Elizabeths Wimpern und rann die Wange hinab. »Ich liebe sie genauso sehr wie du, obwohl ihr das immer egal war.«

Er ergriff ihre Hände. »Es war ihr keineswegs egal, aber sie kann's eben nicht so zeigen.«

»Nur ihrer jüngeren Tochter.« Keine Bitterkeit schwang in Elizabeths Stimme mit, nur Bedauern.

Sanft strich er über ihr Haar. »Möchtest du einen Rat von mir hören?«

»Natürlich.«

»Wo immer deine Mutter jetzt ist, sie hat ihren Frieden. Und der wurde ihr lange Zeit verwehrt. Also laß die Dinge auf sich beruhen. Versuch nicht, sie zurückzuholen.« Es war eine flehentliche Bitte.

Elizabeth fand keine Gelegenheit zu antworten, denn in diesem Augenblick veranlaßte eine plötzliche Bewegung am anderen Ende des Raumes alle beide, aufzustehen. »Emma?« rief Dr. Adelford.

Das Kind lag immer noch da wie tot.

»Wo ist Addy?« fragte er.

»Drüben in Rachels Zimmer«, erwiderte Elizabeth.

»Vielleicht solltest du sie herbringen. Das könnte Emma helfen.«

Sie eilte hinaus und kehrte wenig später zurück, eine tränenüberströmte Addy an der Hand. »Was ist mit meiner Schwester los?« würgte das kleine Mädchen hervor. »Warum wacht sie nicht auf?«

»Sie ist ganz furchtbar erschrocken«, erklärte der Doktor sanft.

»Hat Clarissa sie auch getreten?«

»Das glauben wir nicht, aber sie muß gesehen haben, was deinem Vater zugestoßen ist.«

Addy nickte und kletterte zu ihrer Schwester auf das Bett. »Emma?« wisperte sie. »Warum hörst du mich nicht? Bist du mir immer noch böse? Sag doch was!«

Wie aus weiter Ferne vernahm Emma die Kinderstimme, wollte aber nicht antworten. Sie lag auf dem Rücken, die Augen fest geschlossen, und versuchte wieder das Bewußtsein zu verlieren. Etwas Grauenvolles war geschehen. Damit konnte sie nicht fertig werden. Etwas Gräßliches. Sie stöhnte.

»Emma?« Nun erklang Addys Stimme ganz dicht an ihrem Ohr, vom Weinen verschnupft. »Hörst du mich?«

Keine Antwort. Und dann eine Männerstimme. Daddy? Emma öffnete die Augen, aber es war nicht ihr Vater. Dr. Adelford beugte sich über sie. Und plötzlich, zu ihrem maßlosen Entsetzen, erinnerte sie sich an alles. »Daddy!« klagte sie. »Oh, mein armer Daddy!«

»Er ist okay, Emma«, beteuerte Dr. Adelford.

Sie verstand die Worte, aber sie paßten nicht zur Wirklichkeit. Daddy war tot, genau wie Mommy. Das war die schreckliche Wahrheit. Sie schlug die Hände vors Gesicht.

»Daddy ist in Ordnung«, sagte Addy. »Ich hab ihn gesehen.«

»Was?«

»Deinem Vater geht es gut, Emma«, versicherte Dr. Adelford.

Emma setzte sich auf. Sie traute ihren Ohren nicht. Ehe sie ohnmächtig geworden war, hatte sie Clarissa auf Daddy zustürmen und ihn fallen sehen. »Er ist okay?« hauchte sie ungläubig. »Nicht tot?«

»Ja, er ist okay«, bestätigte der Arzt. »Er liegt im Krankenhaus, aber er hat nur ein paar gebrochene Rippen und eine Riesenbeule am Kopf. Mehr hat er nicht abgekriegt. Rachel ist bei ihm.«

Zitternd verschränkte Emma die Arme vor der Brust. »Gott sei Dank! Danke, danke, danke! Nie wieder werde ich sagen ›Leck mich am Arsch‹, und diesmal mein ich's ernst. Und ich werde auch nicht mehr lachen, wenn Mary Mongitori in der Schule in die Hose macht.«

Nun erschien Elizabeth in ihrem Blickfeld. »Du hast uns viel größere Sorgen bereitet, armes Kind. Was ist denn passiert?«

Emma schaute sich um. Sie saß auf ihrem Bett, und neben ihr auf dem Kissen hockte Addy, die Augen rotgeweint, und lutschte am Daumen.

»Ads?« flüsterte Emma. »Bist du's?«

»Klar.« Addy stemmte die Hände in die Hüften. »Und ich bin echt wütend auf dich. Du hast Maude verscheucht, und danach konnte ich sie nicht mehr finden.«

Emma stieß einen schwachen Seufzer aus. Wenigstens war Addy wieder Addy. Aber für wie lange, fragte sie sich bedrückt. Sie sah zu Dr. Adelford auf. »Geht es meinem Vater wirklich gut? Sagen Sie das nicht nur, um mich zu trösten?«

Er lächelte. »Clarissa hat ihm ganz schön zugesetzt, aber er wird wieder gesund.«

Elizabeth setzte sich auf den Bettrand. »Weißt du, was geschehen ist?«

Emma warf einen nervösen Blick auf ihre Schwester. Wieviel hatte Ads erzählt? Alles? Oder gar nichts? O Daddy, dachte sie, was soll ich sagen. »Ich kann mich kaum an was erinnern«, log sie.

»Wir wissen nur, daß einer der Gärtner deine Schwester auf der Klippe fand, wo sie zum Steinerweichen weinte Sie erklärte, dein Vater sei von Clarissa umgestoßen worden und habe ihr befohlen, Hilfe zu holen.«

Emma schaute Addy an. »Hat Daddy wirklich mit dir gesprochen?«

Das kleine Mädchen nickte. »Er sagte, ich soll loslaufen und wen holen, und aus seiner Nase floß schrecklich viel Blut. Ich versuchte, dich zu wecken. Aber du hast dich nicht gerührt.«

»Was hat Clarissa scheu gemacht?« fragte Elizabeth.

Obwohl Emma beschlossen hatte, nicht zu heulen, stiegen Tränen in ihre Augen. »Irgendwas — hat sie erschreckt. Ich bin mir nicht sicher. Natürlich wollte ich Daddy warnen, aber es war zu spät. Sie galoppierte auf ihn zu und...« Wieder verbarg sie das Gesicht in den Händen — unfähig, weiterzusprechen.

Elizabeth zog sie an sich. »Reg dich nicht auf, Schätzchen, alles kommt wieder in Ordnung. In ein paar Tagen wird dein Dad aus dem Krankenhaus entlassen und dann... Nun, dann kannst du mit ihm drüber reden.«

Das Kind richtete sich auf. »Darf ich ihn besuchen?«

Elizabeth sah zu Henry hinüber, der ihr zunickte. »Ich kümmere mich jetzt um Priscilla. Später fahre ich die Mädchen zur Klinik.« Er verließ das Zimmer.

»Kommen Sie mit, Elizabeth?« fragte Emma unbehaglich.

Elizabeth schüttelte den Kopf. »Ich würde nur stören. Aber keine Bange, sobald du deinen Vater gesehen hast, wirst du dich viel besser fühlen. Rachel bringt euch dann zurück.«

Emma runzelte skeptisch die Stirn, und Addy sprang vom Bett, mit strahlenden Augen. »Wissen Sie was, Elizabeth?«

»Was?«

»Maude hat ihre Babys bekommen.«

»Tatsächlich? Was für eine wundervolle Neuigkeit. Was für welche?«

Addy bedachte ihre Schwester mit einem vernichtenden Blick. »Keine Ahnung. Emma erlaubte mir nicht, im Stall zu bleiben und nachzugucken.« Sie runzelte die Stirn. »Ich erinnere mich nicht genau, was passiert ist. Jedenfalls sah ich kein einziges Kätzchen.« Vorwurfsvoll wandte sie sich zu Emma. »Ich wette, du hast mich verhauen. Das sage ich Daddy.«

»So was habe ich nicht getan«, protestierte Emma.

»Wieso bin ich dann mit dir gegangen?«

»Bist du ja gar nicht.«

Addy legte den Kopf schief. »Warum bin ich denn nicht im Stall geblieben, bis ich Maudes Babys gefunden habe?« Ihre Miene verdüsterte sich. »Ich weiß noch, daß du mich angebrüllt hast. Also mußt du mich auch verprügelt haben.«

»Nein!« schrie Emma. »Ich weiß nicht, warum du rausgekommen bist.«

Angewidert wandte sich Addy ab und ergriff Elizabeths Hand. »Suchen wir Maudes Kätzchen?«

Elizabeth lächelte. »Wenn du bei deinem Daddy im Krankenhaus warst, wollen wir mal sehen, was wir tun können.«

»Gut!« Addy klatschte in die Hände. »Okay, Emma?«

Ein dicker Kloß steckte in Emmas Kehle. Wortlos nickte sie, weil ihr die Stimme nicht gehorchte. Soeben war ihr etwas Grauenhaftes eingefallen. Daddy lebte, und darüber freute sie sich. Aber er würde einige Tage in der Klinik bleiben, und das bedeutete, daß sie bis zu seiner Entlassung auf Land's End ausharren mußte. Allein mit Addy. Sie erschauerte. Natürlich wußte sie, worüber Clarissa erschrocken war. Und nun konnten sie nicht abreisen. Dafür hatte Lilith gesorgt. Aber warum? Was wollte sie von ihnen? Durch Liliths Schuld war Daddy verletzt worden. Emma fragte sich, ob sie die nächste sein würde. Oder Ads? Beklemmende Angst stieg in ihr auf.

»Du zitterst ja wie Espenlaub, Emma!« rief Elizabeth besorgt. »Frierst du?«

Das Mädchen schüttelte den Kopf und glitt vom Bett herunter. »Ich will meinen Vater sehen«, sagte sie und nahm ihre Brille vom Nachttisch. »Sobald ich ihn gesehen habe, bin ich wieder hergestellt.«

Judd schwebte hin und her zwischen Schlaf und Wachen, mit dem beklemmenden Gefühl, daß die Zeit verstrich und daß er etwas Wichtiges tun mußte, ehe es zu spät sein würde. Aber was? Erinnerungsfragmente flatterten durch sein Gehirn, aber bevor er sie festhalten konnte, flogen sie davon.

Schlaf, der Gedanke war ein Narkotikum. Schlaf. Danach wird es dir bessergehen.

Und plötzlich wußte er es wieder. »Addy«, stöhnte er und versuchte sich aufzurichten. Schmerzen explodierten in seiner Brust, er sank in die Kissen zurück und rang nach Atem.

»Alles ist gut, Liebling.« Etwas Sanftes berührte seine Stirn. »Alles ist gut.«

Für ein paar Sekunden öffnete er blinzelnd die Augen. »Rachel?« Seine Zunge fühlte sich zu dick an, zu groß für seinen Mund.

»Ja, Darling, ich bin da.« Eine süße, weiche Stimme.

»Was ist passiert?«

»Clarissa hat dich niedergetrampelt.«

Nun kehrten deutlichere Erinnerungen zurück — und mit ihnen die Schmerzen in voller Wucht. Der zitternde Boden, die donnernden Hufe, Emmas Schrei. Und der Schmerz. Der unglaubliche, überwältigende Schmerz. Er runzelte die Stirn. Aber was noch? Es gab noch etwas, auf das er sich besinnen mußte. Etwas, das viel schlimmer war als alles andere. Seine Gedanken rangen damit. Was mochte es sein?

»Bald bist du wieder okay.« Wieder Rachels Stimme. Süß und tröstlich.

»Wo sind die Kinder?« Die Kinder. Es hing mit den Kindern zusammen. Durch die Nebelschleier in seinem Kopf drang die furchtbare Erkenntnis, daß ihm die Zeit davonlief.

»Daheim. Mach dir keine Sorgen, mit deinen Töchtern ist alles in Ordnung.«

Alles in Ordnung. O nein. Er wollte seine Angst hinausschreien, ohne zu wissen, was sie verursachte, doch er konnte es nicht. In seinen Schläfen dröhnte es: Emma. Addy. Emma. Addy. Und dann, so wie ein Traum ins Bewußtsein gleitet, wehte es ihn an. Das grauenerregende, geisterhafte Bild eines Kindes, das seine kostbare Addy sein müßte. Und doch so fremd ... »Es war nicht meine Tochter«, wisperte er.

»Was ist los, Judd?« fragte Rachel erschrocken. »Tut dir was weh?«

Er schüttelte den Kopf — unfähig zu sprechen. Die Worte fehlten ihm, um sein Entsetzen zu beschreiben. Rachel preßte seine Hand an ihre Lippen, und er spürte ihre Tränen. »O Judd«, schluchzte sie, »ich ertrage es nicht, wenn du leidest.«

Vergeblich versuchte er, die Augen zu öffnen, die bleischweren Lider stießen ihn in den Zustand halber Bewußtlosigkeit zurück. »Die Kinder«, flüsterte er. »Ich muß die Kinder sehen. Sofort.« Er hörte, wie sie tief Atem holte, dann ließ sie seine Hand fallen.

»Ich hatte gehofft, du willst mit mir zusammensein. Doch das war wohl ein Irrtum.« Es war das letzte, was er vernahm. Rachels Miene sah er nicht, sonst hätte er sie niemals gehen lassen.

Emma stand im Aufzug und umklammerte die Hand ihrer Schwester.

Dr. Adelford drückte auf einen Knopf, und der Lift begann hochzusteigen — so langsam, daß Emma fast geschrien hätte.

»Autsch!« quietschte Addy und riß sich von ihr los.« Warum drückst du mich so fest?«

»Tut mir leid. Ich kann es kaum erwarten, mit Daddy zu reden.« Emma wollte endlich wissen, ob ihr Vater dasselbe gesehen hatte wie sie — Lilith in Addys Gesicht. Wenn es so war, mußte er ihr endlich recht geben. Der Geist existierte tatsächlich.

Er wird uns nicht zwingen, nach Land's End zurückzukehren, dachte sie. Auf Daddy kann ich mich verlassen.

Sie runzelte die Stirn. Aber — wohin sollten sie gehen? Wer würde für sie sorgen? Oh, du Dummkopf, sagte sie sich. Rachel wird bei uns bleiben. Natürlich. In irgendeinem Hotel. Bis Daddy gesund ist. Nun atmete sie etwas ruhiger.

Der Lift hielt im vierten Stock, die Tür glitt auf, und die beiden Kinder folgten Dr. Adelford in den Korridor. Emma war noch nie in einem Krankenhaus gewesen. Sie entschied, daß es ihr hier nicht gefiel. Es roch unangenehm. Im Gang sahen sie einige Leute in Betten liegen, mit Schläuchen in den Nasen und anderen ekelhaften Dingen.

»Ich hasse dieses Krankenhaus«, wisperte Addy, und Emma nahm sie wieder bei der Hand.

»Ich auch.«

Am Ende des Flurs bog Rachel um eine Ecke. Sie schaute ihnen entgegen, tat aber aus unerfindlichen Gründen so, als würde sie weder den Arzt noch die Kinder sehen.

»Rachel!« sagte Dr. Adelford.

Verwirrt blieb sie stehen »Oh — Henry... Wie nett, daß du hergekommen bist.«

»Wie geht es Judd?«

»Er — er hat starke Schmerzen.«

»Das war zu erwarten. Er hat ja auch einen schlimmen Unfall erlitten. Aber seine Töchter möchten ihn sehen, nur ein paar Minuten.«

Sie sah auf Emma hinab, schien sie erst jetzt zu entdecken. Addy gönnte sie keinen Blick »Oh — ja, natürlich.«

»Dürfen wir ihn jetzt besuchen?« bat Emma unbehaglich. Rachel erschien ihr irgendwie seltsam. »Ist Daddy okay?«

Rachel antwortete nicht, und Emmas Magen krampfte sich zusammen. Da stimmte was nicht, sie spürte es. Aber was?

»Sein Zustand hat sich doch nicht verschlechtert, Rachel?« fragte Dr. Adelford.

»Nein. Er ist nur sehr müde.« Sie wandte sich ab und ging zum Lift.

»Rachel!« rief der Arzt ihr nach.

Sie blieb stehen, drehte sich aber nicht um.

»Du bist doch okay.«

Wortlos nickte sie.

»Würdest du auf uns warten und die Kinder nach Land's End zurückbringen?«

Emma sah sie erschauern. Aber Rachel nickte wieder. »Ihr findet mich draußen. Ich — ich brauche jetzt ein bißchen frische Luft.«

Der Doktor starrte ihr nach, und die Furchen auf seiner Stirn vertieften sich. Dann seufzte er. »Nun, dann gehen wir mal zu eurem Dad.«

Emma konnte kaum glauben, wie klein ihr Vater wirkte. Sehr klein und hilflos. Sie stand mit Addy neben dem Bett und beobachtete, wie eine Krankenschwester irgend etwas mit seinem Arm machte. »So, jetzt wird er's bald bequemer haben.« Die Frau wandte sich zu den beiden Mädchen. »Keine Bange, er sieht schlechter aus, als er dran ist. Wir haben ihm was gegeben, damit er schlafen kann. Morgen wird's ihm bessergehen.« Sie wechselte noch ein paar Worte mit Dr. Adelford und verließ dann das Zimmer.

Emma trat näher an das Bett heran und wisperte: »Daddy? Ich bin's.«

Zunächst reagierte er nicht, dann hoben sich die flatternden Lider. »Emma«, murmelte er. Sein Mund sah komisch aus — ganz geschwollen, als wäre er beim Zahnarzt gewesen.

»Bist du okay?«

Er nickte und ergriff ihre Hand. »Wo ist deine Schwester?«

Addy schob Emma ein wenig beiseite. »Hier, Daddy. Wie häßlich du bist! Dein Gesicht ist ganz violett.«

»So fühlt es sich auch an.« Er schnitt eine Grimasse. »Alles in Ordnung mit euch?«

»Ja«, erwiderte Emma, aber ihr war elend zumute. Wie konnte sie mit ihrem Vater über die grausigen Ereignisse reden, wenn er so schreckliche Schmerzen hatte? Außerdem standen Dr. Adelford und Addy direkt neben ihr. Wie sollte sie Daddy bitten, sie nicht nach Land's End zurückzuschicken. Verzweifelt beugte sie sich zu seinem Ohr hinab und flüsterte: »Hast du's gesehen?«

Judd hörte die leise Stimme, aber die Wellen seiner Bewußtlosigkeit trugen ihn immer wieder fort. Er schloß die Augen, zwang sich, sie wieder zu öffnen. Emmas Gesicht war nur wenige Zentimeter von seinem entfernt, und hinter den Brillengläsern las er kalte Angst in ihren Augen. Er nickte. »Ja, ich hab's gesehen.«

»O Daddy! Dann weißt du, daß wir nicht dorthin zurückgehen können.«

»Was tuschelst du da?« fragte Addy. »Erzählst du ihm was Schlimmes über mich?«

Emma ignorierte sie. »Daddy?« Sie drückte seine Hand. Die Augen fielen ihm zu, und ihre Furcht wuchs. »Sag mir, was ich tun soll.«

Mühsam kämpfte er sich ins Bewußtsein zurück. »Paß auf Addy auf...« Er wollte noch etwas hinzufügen, aber dafür fehlte ihm die Kraft.

»Was?«

»Bleib immer mit ihr zusammen.«

Emma starrte ihn an. »Aber — wohin sollen wir gehen?«

»Rachel wird sich um euch kümmern...« Ihm wurde schwindlig. Nichts außer tiefem Schlaf schien sich in deiner Reichweite zubefinden. Schmerzfreie Wärme. Heilung.

»Daddy!« Emmas Stimme nahm einen hysterischen Klang an, doch er hörte es nicht. Unfähig, sich noch länger gegen das Medikament zu wehren, schlummerte er ein.

Emmas Herz drohte stehenzubleiben. »Wir können nicht zurück«, schluchzte sie.

Dr. Adelford berührte sie sanft an der Schulter. »Mach dir keine Sorgen, Emma. Alles wird gut. Und morgen wirst du staunen, wie schnell sich der Zustand deines Vaters gebessert hat.«

Und heute nacht, fragte sie sich beklommen. Was wird heute nacht mit uns geschehen?

»O Mann, wir fahren in Rachels Sportwagen«, wisperte Addy, als die beiden Kinder hinter ihrer schweigenden, bleichen Stiefmutter herrannten. An der Ecke verlangsamte sie ihr Tempo nicht. Ohne einen Blick zurückzuwerfen, ohne auf den Verkehr zu achten, verließ sie den Gehsteig und eilte über die Straße zum Parkplatz.

Addy wollte ihr folgen, aber Emma riß sie zurück. »Nein!« befahl sie. »Halt meine Hand fest und wag es bloß nicht, dich zu rühren, bevor ich's dir sage.« Sie starrte ihrer Stiefmutter nach und verstand nicht, warum Rachel ihnen zumutete, die Straße allein zu überqueren.

Als eine Lücke im Verkehrsstrom entstand, zerrte Emma an der Hand ihrer Schwester. »Lauf!« Die beiden Kinder sprinteten über die Straße.

Endlich holten sie Rachel ein, die ihr Auto gerade aus der Parklücke steuerte. Wollte sie allein losfahren? »Rachel, warte auf uns.« schrie Emma.

Ihre Stiefmutter trat auf die Bremse und bedeutete ihnen, einzusteigen, immer noch wortlos.

»O Mann!« Addy kroch in den Wagen. »Das Verdeck ist herunter. Das wird eine lustige Fahrt.«

»Du sitzt auf meinem Schoß.« Ehe Emma die Tür geschlossen hatte, raste der Wagen mit quietschenden Reifen auf die Straße.

Rachel nahm nicht den Highway. Auf Nebenstraßen ging es nach Norden, in halsbrecherischem Tempo. Einmal kamen sie beinahe von der Fahrbahn ab, und Emma warf einen angstvollen Blick auf ihre Stiefmutter. Aber sie getraute sich nicht, etwas zu sagen. Rachel sah so grimmig aus, das Gesicht kalkweiß, die Lippen fest zusammengepreßt. Emma erschauerte.

»Oh, das macht Spaß«, jubelte Addy, als sie hochgeschleudert wurde, weil ein Rad in eine tiefe Furche geraten war. Hart landete sie wieder auf Emmas Knien.

»Autsch!« beschwerte sich Emma. »Das hat weh getan. Wenn du nicht aufpaßt, wirst du aus dem Auto fliegen.« Sie wandte sich zu ihrer Stiefmutter, um Unterstützung zu suchen. Aber Rachel schien die Anwesenheit der Kinder noch immer nicht wahrzunehmen.

Plötzlich stießen sie wieder auf eine Furche, und der Wagen stieg in die Luft. Addy rutschte aus Emmas Armen, schlug sich die Knie am Armaturenbrett an und begann laut zu weinen.

»Ist ja schon gut, Ads.« Emma zog ihre Schwester wieder auf ihren Schoß und zwang sich zur Ruhe. Rachel fuhr immer schneller, und bei jeder Furche wurden die beiden Mädchen heftig nach vorn geworfen. Addy hatte am meisten darunter zu leiden, weil Emma zu schwach war, um sie festzuhalten. Gellend schluchzte ihre kleine Schwester.

Emma glaubte schon, sie würden alle sterben, als ihre Stiefmutter abrupt bremste. Mit kreischenden Reifen hielt das Auto.

Eine Zeitlang saßen sie wie gelähmt da. Emma und Rachel hielten den Atem an, und Addy weinte herzzerreißend.

»Vielleicht sollte ich etwas langsamer fahren«, meinte Rachel in ruhigem Ton. »Ich habe wohl nicht aufgepaßt. Seid ihr okay?«

Keines der kleinen Mädchen konnte antworten. Addys Schluchzen ging in einen leisen Schluckauf über, aber sie zitterte immer noch.

Kaltes Grauen erfaßte Emma. Daddy hatte gesagt, Rachel würde sich um sie beide kümmern. Aber sie schien nicht einmal imstande zu sein, für sich selber zu sorgen, geschweige denn für zwei verängstigte Kinder.

Emma fröstelte. Ihre schlimmste Befürchtung bewahrheitete sich. Sie fuhren nach Land's End zurück. Ohne Daddy. Am Morgen hatte sie gedacht, der Alptraum wäre vorbei. Nun erkannte sie, daß er erst anfing.

20

Emma saß gegenüber von Addy an dem Eßtisch, den das Personal in einem der kleinen Wohnzimmer gedeckt hatte, und beobachtete, wie ihre Schwester Spaghetti um die Gabel zu wickeln versuchte. Wann immer das Kind ein Knäuel in den Mund schieben wollte, klatschte es auf den Teller zurück.

Schließlich verlor Emma die Geduld. »Warum schneidest du die Spaghetti nicht kleiner?«

»Weil sie dann nicht so gut schmecken.«

Emma beugte sich vor und wischte mit einer Serviette über Addys Mund. »Du hast überhaupt keine Manieren.«

Die kleine Schwester ignorierte sie und fuhr konzentriert fort, die langen Nudeln aufzurollen.

»Bald wirst du verhungern«, meinte Emma.

»Und wie ist's mit dir? Du ißt überhaupt nichts.«

Schaudernd blickte Emma auf ihren Teller. Wenn sie nur einen einzigen Bissen zu sich nahm, würde sie sich übergeben müssen.

Die Tür öffnete sich, und Elizabeth steckte den Kopf herein. »Alles okay?«

Emma nickte.

»Ich sehe jetzt nach meiner Mutter, dann bringe ich euch

das Dessert. Wenn ihr danach nicht zu müde seid, können wir Karten oder was anderes spielen. Das wird uns von allen Problemen ablenken.«

»Wunderbar!« rief Addy erfreut.

Emma legte ihre Serviette auf den Tisch und lehnte sich zitternd zurück. In diesem gemütlichen Zimmer, wo ihre Schwester sich ganz normal benahm, hatte sie sich ein wenig entspannt. Aber nun wiesen die Schatten, die sich draußen verlängerten, immer deutlicher auf die bevorstehende Nacht hin, und dieser Gedanke krampfte ihr das Herz zusammen. Im hellen Tageslicht erschien ihr Land's End schon beängstigend genug. Aber wenn die Sonne hinter den Bergen verschwand und die Dienstboten sich in ihre Quartiere zurückzogen, würde das wahre Grauen beginnen.

Nicht, daß das Tageslicht uns retten würde, überlegte sie verzweifelt. Der Geist kommt und geht Tag und Nacht. Sie warf einen raschen Blick auf Addy, die immer noch mit den Spaghetti kämpfte. Hoffentlich kommt Elizabeth bald zurück, dachte Emma.

Als hätte Elizabeth diesen Wunsch erraten, betrat sie das Zimmer. »Emma, ist im Krankenhaus irgendwas passiert?« fragte sie besorgt.

»Was meinen Sie?«

»Habt ihr euren Vater gesehen?«

Emma nickte. »Aber er war zu müde, um zu reden.«

»Saß Rachel bei ihm?«

»Nein. Sie ging, bevor wir ihn besuchten. Stimmt was nicht?«

»Nun, sie machte einen aufgeregten Eindruck.«

»Warum haßt sie mich?« fragte Addy unvermittelt und schob ihren Teller beiseite.

Verblüfft hob Elizabeth die Brauen. »Rachel haßt dich nicht. Wie kannst du so was sagen?«

»Weil sie mich haßt. Wirklich.« Addys Unterlippe begann zu beben.

»Ißt du deine Spaghetti nicht auf?« Emma wechselte das

Thema, ehe Addy eine Gelegenheit fand, die mörderische Heimfahrt zu erwähnen.

Das kleine Mädchen schüttelte den Kopf. »Die sind kalt.«

»Kein Wunder.«

Elizabeth ergriff ein Glöckchen und läutete. »Sobald der Tisch abgeräumt ist, lasse ich das Dessert servieren. Wollen wir nachher Karten mit Genesungswünschen für euren Dad zeichnen?«

Dieser Vorschlag gefiel sogar Emma. »Eine tolle Idee! Ich werde das schönste Bild meines Lebens machen.«

»Ich male Maude mit ihren Kätzchen.« Addy hob vier Finger. »Und dabei tue ich so, als wären es vier.« Sie sprang auf und lief zu Elizabeth. »Was glauben Sie, wie viele sie wirklich hat?«

»Keine Ahnung. Aber wenn wir morgen schönes Wetter haben, suchen wir sie.«

Addy klatschte in die Hände. »Oh, ich bin so froh, daß wir nicht abgereist sind!« jubelte sie, und Emma stöhnte.

Elizabeth musterte sie prüfend. »Ist dir nicht gut?«

Das Blut stieg in Emmas Wangen. Sie hatte nicht beabsichtigt, ihre Verzweiflung zu verraten. »Ich mußte nur an meinen Vater denken«, log sie.

Der Tisch wurde abgeräumt und das Dessert serviert, eine Zitronenbaisertorte, der Emma trotz ihres flauen Gefühls im Magen nicht widerstehen konnte. Das war ihre Lieblingsspeise. Außerdem begann sie in diesem kleinen, gemütlichen Zimmer, in Elizabeths und Addys Gesellschaft, allmählich zu glauben, daß sie die Nacht vielleicht doch überleben würde.

»Das war die beste Torte, die ich je gegessen habe«, verkündete Addy.

»Mir hat's auch geschmeckt.« Emma wischte sich den Mund ab. Ihre Zuversicht wuchs. Sie mußten nur noch eine Nacht hier verbringen. Morgen wollte sie mit ihrem Vater reden. Sicher würde er etwas unternehmen, damit sie bis zu seiner Entlassung aus der Klinik woanders wohnen konnten.

»Mal sehen ...« Elizabeth stand auf und wühlte in den Schubladen eines kleinen Schreibtischs. »Ah, da ist Papier, genau richtig für unsere Karten ...« Sie setzte ihre Suche fort. »Aber es gibt ein kleines Problem. Wir haben keine Stifte.«

»O nein!« Addys Mundwinkel zogen sich nach unten. »Ohne Stifte kann man nicht zeichnen. Ich schon gar nicht.«

»Ich weiß was.« Elizabeth schnippte mit den Fingern. »Oben im alten Kinderzimmer hatten wir mal unzählige Stifte. Schauen wir nach.«

»Hurra!« Addy rannte zur Tür. »Endlich gehen wir wieder hinauf! Ich möchte auf dem Pferd schaukeln.«

Emma erstarrte und spürte, wie die Farbe aus ihren Wangen wich. »Das — alte Kinderzimmer?«

»Komm doch!« rief ihre Schwester.

Da mußte Emma den beiden wohl oder übel folgen. Der Gedanke, allein hier unten zu warten, erschien ihr noch schlimmer als die Angst vor dem unheimlichen Raum im zweiten Stock. Außerdem hatte Daddy ihr aufgetragen, Addy nicht aus den Augen zu lassen.

Widerstrebend trugen ihre Beine sie zu dem Ort, der ihr so kalte Angst einjagte. Jeder einzelne Schritt war mühsam — jeder Schritt, der sie näher zu der steilen Treppe brachte, zu dem Grauen, das da oben lauerte.

Zweiundzwanzig Schritte. Emma zählte sie. Das Herz schlug ihr bis zum Hals.

Den Flur entlang. Lautlos glitten ihre Füße über die dikken Perserteppiche. Sie beeilte sich, um den anderen auf den Fersen zu bleiben, obwohl ihre Angst mit jeder Sekunde wuchs.

»Komm schon, du Schnecke!« rief Addy über die Schulter, und ihre helle Stimme ließ Emma zusammenzucken.

»Ja, ich komme!« Sie schaute weder nach rechts noch nach links, fühlte nur, wohin sie ging, sah es nicht.

Und dann die letzte Treppe.

Die Großvateruhr in der unteren Halle schlug siebenmal.

Die Furcht trieb brennende Tränen in Emmas Augen, ihre Brille beschlug. Sie hielt inne, um die Gläser mit ihrem Rock abzuwischen. Mittlerweile erreichten Elizabeth und Addy den zweiten Stock.

»Wartet auf mich!« schrie Emma und rannte die Stufen hinauf. Als sie oben ankam, waren die beiden verschwunden. Der Flur erschien ihr dunkler und kälter, als sie ihn in Erinnerung hatte. Bedrückt schaute sie nach hinten und hoffte, auf der Treppe nichts zu entdecken, was ihr folgen würde. Nichts. Und vor ihr der finstere leere Korridor.

»Addy! Elizabeth! Wo seid ihr?«

Stille.

Sie tastete sich an der Wand entlang, und plötzlich schwang zu ihrer Linken die Tür des Kinderzimmers nach innen. Emma machte zwei zaudernde Schritte und schaute hinein, die Hände auf den Mund gepreßt.

»O Mann, du bewegst dich wie eine Schildkröte.« Addy hüpfte vom Schaukelpferd. »Willst du's auch mal probieren?«

Emma trat ein und blinzelte. Helles Licht erfüllte den Raum. Trotz des Staubs und der Spinnweben wirkte er kein bißchen beängstigend, nur wie ein vergessener Ort, der lange, lange nicht benutzt worden war.

Elizabeth hatte mehrere Schränke geöffnet. »Ich habe die Stifte gefunden!« rief sie und holte ein Kästchen aus einem Regal. »Gehen wir.«

»Können wir nicht dableiben und spielen?« fragte Addy.

»Nicht, wenn du eine Karte für deinen Vater zeichnen willst.« Elizabeth schaute auf ihre Uhr. »Es ist schon nach sieben.«

»Okay.« Addy nahm sie bei der Hand. »Komm, Emma.«

Plötzlich mußte Emma die Frage stellen, wenn sie auch nicht wußte, wie sie den Mut dazu aufbrachte. »Elizabeth?«

»Ja?«

»Kennen Sie eine gewisse Lilith?«

Diesmal wurde Elizabeth nicht so blaß wie damals im

Garten, aber sie musterte Emma forschend, ehe sie sagte: »Das beschäftigt dich also immer noch.«

Das Mädchen nickte.

»Wo hast du von Lilith gehört?«

»Erinnern Sie sich nicht? Damals hab ich's im Garten erzählt. Ich sah sie.«

Elizabeth lächelte nervös. »Und was meint dein Dad dazu?«

Verlegen starrte Emma auf ihre Füße. »Er will mir nicht so recht glauben.«

»Nun, das fällt einem auch ziemlich schwer. Aber nur, weil Erwachsene etwas nicht glauben, bedeutet das keineswegs, daß es unwahr ist.« Elizabeth legte eine Hand auf Emmas Schulter. »Ein bißchen was kann ich euch verraten. Früher wohnte hier ein kleines Mädchen, das Lilith hieß. Aber ihr solltet sie vergessen. Alle werden traurig, wenn sie an Lilith denken. Wir haben sogar ihr Porträt von der Wand genommen, weil wir immer weinen mußten, wenn wir es anschauten.« Sie verließ mit Addy das Zimmer.

Emma verschwendete keine Zeit und folgte ihnen. Nach einem letzten verstohlenen Blick über die Schulter schloß sie die Tür hinter sich und eilte hinter Elizabeth und Addy durch den Flur, nur von einem einzigen Gedanken erfüllt. Lilith hatte in diesem Haus gelebt. Was das bedeutete, ob es ihre Angst mildern oder verstärken sollte, wußte Emma nicht.

Sorgfältig versah Emma ihre Karte mit einem zierlichen rosaroten Blumenrand. »Wie sieht das aus?« Sie hielt ihr Werk hoch, damit Elizabeth es begutachten konnte.

Elizabeth blickte von ihrem Buch auf. »Wundervoll. Du bist eine kleine Künstlerin. Offenbar gerätst du nach deinem Vater.«

Errötend lehnte sich Emma in ihrem Sessel zurück, sehr zufrieden mit ihrer Leistung.

Addy lag bäuchlings am Boden, einen Berg zerknülltes

Papier neben sich. Mehrmals hatte sie versucht, Maude mit ihren Kätzchen zu zeichnen, ohne ein brauchbares Resultat zu erzielen. Während sie vor sich hinkritzelte, begleitete sie ihre Bemühungen mit ständigen Kommentaren. Ob ihr jemand zuhörte, interessierte sie nicht. Offenbar gefiel es ihr, der eigenen Stimme zu lauschen.

Nun verstummte sie plötzlich.

»Na, wie läuft's, Ads?« fragte Emma.

Addy gab keine Antwort und zeichnete eifrig weiter.

Ein leichtes Unbehagen stieg in Emma auf. Irgend etwas an Addys unnatürlichem Schweigen beunruhigte sie, und sie schaute zu Elizabeth hinüber, um festzustellen, ob ihr etwas aufgefallen war. Aber die blonde Frau vertiefte sich in ihr Buch.

Emma holte tief Atem. »Ads? Bist du bald fertig?«

Stille.

Widerstrebend stand Emma auf und beobachtete ihre Schwester, ging aber nicht zu ihr. Das wagte sie nicht. Verzweifelt drehte sie sich zu Elizabeth um. »Wollen wir mal sehen, was Addy gezeichnet hat?« Krampfhaft bemühte sie sich, ihrer Stimme einen beiläufigen Klang zu geben.

Elizabeth hob den Kopf. »Offenbar bringt sie ein richtiges Meisterwerk zustande. Dürfen wir mal gucken, Addy?«

Das kleine Mädchen sah nicht einmal auf. Eine Minute lang war nichts zu hören außer dem Scharren von Addys Stift auf dem Papier. Elizabeth runzelte die Stirn. Sie sprang auf, ging zu dem Kind und beugte sich hinab. »Können wir nicht sehen, was du da so fleißig zeichnest?« Genausogut hätte sie mit der Wand reden können.

Nach ein paar zaghaften Schritten in die Richtung ihrer Schwester blieb Emma stehen. Die vertraute Angst schnürte ihr die Kehle zu.

»Addy?« Bestürzt legte Elizabeth eine Hand auf den Arm des Mädchens. »Was ist denn los?«

Keine Antwort. Dann schien Addy aus tiefem Schlaf zu erwachen, rieb sich die Augen und begann zu weinen. »Ich bin zu müde, um noch was zu zeichnen«, schluchzte sie. »Bitte, zwingen Sie mich nicht dazu.«

Endlich hatte Emma den Mut gefunden, zu ihrer Schwester zu gehen. Sie versuchte, ihr ins Gesicht zu schauen, doch es wurde von Elizabeths Schulter verdeckt. Neugierig hob sie die Karte auf, an der Addy so konzentriert gearbeitet hatte.

»Elizabeth . . .« Die Stimme gehorchte ihr kaum. »Sehen Sie doch!«

Beide starrten auf das Papier, das weder Maude noch die Kätzchen zeigte, sondern ein Wort am oberen Rand, in zittrigen, unregelmäßigen Buchstaben: HILFE! und unten stand ein Name. LILITH.

21

Aus weiter Ferne hörte Judd, wie nach ihm gerufen wurde, und für einen Moment vergaß er alle Sorgen und war glücklich, diese Stimme zu vernehmen. So süß, so vertraut. »Rachel«, hauchte er, öffnete die Augen und sah sie neben seinem Bett sitzen.

»O Darling!« Sie erwiderte sein Lächeln. »Als ich drüber nachgedacht hatte, wußte ich, daß du mich bei dir haben willst. Ich wußte es ganz einfach.« Sie nahm seine Hand und drückte sie an ihre Wange.

Eine Weile rührte er sich nicht, dann entzog er ihr seine Finger. »Warum bist du hier, Rachel?«

Der Glanz in ihren Augen erlosch. »Du hast mir also nicht verziehen.«

»Es gibt nichts zu verzeihen«, entgegnete er, so ruhig er konnte. »Das habe ich dir bereits gesagt. Ich brauche Zeit, um mir über das alles klarzuwerden.« Sanft fügte er hinzu: »Und du, mein Liebling, brauchst Zeit, um dein Leben in Ordnung zu bringen. Ob es dir paßt oder nicht — im Augenblick bist du mit zwei Männern verheiratet. Du mußt dich an einen Anwalt wenden.«

»Das einzige, was ich brauche, bist du.« Wilde Entschlossenheit sprach aus ihrer Miene. Immer noch versuchte sie die Dinge zurechtzurücken, indem sie sich weigerte, die Realität zu akzeptieren. »Sag mir nur, daß du mich bei dir haben willst. Dann werden wir wieder zusammensein.«

Erschöpft schloß er die Lider. »Ich kann jetzt nicht darüber reden.«

Blaß und schweigend, mit ausdruckslosen Augen, saß sie neben Judd. Einmal streckte sie die Arme nach ihm aus, in einer flehenden Geste, wie ein kleines Mädchen, das einen Erwachsenen bittet, ein zerbrochenes Spielzeug zu reparieren. Dann sanken sie leblos hinab. »Sag mir nur noch eins, dann gehe ich. Falls du keine Kinder hättest, würdest du mich dann mitnehmen, wenn du abreist?«

Judd richtete sich auf und stöhnte vor Schmerzen. Mit beiden Händen umfaßte er ihr Gesicht. »Verdammt, hör mir zu, Rachel«, stieß er zwischen zusammengebissenen Zähnen hervor. »Meine Kinder sind nun mal da, und ich muß auf sie Rücksicht nehmen. Aber diese Sache betrifft nur uns beide. Ich behaupte ja gar nicht, daß es keine gemeinsame Zukunft für uns gibt. Aber vorerst können wir unmöglich zusammenleben.« Er zog die Hände zurück, sah erschrocken die roten Male seiner Finger auf der bleichen Haut. »Oh, mein Gott, ich wollte nicht...« Er griff nach ihr, doch sie wich zurück.

»Du hast mich nur an einer einzigen Stelle verletzt, Judd. In meiner Seele. Und wenn du noch so oft von Anwälten und Lügen und allem anderen redest – niemand war so untreu wie du.« Ihr kalter, kompromißloser Blick erschütterte ihn. »Ich liebte dich mehr als alles auf der Welt und ich dachte, du würdest meine Gefühle im gleichen Maß erwidern. Das war ein Irrtum. Du liebst deine Kinder mehr als mich.«

Er öffnete den Mund, um zu protestieren, doch sie brachte ihn mit einer knappen Handbewegung zum Schweigen. »Es geht nicht um Peter, sondern um Addy – deine Tochter

Addy.« Sekundenlang schloß sie gequält die Augen. »Ich habe mich so bemüht, gegen sie zu kämpfen, aber wenn du ohne mich weggehst, wird sie siegen. Und du bist zu blind, um es zu erkennen.« Rachel stand auf. »Sag, was du willst, aber es wäre sinnlos, mir zu versichern, du würdest mich nicht Addys wegen verlassen. Wenn es sie nicht gäbe, würdest du nämlich bei mir bleiben. Das weiß ich.« Sie eilte zur Tür.

Sprachlos starrte er ihr nach.

Sie drehte sich um, und es war wieder seine süße Rachel, die ihn anschaute. Tränen schimmerten in ihren Augen, aber sie lächelte hoffnungsvoll. »Du verläßt mich nicht, Judd. Das wirst du schon noch sehen. Ich bringe alles in Ordnung, und dann wirst du mich wieder lieben.«

Zu Mittag hatte er einen Entschluß gefaßt. Er mußte nach Land's End zurückkehren — gleichgültig, welche körperlichen und seelischen Qualen es ihm bereiten würde.

Mit vorsichtigen Schritten ging er auf den Schrank zu, blieb stehen, um Atem zu schöpfen. Wenn er sich bewegte, wurde es noch schlimmer. Aber was ihn antrieb, war noch schmerzhafter. Eine unheimliche Vorahnung, das Gefühl, auf Land's End würde irgend etwas Schreckliches geschehen. Was es sein und wem es widerfahren mochte, wußte er nicht. Aber daß es sich ereignen würde, bezweifelte er nicht.

Er war beinahe angezogen, als Dr. Roth ins Zimmer trat. »Sie sind auf?« rief er überrascht. »Henry sagte mir heute morgen, Sie würden noch mindestens zwei Tage in der Klinik bleiben.«

Judd setzte sich langsam auf das Bett und keuchte. Die Schmerzen hatten nachgelassen, aber seine Rippen schienen immer noch lose im Brustkorb umherzufliegen. »Ich gehe schon heute.«

»Das meinen Sie doch nicht ernst! Dafür sind Sie noch viel zu schwach.« Der Arzt nahm neben Judd Platz. »Warum diese Eile? Was ist passiert? Hoffentlich gibt's nicht schon wieder Probleme mit den Kindern.«

Entschlossen verdrängte Judd den Gedanken an Rachel und versuchte, sich auf die seltsame Veränderung zu konzentrieren, die er an Addy beobachtet hatte. Er schilderte den Zwischenfall und wartete gespannt auf die Reaktion des Doktors. »Dieses Kind war nicht Addy.« Unfähig, zu glauben, was er nun sagen wollte, fügte er hinzu: »Um die Wahrheit zu gestehen, Dr. Roth — ich bin mir nicht einmal sicher, ob es ein Mensch war.«

Mit ausdruckslosem Gesicht hörte der Arzt zu und sprach erst, nachdem Judd seinen Bericht beendet hatte. »Offenbar hat Addy in einem Zustand starken seelischen Aufruhrs abnorme Aktivitäten entwickelt. Sie spielte Klavier, ohne diese Fähigkeit zu besitzen. Dabei haben Sie die Möglichkeit ihres ferngesteuerten Geistes akzeptiert. Warum diesmal nicht?«

Judd stöhnte. »Weil es unglaublich ist.«

Dr. Roth lächelte. »Und ein übernatürliche Erklärung, nicht wahr?«

»Emma scheint anders zu denken.«

»Sie ist ein sehr kluges Mädchen, aber erst zehn Jahre alt. Von Ihnen hätte ich eine vernünftigere Haltung erwartet.«

»Nichts von alldem ist vernünftig«, stieß Judd hervor.

»Es sieht nicht so aus, aber wenn wir tief genug schürfen, wird es einen Sinn ergeben. Selbst wenn wir uns über das Ergebnis unserer Forschungen nicht freuen werden.«

Seufzend hob Judd die Hände. »Was soll ich tun?«

»Wo sind die Kinder jetzt?«

»Auf Land's End.«

»Und dorthin wollen Sie?«

Judd nickte.

»Nun, ich meine, Sie sind auf der richtigen Spur. Ich persönlich finde, sie dürften nicht allein da draußen bleiben. Dieses Haus scheint Emma eine Heidenangst einzujagen.«

»Das ist milde ausgedrückt.«

Nachdenklich legte Dr. Roth einen Finger an die Nase. »Warum schicken Sie die beiden nicht zu mir ins Krankenhaus? Da wären sie in Sicherheit, und ich könnte sie in einer kontrollierten, klinischen Umgebung genau beobachten. Wenn wir Glück haben, lösen wir eine Reaktion in Addy aus. Haben Sie schon einmal von der Befreiungstherapie gehört?«

»Nein.«

»Dabei werden Kinder veranlaßt, ihre Ängste im Spiel zu verarbeiten. Wenn ich diese Methode auch nicht immer empfehle — Addy wäre eine gute Kandidatin dafür, weil eine ganz spezifische Ursache hinter ihrem Problem zu stecken scheint, nämlich der Verlust ihrer Mutter. Außerdem zeigen sich die Symptome erst seit kurzem. Und wenn Emma sieht, daß die Schwierigkeiten in Addys Gehirn liegen und nicht in einem bestimmten Zimmer im Haus ihrer Stiefmutter lauern, beruhigt sie sich vielleicht.«

»Emma würde nichts lieber tun, als Land's End zu verlassen.«

»Werden die beiden zu mir kommen wollen?«

»Sicher, wenn sie merken, welch großen Wert ich darauf lege. Mit Emma werden Sie keinen Ärger haben. Addy wird möglicherweise ein bißchen störrisch sein, aber letzten Endes folgt sie ihrer Schwester überallhin.«

»Soll ich die beiden abholen?«

»Dafür wäre ich Ihnen ewig dankbar.«

Dr. Roth grinste. »Wenn Sie die Rechnung kriegen, wird ihre Begeisterung vermutlich nachlassen.« Er stand auf und ging zur Tür. »Ich muß noch ein paar Telefongespräche in meiner Praxis führen, dann fahre ich nach Land's End. Bleiben Sie hier und erholen Sie sich. Nehmen Sie sich genug Zeit für Ihre Genesung. Das letzte, was diese kleinen Mädchen brauchen, ist ein kranker Vater.«

Judd versuchte zu schlafen. Trotz seiner Erschöpfung fand er keine Ruhe. Seit er wußte, daß Dr. Roth für Addy und Emma sorgen würde, fühlte er sich viel besser. Doch was sollte mit Rachel geschehen? Auch um sie mußte sich jemand kümmern, das erkannte er instinktiv. Aber wer? Bevor er am gestrigen Morgen aus dem Haus gegangen war, hatte Elizabeth ihm von Priscilla Daimlers Schlaganfall erzählt. Wenn Rachels bizarres Verhalten an diesem Vormittag auf einen weiteren Zusammenbruch hinwies — wer würde sie betreuen, wenn ihre Mutter außer Gefecht war?

In seine Gedanken vertieft, sah er Elizabeth erst, als sie dicht vor ihm stand. »Wie geht es Ihnen, Judd?«

»Nicht besonders. Aber ich freue mich, daß Sie da sind. Haben Sie Rachel heute schon gesehen?«

Sie nickte. »Nur für eine Minute, bevor sie zu Ihnen fuhr. Warum fragen Sie?«

»Wie ist sie Ihnen vorgekommen?«

»Okay.« Elizabeth zögerte. »Stimmt was nicht?«

»Es war ziemlich schwierig, mir ihr zu reden. Anscheinend versteht sie nicht, warum ich Land's End ohne sie verlassen muß. Sie bildet sich ein, ich würde sie Addys wegen nicht mitnehmen.«

Langsam setzte sich Elizabeth auf den Stuhl neben dem Bett. »Sie wollen ohne Rachel abreisen? Aber sie sagte mir . . .«

»Was?«

»Sie würde Sie begleiten.« Ihre Stimme klang tief bestürzt.

»Wann hat sie das behauptet?«

»Gestern. Und heute morgen wieder. Sie erzählte mir, Sie beide hätten alles geklärt.«

»O Gott, warum lügt sie?«

»Vielleicht, weil sie sich so verzweifelt wünscht, daran zu glauben. Mit Widrigkeiten konnte sie niemals umgehen.«

Judds Augen verengten sich. Irgend etwas nagte am Rand seines Bewußtseins — etwas, das keinen Sinn ergab. Ohne Umschweife kam er zur Sache. »Wußten Sie, daß Rachel nicht geschieden ist?«

Sie nickte.

Wütend herrschte er sie an. »Mein Gott, was für eine Familie ist das eigentlich? Wie konnten Sie Rachel im Glauben lassen, sie wäre nicht mehr verheiratet?«

Elizabeth wurde rot. »Wovon reden Sie?«

»Wie konnten Sie untätig zuschauen, wie Rachel von Ihrer Mutter manipuliert und in ein hirnloses Schoßhündchen verwandelt wurde? Hatten Sie solche Angst vor dieser alten Frau, daß Sie nicht wagten, ihrer Schwester die Wahrheit zu gestehen? Oder war es Ihnen egal?«

Ihre Augen füllten sich mit Tränen. »Ich — ich weiß wirklich nicht, was Sie meinen.«

Er wollte ihr nicht weh tun. Das verdiente sie nicht. In etwas sanfterem Ton fragte er: »Wußten Sie, daß Rachel dachte, sie wäre von Peter geschieden worden?«

Elizabeths Wangen wurden kreidebleich. »Das hat sie gesagt?«

»Natürlich.« Angestrengt versuchte er irgendwelche Zusammenhänge zu erkennen. »Wer hätte es mir sonst sagen sollen?«

Ihre nächsten Worte ließen ihn bis auf die Knochen frösteln. Sie wurden ganz leise ausgesprochen, aber mit einer Überzeugungskraft, die jeden Zweifel ausschloß. »Niemand anderes hätte es gesagt, weil es nicht stimmt.«

Judd starrte sie an. »Versuchen Sie mir zu erklären, Rachel habe das alles erfunden? Sie wußte die ganze Zeit, daß sie immer noch mit Rostov verheiratet ist.«

Sie hielt seinem Blick stand, gab keine Antwort, doch der Kummer in ihren Augen verriet ihm genug. Plötzlich gewann er den Eindruck, seit Tagen über dünnes Eis zu gehen, das jetzt unter seinen Füßen brach. Sein Zorn verflog, eine dumpfe Benommenheit blieb zurück. In seiner Erregung hatte er sich aufgerichtet. Nun sank er kraftlos in die Kissen zurück und schloß die Augen. So gern er es auch abgestritten hätte — in seinem Herzen wußte er, daß Elizabeth die Wahrheit sagte. Rachel hatte ihn die ganze Zeit belogen. »Was ist los mir ihr?« fragte er. »Warum hat Priscilla sie damals in dieses Sanatorium geschickt?«

Sie stand auf, begann umherzuwandern und rang die Hände. »Was soll ich bloß tun?« Seufzend setzte sie sich auf die Bettkante. »Es ist wohl sinnlos, wenn ich Sie bitte, Rachel selber zu fragen.«

Judd nickte. »Völlig sinnlos.« Plötzlich fühlte er sich sehr sehr alt. »Früher hätte ich es vielleicht getan. Jetzt will ich's nicht mehr.«

»Warum nicht?«

»Weil ich glaube, daß sie keine Antworten weiß. Zumindest keine richtigen. Deshalb frage ich Sie. Nein, ich flehe Sie an. Rachel braucht Hilfe. Ich fürchte, sie wird durchdrehen, und wer soll ihr beistehen — wenn nicht ich?«

»Verdammt, ich wünschte, Mutter wäre hier. Sie wüßte, was man tun muß.«

»Auf Ihre Mutter lege ich keinen Wert«, fauchte er. »Nur auf die Wahrheit.«

»Leider gibt es nur eine Person, die Ihnen die Wahrheit sagen kann. Und das ist unglücklicherweise meine Mutter.«

Er stöhnte. »Sie haben recht. Trotzdem wissen Sie viel mehr als ich.« Nach einer kurzen Pause fügte er hinzu: »Ich habe gelernt, mich auf Sie zu verlassen. Elizabeth — mehr, als ich's zugeben möchte.« Sekundenlang berührte er ihre Hand und holte tief Atem. »Aber das ist ein anderes Thema. Jetzt muß ich Rachel helfen. Deshalb bitte ich Sie, mir alles über ihren Nervenzusammenbruch zu erzählen.«

Elizabeth straffte die Schultern. Ihr ganzer Körper spannte sich an, aber ihr Gesicht wirkte seltsamerweise gelassen, als hätte sie die Tatsache akzeptiert, daß der Kampf beendet war. »Also gut. Aber es muß zwischen uns bleiben. Rachel darf es nie erfahren.«

»Einverstanden.«

»Sie müssen auch bedenken, daß ich in jenen Jahren nur selten auf Land's End war, und so weiß ich nicht allzuviel. Nur das, was meine Mutter mir mitteilen wollte.«

»Das sehe ich ein.«

Elizabeth sprach sehr schnell, als hätte sie sich in einen eisigen See gestürzt und könnte es kaum erwarten, das andere Ufer zu erreichen. »Ein Jahr nach Peters und Rachels Hochzeit kam ein Kind auf die Welt, ein kleines Mädchen. Als es fünf war, starb es bei einem schrecklichen Unfall. Mutter benachrichtigte mich, und ich fuhr sofort nach Hause, aber ich sah Rachel nicht. Sie war bereits in einem Krankenhaus. Wegen eines schweren Schocks, wie Mutter mir erklärte. Später wurde sie in die Englewood Clinic gebracht. Dort blieb sie drei Jahre. Nach der Entlassung kehrte Sie nicht nach Land's End zurück — erst mit Ihnen.« Sie erschauerte, dann breitete sie die Hände aus, um das Ende ihres Berichts zu bekunden. »Das ist alles.«

Er rührte sich nicht, hörte die Worte, sah Elizabeths Gesicht, konnte sie aber nur anstarren — wie ein Mann, der plötzlich vor dem Schauplatz einer Katastrophe steht und zunächst unfähig ist, das volle Ausmaß des Grauens zu erfassen.

»Judd?«

Er öffnete den Mund, brachte aber nur ein leises Stöhnen hervor. Dann suchte er nach Worten und fand sie endlich. »Rachel hatte ein Kind.«

Elizabeth nickte. »Und das erinnert mich an den eigentlichen Zweck meines Besuchs — wenn ich auch nicht mehr weiß, ob ich es erwähnen soll.«

Seine Lippen verzogen sich zu einem bitteren Lächeln. »Was für einen Unterschied könnte es jetzt noch machen? Es ist wohl besser, wenn ich alles auf einmal erfahre.«

Sie stand auf, ging zu dem Stuhl, auf den sie ihre Handtasche gestellt hatte, und nahm ein Blatt Papier heraus, das sie Judd gab. »Gestern abend zeichneten die Kinder Karten für Sie — mit Genesungswünschen.« Sie schilderte Addys merkwürdiges Schweigen, das unvermittelte Schluchzen. »Und das hat sie geschrieben.«

Judd betrachtete das Blatt. »Hilfe«, las er. Und die krakelige Unterschrift eines Kindes. »Lilith.«

»Was zum Teufel ... Das hat Addy geschrieben?« Er schüttelte den Kopf. »Emma muß es gewesen sein, denn Addy kann nicht einmal ihren eigenen Namen schreiben.«

»Ich war dabei. Emma hatte nichts damit zu tun.« Sie sank wieder auf den Bettrand. Ihre Stimme zitterte, obwohl sie sich bemühte, ihr einen festen Klang zu geben. »Der Psychiater sagte, Addy habe emotionale Probleme. Wegen ihrer Angst würde sie Dinge tun, die sie normalerweise nicht täte oder gar nicht konnte. Aber ...« Nun schwang etwas Neues in ihren Worten mit — Furcht.

»Was?« fragte er.

»Rachels Kind ...«

»Was ist mit Rachels Kind?«

»Es hieß Lilith.«

22

»So.« Dr. Roth setzte sich neben Emma auf das Sofa in der Bibliothek vom Land's End. »Erzähl mir was über Addy. Dein Vater sagte, sie habe dich wieder erschreckt — vielmehr euch beide.«

Emma musterte ihn über den Brillenrand hinweg und nickte. »Ja, sie hat mich sehr erschreckt ...« Sie zögerte und wich dem Blick des Arztes aus. »Ich möchte nicht, daß Sie mich für verrückt halten. Aber Sie erinnern sich doch, wie ich Ihnen erklärte, etwas Schlimmes würde geschehen.« Ein leichter Vorwurf sprach aus ihrer Stimme.

Der Doktor schnalzte mit der Zunge. »Ja, ich erinnere mich, Emma. Doch du mußt fair sein — ich konnte nicht viel tun, um es zu verhindern.« Er runzelte die Stirn. »Oder?«

Sie dachte nach, dann zuckte sie die Achseln. »Nein, Sie konnten nichts tun.«

»Immerhin empfahl ich eurem Vater, mit dir und Addy nach New York zurückzukehren.«

»Das stimmt.« Emma tätschelte seinen Arm. »Keine Bange«, fuhr sie seufzend fort. »Ich weiß, es ist nicht Ihre Schuld. Niemand hätte was dagegen tun können. Lilith sagte mir, es sei zu spät, und sie hatte recht.«

»Das hat Lilith dir gesagt?«

Emma nickte.

»Benutzte sie Addys Stimme?«

»Nein, ihre eigene. Aber sie sprach mit Addys Mund.« Sie zog die Stirn in Falten. »Und vorher erzählte sie mir alles selber.«

»Auf welche Weise?«

Emma legte den Kopf schief, während sie an jene unheimliche Szene zurückdachte. »Sie wisperte. Draußen im Garten. Einen eigenen Mund hat sie nicht, und ich bin mir nicht sicher, wie sie das schaffte – trotzdem redete sie mit mir. ›Zu spät, Emma.‹ Das sagte sie. Aber das ist nicht alles. Manchmal singt sie auch.«

»Sie singt?«

»Ja«, bestätigte Emma schaudernd. »Immer dasselbe – ein Wiegenlied mit einem gruseligen Echo. Und damit jagt sie mir eine wahre Todesangst ein.«

Dr. Roth schwieg und sank noch tiefer in die Polsterung des Sofas. Schließlich räusperte er sich. »Hmmmmm...« Er nahm eine Packung Kaugummi aus seiner Tasche, gab Emma einen, und beide begannen zu kauen.

»Man sollte immer mit geschlossenen Lippen kauen«, meinte Emma. »Was glauben Sie, wie sie das hinkriegt?«

»Was?«

»Singen und Reden – ohne Mund.«

»Ich weiß es nicht, Emma«, erwiderte er nachdenklich. »Das ist mir schleierhaft.«

Sie lächelte halbherzig. »Nun, wenigstens behaupten Sie nicht, ich würde mir alles nur einbilden.«

»Es wäre sehr dumm, so was zu sagen, nicht wahr?«

»O ja. Aber die meisten Leute sagen ständig dumme Dinge.«

»Da hast du recht.« Dr. Roth rutschte nach vorn auf die

Sofakante. »Und nachdem Lilith mit dir gesprochen hatte — was tat sie da draußen auf der Weide?«

Emma zögerte und fragte sich, wieviel sie diesem Mann verraten sollte. Sie mochte ihn, aber ... »Was hat mein Vater Ihnen erzählt?«

»Daß Addy nicht wie sie selbst aussah.«

Sie faltete die Hände im Schoß. »Weil es nicht Addy war«, erläuterte sie geduldig, »sondern Lilith.«

»Ich verstehe. Und hat Lilith irgendwas gesagt?«

»Daß sie uns nicht gehen lassen kann.«

»Erklärte sie, warum nicht?«

Emma nickte. »Weil sie zu lange auf uns gewartet hat. Dann erschreckte sie Clarissa, und die trampelte meinen Vater nieder.«

Verwirrt hob Dr. Roth die Brauen. »Du glaubst, Addy hätte das Pferd scheu gemacht?«

»Nicht Addy. Lilith.«

»Aber wie konnte sie das?«

Nun war Emma am Ende ihrer Geduld angelangt. »Jeder weiß doch, wie sehr sich Tiere vor Geistern fürchten, Dr. Roth.«

Er schnalzte wieder mit der Zunge. »Über Geister muß ich noch sehr viel lernen. Hoffentlich hältst du's mit mir aus.«

Beruhigend tätschelte sie noch einmal seinen Arm, dann richtete sie sich auf und stellte die Füße nebeneinander auf den Boden, ganz gerade. »Da ist noch was ...«

»Ja?«

»Gestern abend zeichneten wir für meinen Vater Karten mit Genesungswünschen ...« Sie hielt inne und starrte auf ihre Turnschuhe. Bis jetzt schien der Doktor ihr zu glauben, aber sie wußte noch immer nicht, was er wirklich dachte. Deshalb mußte sie die Frage stellen, die ihr auf der Seele brannte. »Glauben Sie, ich habe Lilith erfunden?«

Er legte die Fingerspitzen aneinander und drückte sie gegen seinen Nasenrücken. »Das glaube ich keineswegs, Emma.«

»Sie glauben also, daß es Lilith gibt?«

Der Arzt antwortete nicht sofort, aber als er dann sprach, zweifelte sie nicht an seiner Ehrlichkeit. »Ich glaube, es gibt Lilith.« Warnend hob er eine Hand. »Aber ich bin mir nicht sicher, was sie ist.«

Darüber dachte Emma lange nach, dann nickte sie ernsthaft. »Das genügt mir.«

Nun berichtete sie von Addys Karte, und er fragte: »Und deine Schwester hat das nicht geschrieben?«

Trotz der bedrückenden Situation mußte sie lächeln, wenn auch ziemlich unbehaglich. »Auf keinen Fall. Addy kann ihren eigenen Namen kaum schreiben. Den Vornamen schon, aber ›Pauling‹ nicht. Den buchstabiert sie nie richtig. Meistens schreibt sie ihn von hinten nach vorn. So...« Mit einem Finger malte sie Buchstaben in die Luft. »So als würde man ihn in einem Spiegel sehen.«

»Ja, ich weiß, was du meinst.«

»Sie ist ja auch erst fünf«, verteidigte Emma ihre Schwester. »Mommy sagte, in diesem Alter hätte ich auch so geschrieben. Jetzt tu ich das nicht mehr. Ich kann sogar kursiv schreiben.« Sie machte eine kleine Pause. »Aber darauf kommt es jetzt nicht an.«

»Nein. Wo waren wir stehengeblieben? Ach ja — Lilith hat also um Hilfe gebeten.«

Sie nickte. »Warum, weiß ich nicht.« Ein Schauer rann über ihren Rücken. »Ich habe auch keine Ahnung, wie man ihr helfen soll. Und ich würde mich zu sehr fürchten, um es zu versuchen«, fügte sie unglücklich hinzu. »Ich will nur weg von hier, das ist alles.«

»Dann werde ich dir einen Vorschlag machen. Möchtest du mit Addy zu mir kommen?«

Ruckartig hob sie den Kopf und starrte ihn an. »Zu Ihnen? Wohin?«

»In meine Klinik. Die liegt nicht weit von hier. Es ist eine Art Internat, und dein Vater wäre damit einverstanden, wenn ihr etwa eine Woche bei mir wohnen würdet. Vielleicht länger, wenn's euch dort gefällt. Wir könnten uns gemeinsam bemühen, Lilith loszuwerden. Wer oder was immer sie sein mag.«

Emma sprang auf. »O Dr. Roth, das wäre die Antwort auf alle meine Gebete. Es ist mir egal, wohin wir gehen, wenn wir nur von hier wegkommen.« Entzückt klatschte sie in die Hände. Was das für eine Klinik war, wußte sie nicht, und es interessierte sie auch nicht. Nur eins zählte – der Doktor würde sie mit ihrer Schwester von Land's End fortholen. »Unsere Sachen sind immer noch gepackt.« Sie beugte sich vor und schüttelte überschwenglich seine Hand. »Ich danke Ihnen, Dr. Roth. Sie sind ein sehr netter Mann.« Dann rannte sie zur Tür. »Gleich sind wir fertig. Ich muß nur Addy holen, dann können wir losfahren.«

»Laß dir Zeit, ich gehe nicht ohne euch.«

Ohne einen Blick zurückzuwerfen, stürmte sie durch die Halle. Ihre Füße schienen den Boden kaum zu berühren. Sie nahm immer zwei Stufen auf einmal, lief durch den oberen Korridor, vorbei an Mrs. Daimlers Suite, durch die Galerie und in das Zimmer, wo sie Addy vorhin zurückgelassen hatte.

Ihr Blick schweifte durch den Raum, doch sie konnte ihre Schwester nirgends entdecken. »Ads! Ads! Wir gehen weg von hier! Kannst du so was Wundervolles glauben?« Sie ging zum Schrank, nahm einen leeren Matchbeutel heraus und stopfte die wenigen Dinge hinein, die noch nicht eingepackt waren – zum Schluß das Puzzle, mit dem Addy vor kurzem noch gespielt hatte. »Ads, komm! Wir müssen uns beeilen.«

Sie öffnete die Tür zum Bad. Keine Addy.

Bestürzt schaute sich Emma um, ihre Freude verflog. »Ads, jetzt haben wir keine Zeit für alberne Spiele. Dr. Roth wartet auf uns.« Sie bückte sich, spähte unter das Bett, hinter die Vorhänge. »Hör auf mit dem Unsinn!« Verwirrt blinzelte sie. Wo mochte das Kind stecken? Sie hatte ihm doch eingeschärft, das Zimmer nicht zu verlassen, bis sie zurückkehren würde.

»Addy!« schrie sie. »Wo bist du?«
Noch immer keine Antwort.

Emma stampfte mit dem Fuß auf. Nein, sie wollte sich nicht aufregen und auch keine Angst kriegen. Statt dessen würde sie verdammt zornig werden. Da unten saß Dr. Roth und wartete auf sie beide, um sie von hier wegzubringen, und was machte Addy? Wahrscheinlich trieb sie sich irgendwo herum. Oder sie spielte oben mit dem Puppenhaus. Oder noch schlimmer. Emma schluckte. Vielleicht war Ads ins alte Kinderzimmer gegangen.

Beklommen rannte Emma in den Flur und rief nach ihrer Schwester, so laut sie konnte. Sie brauchte nicht lange, um das erste Stockwerk abzusuchen. Die meisten Türen waren geschlossen, und außerdem wußte sie im Grunde ihres Herzens, daß sie das Kind hier nicht finden würde. Wenn es sich überhaupt im Haus befand, dann nur an einem einzigen Ort. Das wurde nun zur schrecklichen Gewißheit.

Lautlos huschten ihre Füße über die Teppiche in den Korridoren, und obwohl sie aus voller Kehle Addys Namen schrie, klang auch ihre Stimme seltsam gedämpft. Niemand kann mich hören, dachte sie schaudernd.

Und aus unerklärlichen Gründen wirkte die dünne, leere Stille viel unheimlicher als all die geisterhaften Gesänge und das Schluchzen der Vergangenheit. Emmas Zähne begannen zu klappern, und ihr Entschluß, ruhig zu bleiben, schwand dahin, verschluckt von dem drohenden Schweigen. Dr. Roth wartet unten, erinnerte sie sich. Und wenn ich Addy nicht aufstöbere, wird er uns nie von hier wegbringen.

Sie holte tief Luft. Nein, ihre Angst durfte nicht die einzige Chance verderben, von Land's End zu fliehen. Energisch straffte sie die Schultern, rückte ihre Brille zurecht und setzte ihren Weg fort. Erst an der letzten Ecke vor der schmalen, steilen Treppe verlangsamte Emma ihre Schritte, dann blieb sie wie gelähmt vor den dunklen Stufen stehen, die zum zweiten Stock führten. »Addy?«

Vernichtende Stille.

Zitternd hob sie einen Fuß, um nach oben zu steigen. Geh nicht da hinauf, warnte eine schwache innere Stimme. Hol jemanden Hol Dr. Roth. »Ja, das werde ich tun«, sagte sie laut und seufzte tief auf. »Ich hole Dr. Roth.« Schnell wie der Blitz kehrte sie zur Halle zurück. Auf der Treppe hielt sie kurz inne, um Atem zuschöpfen und eine tapfere Miene aufzusetzen. Der Doktor sollte nicht merken, was für ein Feigling sie war. Sie legte eine Hand auf das Geländer und wollte hinuntergehen, als ihr etwas ins Auge stach — durch das Hallenfenster gegenüber den Stufen. Ein Farbfleck, sonst nichts. Aber er bewog sie, zu dem Fenster am Ende des Korridors zu laufen. Von dort aus sah sie den Weg, der sich über die Klippen zum Stall wand.

Sie blinzelte. Da — wieder der Farbfleck. Gelb. Und für wenige Sekunden sah sie ihn ganz deutlich an der Stelle, wo der Pfad ihr Blickfeld verließ, hinter dem höchsten Punkt der Klippe. Addys Regenmantel verschwand hinter dem Grat.

Emma stürmte zur Treppe zurück und nach unten, warf beinahe den Arzt um, der aus der Bibliothek kam. »Addy!« keuchte sie und zeigte in die Richtung der Weide. »Meine Schwester ist draußen und sucht diese verdammte Katze.« Sie stürmte zur Haustür und riß sie auf. »Machen Sie sich keine Sorgen, Dr. Roth!« rief sie über die Schulter. »Wir sind gleich wieder da!«

23

Draußen war es kühl. Die Kälte drang bis auf Judds Knochen. Schweigen fuhren sie dahin. Nur einmal wandte sich Elizabeth zu ihm und fragte, ob er okay sei. Er nickte und vertiefte sich wieder in seine wirren Gedanken. Das Leben hatte eine alptraumhafte Aura von Unwirklichkeit angenommen, und er konnte sich nur an wenige Tatsachen klammern.

Rachel war schon einmal verheiratet gewesen und hatte sogar ein Kind bekommen. Diese wichtigen Teile ihrer verborgenen Vergangenheit waren ihm verheimlicht worden, trotz der großen Liebe, die sie miteinander teilten. Daß er nun Bescheid wußte, half ihm keineswegs, diese Frau besser zu verstehen. Er kannte sie überhaupt nicht, das wurde ihm jetzt klar.

Judd preßte die Stirn ans Autofenster, konzentrierte sich darauf, das Glas zu spüren. Trug er selbst die Schuld an alldem? Hatte er Rachel zu bereitwillig akzeptiert — so, wie sie war —, ohne Fragen zu stellen? Wäre er in sie gedrungen — hätte sie ihm dann von Peter und ihrem Kind erzählt? Oder hätte sie ihm bei der ersten Frage den Rücken gekehrt, ihn verlassen, ohne einen Blick zurückzuwerfen? Vermutlich.

Sein Kopf begann zu dröhnen, im selben Rhythmus wie das schmerzhafte Pochen in seinem Brustkorb. Er lehnte sich zurück und schloß die Augen. Es gab keine Antworten. Würde er jemals welche finden?

»Was werden Sie tun, wenn wir da sind?« Elizabeth bog in die lange Zufahrt von Land's End.

»Verdammt will ich sein, wenn ich das weiß.«

»Sie dürfen ihr nicht verraten, was ich Ihnen über Lilith sagte...« Ihre Stimme klang angstvoll. »Das haben Sie versprochen.«

Judd öffnete die Augen und schaute sie an. »Fürchten sie sich vor Rachel?«

Verlegen lächelte sie. »Kann sein — ein bißchen... Nun, ich fürchte mich nicht direkt, aber ich bin mir nie sicher, wie sie reagieren wird.«

Er nickte. »Ich verstehe, was Sie meinen.«

»Seit Vaters Tod scheinen wir alle darauf programmiert zu sein, Rachels Nerven zu schonen«, seufzte sie. »Als wäre sie immer noch ein Kind.«

»Möglicherweise ist sie das.« Nun begann er zu begreifen, wie wenig auch Elizabeth über ihre Schwester wußte. Priscilla Daimler ist offenbar die einzige, die Rachel wirklich kennt, überlegte er bedrückt.

Elizabeth schien seine Gedanken zu lesen. »Bisher hat Mutter alle ihre Schlaganfälle überstanden. Vielleicht schafft sie's auch diesmal. Aber Henry zweifelt daran. Sie sollten mit ihm reden, Judd. Er weiß eine ganze Menge von den Dingen, die auf Land's End geschehen — und viel mehr über Rachel als ich.«

Er nickte. »Wird er mir irgendwas verraten?«

»Ich glaube schon«, erwiderte sie nachdenklich. »Jetzt, wo Mutter nicht mehr verletzt werden kann . . .«

In der letzten Kurve der Zufahrt wartete er auf den ersten Anblick des Hauses, der jedesmal das Bedürfnis weckte, staunend zu pfeifen. »Immer wieder verblüfft es mich.«

»Was?«

»Land's End. Früher wollte ich es malen. Doch diesen Plan habe ich aufgegeben.«

Elizabeth lächelte wehmütig. »Kaum zu fassen, daß manche Bewohner es wagen, hier unglücklich zu sein . . .«

»Ja, das ist unglaublich.«

Sie hielten vor der Haustür. »Wer ist denn da? fragte Elizabeth besorgt. »Dieses Auto kenne ich nicht.«

»Wahrscheinlich gehört es Dr. Roth.«

»Dr. Roth? Was will er hier?«

»Er nimmt Emma und Addy für ein paar Tage unter seine Fittiche. Um sie zu beobachten.«

Erleichtert atmete sie auf. »Das ist sicher ein Schritt in die richtige Richtung. Die beiden dürften keine Minute länger hierbleiben — nach all diesen Ereignissen.« Sie runzelte die Stirn. »Eins muß ich noch fragen, bevor wir hineingehen. Es beschäftigt mich schon eine ganze Weile.«

Judd schaute sie abwartend an.

»Wo hat Emma wirklich den Namen Lilith gehört?«

»Keine Ahnung. Einmal las ich ihn in einem Buch — unten im alten Sommerhaus. Vielleicht hat Emma ihn in einem der Bücher entdeckt, die in der Bibliothek Ihrer Mutter stehen.«

»Natürlich.« Elizabeth schaltete den Motor aus. »Sicher haben Sie recht.« Sie sprach in beiläufigem Ton, aber er spürte ihre Nervosität.

In der Halle trafen sie Dr. Roth, der aus der Bibliothek kam. »Als die Haustür ins Schloß fiel, dachte ich, Emma wäre zurückgekehrt«, erklärte er überrascht. »Was machen Sie hier, Mr. Pauling?«

Auch Judd war verwirrt. »Sie glaubten, es wäre Emma? Warum? Wo ist sie denn?«

»Vor ein paar Minuten rannte sie hinaus, sichtlich wütend. Offenbar sucht die kleine Miss Addy eine Katze, ohne daß sie ihre Schwester vorher um Erlaubnis gebeten hätte.«

»Und Sie haben Emma gehen lassen?« Judd merkte, wie verrückt diese Frage klang, aber er mußte sie stellen.

»Beruhigen Sie sich.« Der Arzt legte ihm eine Hand auf den Arm. »Emma ist ein sehr vernünftiges Mädchen. Sie wird nur Addy holen und sofort wiederkommen.« Er senkte die Stimme. »Es gibt keine Geister.«

Judd wandte sich ab und ging zur Tür. »Ich kümmere mich um die beiden.«

»Dafür sind Sie noch viel zu schwach«, protestierte Elizabeth. »Ich übernehme das. Wahrscheinlich sind sie unten beim Stall. Addy glaubt, Maude hätte dort ihre Kätzchen gekriegt.«

Er wollte selbst hinauseilen, doch seine Brust brannte wie Feuer. »Was würde ich nur ohne Sie anfangen?«

»Sicher kämen Sie großartig zurecht«, entgegnete sie, ohne zu lächeln. »Ohne irgend jemanden von unserer Familie.« Rasch verließ sie das Haus.

»Eine bemerkenswerte Frau«, sagte er mehr zu sich selbst. Wie oft sie ihm schon geholfen hatte ... Er folgte Dr. Roth in die Bibliothek. »Haben Sie Rachel gesehen? Weiß sie, daß Sie die Kinder mitnehmen wollen?«

Der Arzt schüttelte den Kopf. »Man sagte mir, sie würde sich ausruhen und dürfe nicht gestört werden.«

Judd sank auf die Couch und legte seine Hand über die Augen. »Wie ist Ihr Gespräch mit Emma verlaufen?«

»Sehr gut. Und Sie hatten recht. Sie ist bereit, überallhin zu gehen, wenn sie nur von Land's End wegkommt.«

»Hat sie von Addys Karte erzählt?«

Der Doktor nickte.

»Und was halten Sie davon?«

Dr. Roth zuckte die Achseln. »Nichts. Nur ein weiteres Zeichen für Addys emotionale Probleme.« Er setzte sich neben Judd. »Ich kann es kaum erwarten, mit ihr zu arbeiten. Wenn wir sie dazu bringen können, ihre Ängste beim Spielen auszudrücken, müßte sie ihre seelische Gesundheit bald zurückerlangen.« Die Stimme des Arztes klang sehr zuversichtlich, aber Judd hegte gewisse Zweifel.

»Ich wünschte, ich wäre so optimistisch wie Sie.«

Der Doktor lächelte gequält. »Wenn Sie so viele Fälle von emotionalen Störungen beobachtet hätten wie ich, wären Sie nicht so skeptisch.« Er lehnte sich zurück, ein verkniffener Zug erschien um seine Mundwinkel. »Etwas an diesem besonderen Fall ist mir allerdings unverständlich.«

»Und das wäre?«

»Bei fast allen Patienten, die ich behandelte, griffen die Ängste irgendwie auf das Alltagsleben über. Aber wenn Addy nicht an ihren Anfällen leidet, scheint sie nicht im mindesten gestört zu sein. Das konnte ich ihren und Emmas Aussagen entnehmen. Deshalb möchte ich eine dieser Attacken mit eigenen Augen sehen. Wenn es Hysterie ist ...« Dr. Roth unterbrach sich und schaute in die Richtung der Halle. »Offenbar sind sie zurückgekommen — sehr gut.« Er stand auf und wollte Judd auf die Beine helfen, und im selben Moment öffnete sich die Tür.

Judd drehte sich um, und sein Atem stockte. Unmöglich, dachte er. Völlig unmöglich.

»Ich muß mit Ihnen reden.« Langsam betrat Priscilla

Daimler die Bibliothek, mit seltsam steifem Gang, als müßte sie jeden Schritt sorgfältig abwägen, ehe sie die Beine bewegte. Mitten im Raum schwankte sie, aber ehe einer der beiden Männer ihr beistehen konnte, hob sie abwehrend eine Hand. »Bitte!« Ihre Stimme klang schwach, aber entschieden. »Ich muß das allein zu Ende bringen.« Das Gesicht war ausdruckslos, aber in den verkrampften schmalen Schultern und der Neigung des Kopfes zeigte sich heftiger Schmerz. Sie sank in einen Sessel am Fenster, und eine Zeitlang saß sie reglos da. Nur eine Hand ballte und öffnete sich immer wieder.

Der Arzt ging zur Tür, doch Priscilla rief ihn zurück. »Es wäre mir lieber, Sie würden hierbleiben, Dr. Roth.« Es war keine Bitte, sondern ein Befehl. »Da Sie Psychiater sind, finden Sie vielleicht die Erklärung für alles, die ich vergeblich gesucht habe.« Sie umklammerte eine Armstütze, und Judd sah die Fingerknochen durch die transparente Haut schimmern. »Nehmen Sie Platz, Gentlemen — bitte.« Zurückgelehnt, die Augen geschlossen, fuhr sie tonlos fort: »Ich erzähle Ihnen diese Geschichte, weil ich vor meinem Tod noch eine letzte Gelegenheit erhielt. Für meine Handlungsweise entschuldige ich mich nicht. Aber jemand muß es wissen — jemand muß helfen ...«

Nun schlug sie die Augen wieder auf und musterte die beiden Männer, die ihr gegenüber auf dem Sofa saßen. »Glauben Sie an Gott?« Sie wartete die Antwort nicht ab. »Ich schon. Und ich denke, er hat mir diese letzte Chance gegeben. Nicht, damit ich ein Unrecht wiedergutmache. Das ist unmöglich.« Ihre Stimme bebte, doch sie sprach entschlossen weiter. »Aber es darf nie wieder geschehen.« Mühsam rang sie nach Atem.

»Sind Sie auch wirklich okay?« fragte Judd beunruhigt. Sie schien vor seinen Augen zu schrumpfen.

Ungeduldig nickte sie. »Machen Sie sich meinetwegen keine Sorgen. Ich sterbe, und das läßt sich nicht ändern. Darum geht es auch gar nicht, sondern um mein Kind. Um Rachel. Ich habe lange nachgedacht und mich gefragt, welche Worte ich wählen soll – damit Sie es verstehen – damit Sie nicht zu hart urteilen – damit Sie ihr vielleicht helfen.« Seufzend hob sie die Hände, eine uncharakteristische flehende Geste. »Bitte, versuchen Sie sich vorzustellen, wie das war – wie ich sie liebte, von ganzem Herzen, und sehen mußte, daß sie nicht die Fähigkeit besaß, in der realen Welt zu existieren.«

Sie legte den Kopf an die Rückenlehne, die Augen fielen ihr wieder zu. »Wie kann ich Rachel beschreiben? Ist sie ein einzigartiges Kind? Ein Engel? Das mag sich banal anhören, aber es stimmt.« Ein schwaches Lächeln berührte die Mundwinkel. »Wir liebten Elizabeth, aber erst durch Rachel wurde unser Leben vollkommen. Und so blieb es, bis sie zwölf wurde und ihr Vater starb. Danach änderte sich alles. Im Stall brach ein Feuer aus. Rachel und Nicholas versuchten die Pferde herauszuholen. Er wurde zu Tode getrampelt, meine Tochter schwer verletzt, unter anderem am Kopf. Aber sie überlebte. Zumindest ein Teil von ihr.« Priscilla zuckte zusammen, als würde die Erinnerung körperliche Schmerzen hervorrufen. »An der Oberfläche war sie immer noch das süße, charmante Mädchen, das wir alle vergötterten, immer noch eine gute Schülerin. Sehr beliebt. Scheinbar glücklich. Aber in ihrem Innern war etwas anders geworden.« Sie hob die Schultern. »Ich kann es nur als eine Art Verlust bezeichnen – als Verlust von irgendeinem inneren Mechanismus, einem Teil ihrer Seele. Ich weiß nicht, wie ich es sonst beschreiben soll. Ein Verlust...« Das Echo des Wortes durchdrang den Raum.

»Unbegreifliche Dinge begannen zu geschehen. Kleine Ärgernisse, die ich anfangs ignorierte. Aber eines Nachmittag kam der Hund des Nachbarn auf unser Grundstück und jagte Rachels Katze. Er richtete keinen Schaden an, scheuchte das Tier auf einen Baum hinauf und saß jaulend davor, bis ihn einer unserer Gärtner vertrieb. Wir vergaßen den Zwischenfall – nur Rachel nicht.« Die alte Frau erschauerte. »Zwei Tage später wurde der Hund vergiftet. Von Rachel.«

Judd starrte sie entgeistert an: »Das glaube ich nicht...«
Mit einem scharfen Blick brachte sie ihn zum Schweigen. »Urteilen Sie nicht vorschnell, Mr. Pauling, und seien Sie kein Narr. Ich habe das nicht erfunden. Es ist tatsächlich passiert.«

»Wieso wissen Sie, daß es Rachel war?« fragte Dr. Roth.

»Weil sie zu mir kam und es mir erzählte. Ich stellte sie nicht zur Rede, denn ich hätte so etwas nie für möglich gehalten. Aber sie war sehr stolz auf ihre Tat, zeigte keine Reue, keine Schuldgefühle. Anfangs sprach sie ganz offen über ihr unmoralisches Verhalten. Sie bestahl ihre Schulkameradinnen, sie log und betrog — einfach nur, weil es ihr gefiel. Schlimmer noch — ich begann Anzeichen von Grausamkeit zu entdecken, wann immer sie unzufrieden war. Auf raffinierte Weise verletzte sie ihre Mitmenschen, und nur ich bemerkte es, weil ich sie als einzige so gut kannte.«

Ein tiefer Atemzug schien Priscillas ganzen Körper zu erschüttern. »Scheinbar war ihr die Fähigkeit abhanden gekommen, Gut von Böse zu unterscheiden. Doch mit der Zeit erkannte ich, daß sie darüber sehr wohl Bescheid wußte. Aber es interessierte sie einfach nicht mehr.« Ihre Lippen verzerrten sich. »Irgend etwas Schreckliches war mit Rachel vorgegangen. Früher hatte sie immer großes Mitleid mit unglücklichen Menschen empfunden. Nun erfüllte sie das Leid anderer mit Gleichgültigkeit. Sie war ein Krüppel — genauso, als hätte sie gelähmt in einem Rollstuhl gesessen. Ich ertrug das nicht, weil ich wußte, daß die Schuld nicht bei ihr lag. Und so schützte ich sie, vertuschte ihre Vergehen, wann immer ich es vermochte. Ich brachte sie zu ganzen Heerscharen von Ärzten, zu allen Neurologen, zu allen Psychiatern, die ihr Fachgebiet einigermaßen beherrschten. Sie wurde untersucht und diversen Therapien unterzogen, stets mit demselben Resultat. ›Tut uns leid, Mrs. Daimler.‹«

Jetzt senkte sie die Stimme, um ihre Selbstbeherrschung zu wahren. »Man erklärte mir, es könnte bei der Feuerkatastrophe geschehen sein, die Kopfverletzungen hätten vielleicht bleibende Schäden hinterlassen. Oder es sei eine latente Störung gewesen, die ich früher vielleicht nicht bemerkte, weil sie noch so jung gewesen war. Letzten Endes konnte man nichts tun.« Bitter lachte sie auf. »Die Ärzte bedauerten ihr Unvermögen, und ihre einzige Leistung bestand darin, daß sie Rachel veranlaßten, immer besser lügen zu lernen. Sie erfand Ausreden, leugnete ihre Missetaten, schob anderen die Schuld zu. Und um die Tragödie zu vervollkommnen, war sie brillant in dieser Kunst. Sie beobachtete die Folgen ihrer Aktivitäten, sah die Bestürzung der Leute, aber das hinderte sie nicht daran, in ihrem Tun fortzufahren. Sie lernte einfach nur ihre Spuren zu verwischen, und entwickelte sich zu einer exzellenten Lügnerin. Außerdem war sie eine ausgezeichnete Schauspielerin. Sie konnte einem alles weismachen, die Nacht sekundenschnell in den Tag verwandeln, Schwarz in Weiß. Auf ein Stichwort fiel sie in Ohnmacht oder brach in Tränen aus. Das Zusammenleben mit ihr schien sich in einem Phantasieland abzuspielen. Nie wußte man, wo die Substanz endete, wo die Schatten begannen. Äußerlich war sie nach wie vor meine liebe, süße Tochter. Aber hinter der Fassade...« Priscilla sah auf, als würde sie sich plötzlich an Roths Anwesenheit erinnern. »Ist Ihnen der Begriff konstitutionelle psychopathische Inferiorität vertraut, Doktor?«

Er nickte.

»Nun, dann erklären Sie bitte Mr. Pauling, was darunter zu verstehen ist.«

Der Arzt kräuselte die Lippen. »Um es auf einen einfachen Nenner zu bringen, könnte man von moralischem Wahnsinn sprechen, von Gleichgültigkeit gegenüber Gut und Böse. Solche Patienten kennen kein Verantwortungsgefühl und es widerstrebt ihnen, vernünftig und in geordnete Bahnen zu denken.«

Irgend etwas klickte in Judds Gehirn. Ein Widerstreben, vernünftig und in geordneten Bahnen zu denken...

»So etwas kann von einem Trauma verursacht werden

oder von einer erblichen Schwäche. Jeder Fall hat seine eigenen Besonderheiten.« Warnend hob Dr. Roth einen Zeigefinger. »Aber lassen Sie sich nicht täuschen. Es geht hier nicht um Wahnsinn in einer erkennbaren Form. Die meisten Psychopathen führen ein normales Leben und bleiben nur selten für längere Zeit in Kliniken, weil im psychopathischen Geist keine Verwirrung herrscht. Diese Menschen verlieren keineswegs den Kontakt mit der Realität. Deshalb ist es so verdammt schwer, in solchen Fällen eine Diagnose zu stellen. Ich will meine Kollegen nicht entschuldigen, Mrs. Daimler, aber man muß auch berücksichtigen, daß ein Psychopath gar nicht den Wunsch verspürt, seinen Zustand zu ändern. Und so lassen sich solche Krankheiten kaum oder gar nicht behandeln.«

Judd wollte nicht glauben, was er da hörte. Sicher, er hatte eine Antwort auf seine Frage gesucht, aber nicht diese. Es war ein Alptraum. Verzweifelt wandte er sich zu Priscilla. »Vier Monate lang habe ich mit Rachel zusammengelebt. Sie ist unsicher, verängstigt, verwirrt und manchmal sehr störrisch — aber keine Psychopathin.«

»Tut mir leid, Mr. Pauling«, entgegnete sie leise. »Wirklich. Ich weiß, Sie lieben Rachel. Aber ich besitze alle ärztlichen Gutachten. Die können Sie lesen, wenn Sie wollen. Sobald Sie wissen, was die Experten zu sagen hatten, werden Sie das Problem sicher besser verstehen. O ja, sie kann unwiderstehlich sein — so süß, so verletzlich. Doch das ist eine Illusion. Das einzig Wahre an ihr dürfte wohl die unantastbare Tragik in den Augen sein. Die macht es einem unmöglich, Rachel *nicht* zu helfen. Vielleicht trauert sie in irgendeiner fernen Region ihres Bewußtseins um jenen Teil ihres Wesens, den sie verloren hat.«

Judds Rippen schmerzten immer noch, und er konnte nur mühsam atmen. Er mußte dieser Qual ein Ende bereiten, nach oben gehen und Rachel holen. Wenn er sie veranlaßte, ihrer Mutter zuzuhören, würde sie ihm vielleicht versichern, dies alles sei Lüge. Aber in der Tiefe seines Herzens wuchs die Verzweiflung. Als wollte er Priscillas ungeheuerliche Behauptungen nur aus seiner Loyalität heraus bestreiten, nicht aus Überzeugung. Er stand auf. »Ich weiß nicht, ob das alles stimmt. Aber in Abwesenheit meiner Frau möchte ich diese Dinge nicht mehr erörtern. Sie soll dabeisein, wenn sie angeklagt wird, und eine Gelegenheit finden, sich zu verteidigen.«

Er wußte nicht, welche Reaktion er von der alten Frau erwartete. Zorn? Widerstreben? Furcht? Vielleicht von allem ein bißchen. Ihre Miene veränderte sich nicht, sie nickte nur. »Ich hatte gehofft, diese würdelose Szene würde Rachel erspart bleiben. Doch ich kann sie nicht länger schützen.« Die Worte klangen ausdruckslos und monoton — als hätte sie endlich akzeptiert, was sich nicht mehr verhindern ließ. »Bringen Sie meine Tochter hierher, bilden Sie sich ein eigenes Urteil. Und dann möge der Himmel Ihnen beiden helfen.«

24

Erst als Emma aus kühlen Schatten in den warmen Sommersonnenschein trat, erkannte sie, wie sehr sie sich gefürchtet hatte, welch eine Erleichterung es war, im Freien zu sein.

Im Stall, auf der Suche nach Addy, hatte sie sich nicht gestattet, daran zu denken. Sonst hätte sie sich übergeben müssen. Ohne sich Zeit für Gedanken zu nehmen, war sie einfach ins Dunkel gestürmt, von einem einzigen Ziel getrieben — Addy aufzuspüren und Land's End zu verlassen.

In alle Boxen hatte sie geschaut, immer wieder den Namen ihrer Schwester gerufen und keine Antwort erhalten. Der Stall war leer. Keine Pferde, keine Reitknechte, keine Katzen, keine Addy. Nur diese Stille, diese dünne, grausige Stille.

Jetzt lehnte sie am Zaun und überlegte, wo sie noch nachsehen könnte. Sie war so fest überzeugt gewesen, Addy im Stall anzutreffen, daß sie sich nun keinen Rat wußte. Ohne Atempause war sie vom Haus hierhergelaufen, in der Gewißheit, ihre Schwester zu finden. Doch sie hatte sich geirrt. Addy war nicht zum Stall gegangen.

Wenn sie Maude folgte, wurde sie vielleicht von der Katze woandershin geführt. Aber wohin? Emma zermarterte sich das Gehirn, dann erinnerte sie sich plötzlich an den Tag des Picknicks, wo Maude durch das Gestrüpp zum alten Sommerhaus gewandert war.

Vielleicht hat sie dort ihre Kätzchen versteckt, dachte Emma. Natürlich, das wäre ein perfekter Schlupfwinkel. Nach einem letzten Seitenblick auf Clarissa, die friedlich mit zwei anderen Pferden unter dem alten Apfelbaum graste, umrundete sie die Weide und rannte den Weg hinauf, der vom Stall wegführte. Auf der Klippe hielt sie kurz an, um die Schnürsenkel ihrer Turnschuhe fester zu verknoten, dann stieg sie den Hang hinab, achtete nicht auf das Unterholz, das ihr die Beine zerkratzte.

Der Wind hatte aufgefrischt, und sie hörte die Wellen, die donnernd gegen die Felsen brandeten. »Hoffentlich hast du dich nicht zu nah ans Wasser herangewagt, Addy Pauling«, flüsterte sie. Und plötzlich wurde ihr bewußt, daß sie etwas tat, was ihr Vater streng verboten hatte. Sie ging allein, ohne Begleitung eines Erwachsenen, zum Meer hinunter. Zögernd blieb sie stehen, aber nur für ein paar Minuten. Daddy hatte ja auch gesagt, sie dürfe Addy nicht aus den Augen lassen. Außerdem wartete Dr. Roth.

Sie kämpfte sich durch die letzten dichten Sträucher und folgte einem schmalen Pfad bis zum Sommerhaus. »Addy?« rief sie. »Bist du da drin?«

Nur die rauschenden Wellen und der leise pfeifende Wind antworteten.

Emma ging durch das Unkraut, das auf der Terrasse wucherte, zur Tür und versuchte vergeblich, sie aufzustoßen.

»Addy! Ich werde dich nicht anbrüllen, das verspreche ich. Aber sag doch endlich was!«

Schweigen.

Mit aller Kraft stemmte sie sich gegen die Tür, die nun nach innen schwang. Vorsichtig betrat Emma den Raum und schaute sich um. Sonnenstrahlen drangen durch die zerbrochenen Fenster herein, und sie sah die Fußspuren, die sie zusammen mit Daddy und Ads am staubigen Boden hinterlassen hatte — an jenem Tag, der schon eine Ewigkeit zurückzuliegen schien.

»Ads?« Sie wisperte nur, denn zum erstenmal, seit der gelbe Regenmantel ihrer Schwester hinter dem Grat verschwunden war, kam ihr ein schrecklicher Gedanke. Wenn Addy etwas Schlimmes zugestoßen war — etwas wirklich Schlimmes...

Das Meeresrauschen klang nun dröhnend und zornig. Sie kniete nieder und bohrte die Finger in ihre Ohren. »Wo steckst du, Ads?« schrie sie. Mühsam bekämpfte sie ihre aufsteigende Panik, schloß die Augen und zwang sich, klar zu denken. Wohin wäre sie an Addys Stelle gegangen? Es gab nur noch einen einzigen Ort, den sie gemeinsam aufgesucht hatten — den Strand beim Bootshaus, wo Rachels Segelboot vertäut lag.

Aber warum sollte Addy dorthin laufen? Emma überlegte kurz, dann sprang sie auf. Wieso zerbrach sie sich den Kopf? Man konnte nie sagen, was Ads einfiel. Immerhin trug sie den Regenmantel, also rechnete sie offenbar damit, naß zu werden.

Emma holte tief Luft. Unglaublich, wie unartig ihre Schwester war — wo sie doch genau wußte, daß Daddy ihnen verboten hatte, ohne einen Erwachsenen ans Wasser zu gehen. Aber manchmal hörte sie den Leuten einfach nicht zu.

Wie rasend begann Emmas Herz zu schlagen. Wenn das kleine Mädchen in die Brandung geraten war... Sie verzichtete darauf, den staubigen Raum genauer zu durchsuchen, stürmte hinaus, den Hang hinauf, zu dem Weg, der sich zwischen den Bäumen zu der geschützten Bucht hinabschlängelte. Einmal strauchelte sie, stürzte und schürfte sich die Knie auf, doch sie ignorierte den Schmerz. Die gräßlichste Angst ihres Lebens trieb sie voran, die Angst, etwas Grauenvolles könnte mit Ads geschehen sein. Tränen brannten in ihren Augen und verschleierten ihr den Blick, aber sie rannte weiter, bis sie das Bootshaus fast erreicht hatte.

Und plötzlich sah sie Ads im gelben Regenmantel, auf dem Vordeck von Rachels Boot. »Addy Pauling, komm sofort da raus«, würgte Emma schluchzend hervor, und der Wind riß ihr die Worte von den Lippen.

Addy wandte sich nicht zu ihrer Schwester. Reglos und geduckt saß sie da, und Emma lief verzweifelt auf sie zu. Zu ihrem Entsetzen merkte sie, daß sich die Vertäuung gelöst hatte. Das Boot begann davonzugleiten. Kreischend streckte sie die Arme aus. »Komm zurück!«

Aber Ads rührte sich noch immer nicht.

Das Großsegel schwang herum, und sie entdeckte Rachel am Ruder. Von Erleichterung überwältigt, sank sie auf die Knie.

»Rachel, kehr um!« keuchte sie. »Ich muß Addy nach oben bringen! Dr. Roth wartet auf uns!«

Aber Rachel beachtete sie nicht. Sie steuerte das Boot in den Wind, und es entfernte sich immer schneller.

»Nehmt mich wenigstens mit!« schrie Emma in wilder Panik.

Rachel ignorierte sie immer noch. Offenbar hatte sie Emma nicht einmal bemerkt. Aber Addy sah ihre Schwester und sprang auf. »Warte, Rachel! Da ist Emma! Fahr zurück!«

Rachel drehte sich um, starrte das kleine Mädchen an, traf aber keine Anstalten, den Kurs zu ändern.

Unglücklich beobachtete Emma., wie sich die Wasserstrecke zwischen ihr und dem Segelboot verbreiterte, das lautlos die Wellen durchpflügte. »O Rachel!« jammerte sie.

Judd eilte in die Bibliothek zurück und erklärte: »Rachel ist nicht in ihrem Zimmer. Haben Sie eine Ahnung, wo sie sein könnte?«

Der Doktor stand neben Priscillas Sessel und umfaßte ihr Handgelenk. »Wir sollten einen Krankenwagen rufen. Ich fühle keinen Puls.«

»Jesus!« Judd ging auf die alte Frau zu, hielt aber inne, als er ihr Gesicht sah. Das Fleisch schien von den Knochen gefallen zu sein, nur ein letzter Rest transparentes Gewebe umgab den Schädel. Er zweifelte nicht an ihrem Tod, doch sie öffnete plötzlich die Augen und schaute ihn an.

»Bitte«, flüsterte sie, »ich muß zu Ende sprechen.« Es war ein schmerzliches Flehen. »Treten Sie näher, Mr. Pauling. Sagen sie nichts, hören Sie nur zu. Sie haben behauptet, meine Rachel zu kennen. Aber das stimmt nicht. Sie kann so liebenswert sein. Und Sie kennen nur diese Seite ihres Wesens, doch es gibt noch eine andere Rachel. Die dunkle Seite des Spiegels. Jene Rachel muß nicht nur bemitleidet und geschützt, sondern auch gefürchtet werden. Deshalb hören Sie mir jetzt zu ... Was Sie danach tun, ist Ihre Entscheidung. Ich vermag die Bürde nicht länger allein zu tragen.«

Sie schloß die Augen, nur ihre Lippen bewegten sich. Der Rest ihres Körpers schien bereits im Grab zu ruhen.

»Rachel und Peter bekamen ein Kind. Eine Tochter, die Lilith genannt wurde. Anfangs behandelte Rachel sie wie einen kostbaren Schatz, war fasziniert von ihr, so wie ein kleines Mädchen von einem jungen Hündchen, einer Puppe, die sich hübsch herausputzen läßt. Aber Lilith erschien ihr durchaus entbehrlich – ein Spielzeug, das man einfach beiseite legen konnte, wenn es einen nicht mehr interessierte. Als der Reiz der Neuheit verflog, fanden weder Rachel noch ihr Mann Zeit für das arme kleine Ding. Peter trieb sich mit seinen Pferden und Segelbooten und Freundinnen herum. Und die bedauernswerte Mutter war außerstande, für sich selbst zu sorgen, geschweige denn für ein Baby. Immer öfter verreiste er, und wenn er hier war, kümmerte er sich kaum um seine Familie. Rachel schaute sich nach jemandem um, den sie für ihr Unglück verantwortlich machen konnte. Daß Peter schlicht und einfach ein Schurke war, daß sie ihn niemals hätte heiraten dürfen, gab sie nicht zu. Er liebte sie nicht, hatte sie nie geliebt. Jedenfalls nicht genug, um Verständnis für sie aufzubringen und ihr zu helfen. Ich durchschaute ihn. Die beiden lebten hier auf Land's End, und ich sah, was für ein Mensch er war. Ein Schmarotzer, auf seine Weise psychisch ebenso gestört wie Rachel.«

Ein Hustenanfall unterbrach Priscilla, und als sie sich wieder unter Kontrolle hatte, war ihre Stimme nur mehr ein schwacher Hauch.

»Während Lilith gehen lernte, wurde sie völlig ignoriert. Nellie, die alte Kinderfrau meiner Töchter, betreute die Kleine. Sie kannte Rachel fast so gut wie ich und liebte sie, und so nahm sie ihr alle mütterlichen Pflichten ab. Rachel sah Lilith kaum. Ständig jagte sie Peter nach, von dem sie geradezu besessen war. Aber als das Mädchen älter wurde, schien sie es plötzlich wiederzuentdecken. Allerdings nicht auf jene Art und Weise, die ich mir wünschte. Statt eine normale Beziehung zwischen Mutter und Kind aufzubauen, schien sie ihre Rolle nicht zu begreifen, war unreif und intolerant, was Lilith betraf — als würde sie keine Tochter in ihr sehen, sondern eine beneidete Spielkameradin.«

Priscilla schüttelte den Kopf, Tränen quollen aus ihren Augenwinkeln. »Immer mehr verlangte sie von dem armen Kind. ›Du mußt deinem Daddy Freude machen, Lilith. Sieh zu, daß er stolz auf dich ist. Albernes Ding, kannst du nicht einmal die einfachste Melodie auf dem Klavier spielen? Lilith, tu dies, Lilith, tu das.‹« Sie hob den Kopf und schaute in Judds Gesicht. »Erinnern Sie sich an die sieben Todsünden, Mr. Pauling?« Sie wartete keine Antwort ab. »Ich schon. Aber irgendwo habe ich gelesen, die schlimmste Sünde würde nicht dazu zählen und bestehe in der Verstümmelung eines kindlichen Geistes. Und genau diese Sünde hat Rachel begangen — während ich — Gott verzeihe mir — untätig zusah.«

Die alte Frau verbarg das Gesicht in den Händen. »Dafür gibt es keinen Entschuldigungsgrund. Je länger Peter von Land's End wegblieb, desto größere Forderungen stellte Rachel an das Kind. In der Wüste ihres Gehirns machte sie Lilith für die Abwesenheit des Ehemanns verantwortlich. Sie dachte sich immer schwierigere Aufgaben für ihre Tochter aus und schien sich über deren Fehlschläge zu freuen — als würde Liliths Versagen auf irgendeine bizarre Weise zum Erfolg ihrer Mutter führen.

Plötzlich versteifte sich Priscillas Körper, und es entstand der Eindruck, jemand hätte ihr einen tödlichen Schlag versetzt. Judd streckte eine Hand aus, die sie ergriff und drückte, wie um neue Lebensenergien daraus zu beziehen. »Bitte, Allmächtiger«, stöhnte sie, »gib mir die Kraft, meinen Bericht zu beenden . . .«

Der Arzt trat näher. »Ich glaube, wir sollten Henry anrufen.«

Heftig schüttelte sie den Kopf. »Dafür haben wir keine Zeit. Hören Sie zu . . .« Wie ihre tonlose Stimme verriet, kam sie nun zu dem Teil der Geschichte, vor dem ihr am meisten graute. »Der Schwimmunterricht . . . Lilith fürchtete sich vor dem Wasser, aber ihre Eltern waren begeisterte Schwimmer und Segler. Deshalb entschied Rachel, das Kind müsse beides lernen. In jenen furchtbaren Sommermonaten, bei Regen oder Sonnenschein, ging sie täglich mit Lilith zum Strand hinab, oder sie fuhren im Boot aufs Meer hinaus. Jedesmal kehrte die Kleine als zitterndes, bedauernswertes Wrack zurück. Schließlich ertrug ich es nicht länger und sprach mit Rachel. Meine arme Tochter schlang beide Arme um mich und weinte herzzerreißend. Sie flehte um mein Verständnis und erklärte, sie würde es nur tun, damit Peter seine Tochter liebgewinne. Wenn Lilith segeln und schwimmen könne, würde er stolz auf sie sein und immer daheim bleiben. Wie üblich war Rachel, brillant und wirkte überzeugend. Und wie üblich glaubte ich ihr und erhoffte das Beste. An einem Wochenende machte Peter in Land's End Station, auf dem Weg Gott weiß wohin, und sie beschloß, das Kind müsse ihm seine Künste vorführen. Wir versammelten uns alle am Strand beim Sommerhaus, um zuzuschauen. Es war ein Alptraum.«

Unaufhörlich rollten Tränen über Priscillas eingefallene Wangen. »Bis zu den Knien im Wasser, war die arme kleine Lilith vor Angst halb von Sinnen. Sie wagte sich weder vor noch zurück und schluchzte verzweifelt, bis schließlich sogar ihr Vater, dieser herzlose Schurke, protestierte. ›Du lieber Himmel, findest du das etwa amüsant, Rachel?‹ rief er. Sie war am Boden zerstört, zerrte Lilith aus dem Meer und trug sie ins Haus. Später fand ich das Kind in der Kammer über der steilen Treppe. Rachel hatte es da hineingesetzt, und es sollte drinnen bleiben, bis es sich entschuldigen würde, weil es so gemein zu seinen Eltern gewesen war. Was danach geschah, weiß ich nicht mehr genau. Aber ich entsinne mich, daß Peter — mit seinem unnachahmlichen Sinn für das richtige Timing — ausgerechnet jenen Abend wählte, um seiner Frau mitzuteilen, er würde sie verlassen. Er wolle keine Scheidung, brauche nur etwas Zeit für sich selbst — obwohl er ohnehin selten genug mit ihr zusammen gewesen war. Am nächsten Morgen verschwand er.«

Priscillas tonlose Stimme klang immer schwächer. »An jenem Tag regnete es. Rachel verließ ihr Zimmer nicht, und ich hörte sie umherwandern wie ein Tier in einem Käfig. Als sie endlich herunterkam, wirkte sie so ruhig und gefaßt wie nie zuvor. Ich wußte — lieber Gott, ich wußte, daß etwas Schreckliches geschehen würde. Und ich behielt recht. Sie erklärte mir, bisher sei sie eine viel zu nachsichtige Mutter gewesen und habe Lilith erlaubt, sich wie ein unartiges kleines Hündchen zu benehmen — und das hauptsächlich, weil ich mich ständig einmischen würde. Von jetzt an müsse sich das ändern. Und am nächsten Tag steckte sie das Kind in seinen Badeanzug, packte das Segelzeug zusammen, und sie gingen davon. Von meinem Fenster aus schaute ich ihnen nach. Und dann sah ich Lilith nie wieder.«

Judds Mund wurde trocken. »Sie ist ertrunken.«

Die alte Frau nickte. »Rachel kam ins Haus zurück, völlig hysterisch, und gestand, sie habe einen schrecklichen Fehler gemacht. In irgendeinem Buch sei eine besondere Methode empfohlen worden — ein widerstrebendes Kind könne nur schwimmen lernen, wenn man es dazu zwinge. Und so sei sie mit Lilith aufs Meer hinausgesegelt und habe sie über Bord geworfen. Als sie die Schwierigkeiten ihrer Tochter bemerkt habe, sei es zu spät gewesen.«

»Mein Gott, kein Wunder, daß sie einen Nervenzusammenbruch hatte.«

Priscilla Daimler streckte eine skelettartige Hand aus und grub mit erstaunlicher Kraft die Finger in Judds Arm. »Das dachte ich anfangs auch. Rachel war untröstlich, und mir brach das Herz. Meine Verzweiflung galt nicht nur ihr und dem Kind, sondern auch mir selbst, denn ich wußte, daß ich die Schuld an allem trug. Nie werde ich Verzeihung erlangen. Niemals.«

Niemand sprach. Das einzige Geräusch im Zimmer war der röchelnde Atem der todkranken Frau. Judd fixierte einen Punkt auf dem Teppich, links von ihren Füßen. Er fühlte sich wie betäubt. »Ich muß Rachel finden...« Seine Stimme klang in seinen eigenen Ohren so leblos wie die Priscillas.

Er wollte sich abwenden, doch da sagte sie: »Leider bin ich noch nicht fertig, Mr. Pauling. Sie müssen auch noch den Rest hören.«

Gequält hörte er sich stöhnen.

»Ich fragte Rachel, wo die Leiche des Kindes sei, und sie erwiderte, die habe sie vergeblich gesucht. Lilith sei verschwunden gewesen. Am nächsten Morgen wurde das arme Baby an den Strand beim Sommerhaus gespült...« Sie machte eine lange Pause, und Judd spürte, wie sich seine Nackenhaare sträubten. »Lilith trug ihre Turnschuhe und ihren gelben Regenmantel.« Und nun kam das Ende der Geschichte, das ihn mit eisigem Grauen erfüllte. »In den Manteltaschen steckten Steine.«

Übelkeit stieg in ihm auf. Er wußte, daß sein Gesicht verriet, wie ihm zumute war. Aber er bekämpfte seine Gefühle nicht, schaute die beiden anderen Menschen im Zimmer nicht an, starrte immer noch auf den Punkt im Teppich.

Plötzlich flog die Tür auf, eine schluchzende Emma warf sich in seine Arme. »O Daddy!« Zitternd rang sie nach Luft. »Rachel ist mit Addy weggefahren — im Segelboot. Ich versuchte, sie aufzuhalten und sagte, Dr. Roth würde auf uns warten. Aber Rachel beachtete mich gar nicht.«

Benommen blinzelte er. »Wer ist wohin gefahren?«

»Rachel — mit Addy. Im Segelboot.« Neue Tränen flossen über Emmas Wangen. »Oh, ich wußte es — wir werden nie von hier wegkommen. Nie!«

25

Rachel — mit Addy. Rachel — mit Addy ... Dies waren die einzigen Worte im atemlos hervorgewürgten, zusammenhanglosen Schwall, die Judd verstand. Emma erzählte noch andere Dinge — von Rachel, die sie nicht beachtet habe, von Addy, die hochgesprungen sei. Aber in seinem Gehirn dröhnten nur diese drei Worte: Rachel — mit Addy.

Ohne auch nur zu ahnen, was er tun würde, stürzte er zur Tür hinaus, dicht gefolgt von Emma. »Daddy, nimm mich mit!« jammerte sie. »Bitte!«

Er hielt lange genug inne, um sie bei der Hand zu packen, dann rannten sie aus dem Haus. Dabei stießen sie Elizabeth fast um.

»Oh, sie haben Emma gefunden!« rief sie. »Wunderbar!«

»Stellen Sie jetzt keine Fragen«, herrschte Judd sie an, »sagen Sie mir nur, ob es außer Rachels Boot noch eins gibt.«

Seine eindringliche Stimme schien als Erklärung zu genügen, denn Elizabeth erkundigte sich tatsächlich nicht, was geschehen sei. »Ja, im Bootshaus. Ich zeig's Ihnen.«

Zu dritt liefen sie an den Strand. O Gott, betete Judd, laß es nicht wahr sein. Laß nichts davon wahr sein. Mit der freien Hand wischte er sich den Schweiß aus den Augen und merkte, daß es Tränen waren. Qualvoll pochte es in seinen Rippen, und als sie den Grat erreichten, wurde der Schmerz so heftig, daß er befürchtete, einen Herzanfall zu erleiden. Er blieb kurz stehen, um Atem zu schöpfen, dann eilte er hinter Emma und Elizabeth den Weg hinab.

Das kleine Segelboot legte sich auf die Seite, weiße Gischt flog über den Bug. In sich zusammengesunken saß Addy gegenüber von Rachel — stumm, die Lider rotgeweint und geschwollen. Unglücklich lutschte sie am Daumen.

»Wie oft muß ich dir noch erklären, daß du das nicht darfst?« fragte Rachel in mildem Ton. »Oder tust du's nur, um mich herauszufordern?«

Addy schüttelte den Kopf und ließ rasch die Hand sinken.

»Nun?« Rachels Stimme klang immer noch ruhig, aber nun schwang eine gewisse Schärfe darin mit. »Kannst du nicht antworten?«

Die Unterlippe des verwirrten Kindes begann zu beben. »Ich — ich weiß nicht, was ich sagen soll«, stammelte es.

Ein leichtes Lächeln umspielte Rachels Mundwinkel, ohne die Augen zu erreichen. »Natürlich weißt du es. Uns ist doch beiden klar, was du im Schilde führst.« Mit geschmeidigen Bewegungen setzte sie weitere Segel, die zu flattern begannen. Das Boot drehte sich in den Wind, schaukelte sanft mit den Wellen. Schweigend starrte sie die Kleine an, den Kopf zur Seite geneigt, als überlegte sie, ob sie ein Geheimnis mit ihr teilen sollte. »Du bist ein sehr unartiges kleines Mädchen, Addy«, bemerkte sie schließlich. »Unartig und gemein.«

Zunächst schien Addy zu glauben, Rachel würde sie nur

necken. Dann verzog sich ihr Gesicht und sie fing wieder zu weinen an.

»Hör sofort zu heulen auf!« fauchte Rachel. »Vielleicht kannst du deinen Vater mit diesem Unsinn beeindrucken — aber mich nicht.«

Hastig rieb sich Addy die Augen, schluckte die Tränen hinunter und bekämpfte ihr Schluchzen. »Tut — mir leid«, brachte sie mühsam hervor.

»Es tut dir leid?« Rachel hob die schöngeschwungenen Brauen. »Natürlich tut's dir leid — jetzt, wo der Schaden angerichtet ist, wo du deinen Vater so erfolgreich gegen mich aufgehetzt hast.« Nun wirkte sie nicht mehr gelassen, wilder Zorn verzerrte ihre Stimme.

Erschrocken wich Addy vor ihr zurück und versuchte sich so klein wie möglich zu machen. Zitternd starrte sie ihre Stiefmutter an, mit großen Augen. Die Tränen rollten immer noch langsam über ihre Wangen.

Rachel atmete ein paarmal tief durch. »Ich darf mich von dir nicht aus der Fassung bringen lassen«, sagte sie mehr zu sich selbst. »Immerhin bin ich erwachsen, und ich weiß, wie man böse kleine Mädchen bestraft.« Entschlossen musterte sie Addy. »Du kannst nicht schwimmen, was?« Es war keine Frage, sondern eine Feststellung.

Nach wie vor beklommen, aber offensichtlich von dem Themenwechsel ermutigt, wischte sich Addy die Nase an ihrem Ärmel ab und schüttelte den Kopf. »Ich habe Angst, wenn das Wasser über mir zusammenschlägt.«

»Nun, ich werde dir's schon beibringen — jetzt gleich«, verkündete Rachel fast freundlich.

Addy blickte auf das offene Meer. »So — so weit draußen?« stotterte sie. »Aber . . .« Sie hob eine Hand, als wollte sie den Daumen wieder in den Mund schieben, dann setzte sie sich schnell darauf.

»Ja, hier draußen. Und um sicherzugehen, daß du nicht mogelst, werde ich dir was in die Taschen stecken.«

Rachel griff in eine Tasche ihres eigenen Regenmantels

und holte ein paar große, runde Steine hervor. Das Kind blinzelte verwirrt, dann brach es wieder in Tränen aus. »Ich will nach Hause! Ich will zu Daddy!«

»Komm sofort her!« zischte Rachel.

Verzweifelt zuckte Addy zurück, fiel von der Bank und kroch auf allen vieren über die Decksplanken.

»Du bösartiges kleines Biest!« rief Rachel. »Wage es bloß nicht, mir davonzulaufen!« Sie packte die Beine des verängstigten Kindes und zerrte es zurück, hob es hoch und drückte es auf den Sitz, wo sie es eisern festhielt.

Keuchend wehrte sich Addy, aber dann erstarrte sie plötzlich und hörte zu weinen auf. Ganz still saß sie da, den Kopf gesenkt.

»Sehr gut.« Rachels Griff lockerte sich, als sie glaubte, die Situation unter Kontrolle zu haben. »Steck jetzt diese Steine ein.« Sie hielt Addy eine Hand hin und klopfte mit der anderen auf ihre vollgestopften Manteltaschen. »Hier habe ich noch mehr.«

Einige Sekunden lang herrschte Grabesstille. Der Wind pfiff nicht, die Wellen plätscherten nicht, keine einzige Möwe kreischte. Ein vollkommenes, lähmendes Schweigen. Und dann erklang ganz leise, von einem schwachen Lufthauch herangetragen, eine hohe, süße Kinderstimme, die ein wehmütiges Wiegenlied sang.

Rachel schien zu versteinern. Ihr schönes Gesicht spiegelte Verblüffung wider, dann nacktes Entsetzen. Langsam hob das kleine Mädchen den Kopf. Wie leere Höhlen starrten die hellen, toten Augen auf die Frau, die einmal seine Mutter gewesen war.

»Beeil dich, Daddy!« rief Emma über die Schulter. »Etwas Schreckliches wird geschehen! Ich weiß es!«

»Wartet hier am Landesteg!« sagte Elizabeth. »Ich hole das Boot.«

Sie verschwand im Bootshaus, und wenig später hörte Judd, wie der Motor angelassen wurde.

Erst als sie zu dritt aufs Meer hinausfuhren, fragte Elizabeth nach dem Ziel.

»Verdammt will ich sein, wenn ich das weiß.« Judd schlug die Hände vors Gesicht. »Rachel ist mit Addy unterwegs — im Segelboot.«

Sie schaute vom Vater zur Tochter. »Und?«

»Wir müssen sie finden — und zurückbringen«, stöhnte Judd.

Prüfend hielt Sie eine Hand hoch. »Ich weiß nicht, warum es so wichtig ist — aber Sie haben Glück. Bei diesem Gegenwind und der beginnenden Flut können sie noch nicht weit gekommen sein. Am Ende der Bucht müßten wir sie schon sehen.«

Emma rückte näher an Judd heran. Ihr Gesicht war vom Weinen gerötet. »Daddy, was passiert mit uns?«

»Keine Ahnung, Emma Ich weiß nur, daß wir sie zurückholen müssen.«

»Aber warum ist Rachel mit Ads weggefahren?«

Er konnte nur die Achseln zucken.

»Will sie Ads was tun?« fragte Emma ernsthaft. »Ist es Rachels Schuld, daß Lilith nicht zur Ruhe kommt?«

Ehe er eine Antwort fand, blies ihm ein Windstoß kühle Gischt ins Gesicht, und er merkte, daß sie die geschützte Bucht verlassen hatten und aufs offene Meer fuhren. Er blinzelte in die Sonne und suchte den Horizont ab, sah aber nur den blauen Himmel, der sich über leerem blauem Wasser wölbte. Seine Kehle wurde eng. Es war sinnlos, sie würden Rachel und Addy nicht finden. Er hätte die Küstenwache anrufen sollen.

Elizabeth streckte ihren Zeigefinger aus. »Da sehe ich ein Segelboot. Aber ich weiß nicht, ob es die *Windward* ist.«

Atemlos fuhr er hoch, dann sank er wieder zurück. »Großer Gott, können wir nicht schneller fahren?«

Sie schüttelte den Kopf. »Der Motor läuft schon auf vollen Touren. Aber keine Bange, die Segel sind angeluvt. Offenbar kommen sie nicht weiter.«

Im Zeitlupentempo schien sich dar Vorsprung des Boots zu verringern.

»Es ist die *Windward*.« Elizabeths Stimme wehte nach hinten zu Judd, und sie hatte recht. Das Segelboot kam nicht voran. Sanft schaukelte es auf den Wellen, mit schlaffen Segeln, und trieb mit der Flut.

Er kniff die Augen zusammen. Niemand war an Bord. Elizabeth steuerte das Motorboot im Kreis und versuchte es näher an die *Windward* heranzubringen. Aber deren Baum hing herab und zwang sie, auf die andere Seite zu fahren. »Ich sehe niemanden!« rief sie voller Angst. »Was ist passiert?«

»Addy! Rachel!« schrie Judd.

Keine Antwort, kein Lebenszeichen außer einer einsamen Möwe, die über einen Wellenkamm flatterte.

»Ads!« kreischte Emma. »Wo bist du?«

Elizabeth wendete das Motorboot. »Wenn ich näher rankomme, versuchen sie, danach zu greifen.«

»O Gott, sie sind nicht da . . .« Gischt brannte in Judds Augen. Er streckte einen Arm aus, umfaßte die Bootswand und zog die *Windward* mühsam zu sich heran. Entsetzt starrte er zur gegenüberliegenden Seite. Keine Menschenseele an Bord.

Er schwang ein Bein über den Bootsrand und fiel auf die Decksplanken. Jede Bewegung war eine Qual. »Addy! Rachel!« Irgendwo müssen sie sein, dachte er hektisch, obwohl sich nichts rührte. Dann konnte er keinen klaren Gedanken mehr fassen, stürmte zwischen Back- und Steuerbord hin und her, schrie immer wieder die beiden Namen. Nur undeutlich wurde ihm bewußt, daß sich Emma und Elizabeth an die *Windward* klammerten, die Augen weit aufgerissen in ungläubigem Entsetzen. Kraftlos fiel er auf die Knie. »Sie sind verschwunden«, stöhnte er, »heiliger Jesus, sie sind weg!«

Minuten verstrichen, in denen er nichts empfand außer nackter Verzweiflung. Und dann drang ein schwaches Wispern zu ihm. »Daddy, ich habe solche Angst.«

Er hörte es, aber zunächst reagierte er nicht. Und dann kroch er auf allen vieren zum Vordeck. »Addy?«

Blaue Augen starrten ihm aus dem winzigen Schlupfwinkel unter dem Bug entgegen. »Addy!« flüsterte er und nahm den kleinen, zitternden Körper in die Arme. Erschöpft schmiegte sie den Kopf an seine Brust. »Bist du okay?« fragte er sanft. Sie nickte.

»Wo ist Rachel?«

»Ich weiß nicht«, jammerte sie. »Wir wollten zum Stall gehen und Maude suchen, und dann sagte sie, es würde sicher Spaß machen, ein bißchen zu segeln. Aber plötzlich war sie furchtbar gemein. Sie behauptete, ich sei ein böses Mädchen. Und sie verlangte, daß ich schwimme – mit dem Kopf unter Wasser...« Ein Schluchzen erstickte die letzten Worte.

»Und was geschah dann?«

»Ich wollte mich verstecken, und da packte sie mich. Und dann... Nun, das ist alles, Daddy.«

Er saß auf den Planken, drückte sein Kind an sich, dachte nicht nach, versuchte gar nicht erst, einen Sinn im Unbegreiflichen zu finden. Nur eins wußte er – Addy war gerettet. Und seine arme kranke Rachel verschwunden. Irgendwie würden sich auch die anderen Teile des Puzzles zusammenfügen.

Epilog

Während der Nacht zog ein Gewitter vom Süden herauf, spülte das zarte Babygrün des Frühsommers hinweg und hinterließ leuchtende, üppige, lebhafte Farben in den Gärten.

Emma saß auf der Terrasse und bemühte sich vergeblich zu lesen. Immer wieder schaute sie auf und lauschte den normalen, vertrauten Sommergeräuschen. Vögel und Grillen, der warme Wind, der träge durch die Zweige der Bäume strich. Irgendwie wußte sie, daß Lilith nicht mehr hier war. Addy benahm sich wieder so wie Addy, und Emma hatte keine Angst mehr — überhaupt keine.

Addy unterbrach die Gedanken ihrer Schwester. »Komm her!«

Seufzend verdrehte Emma die Augen. Schon den ganzen Vormittag fiel Addy ihr auf die Nerven. Seit einer der Dienstboten Maude und ihre Kätzchen aus dem Stall ins Haus gebracht hatte. Nun schliefen sie friedlich in einer Kiste am Rand des Rasens, und das kleine Mädchen kniete neben ihnen.

Beim ersten Anblick der Katzenbabys war Emma genauso entzückt gewesen wie Addy und hatte danach lange bei ihr gekniet, um zu beobachten, wie Maude ihre Jungen säugte.

Doch dann verlor sie das Interesse, im Gegensatz zu Addy, die sich nicht von der Stelle rührte. »Wann werden sie die Augen aufmachen?« rief sie zum viertenmal.

»Das weiß ich nicht genau.« Emma zwang sich immer noch zur Geduld. »Vielleicht in einer Woche oder so. Frag doch Elizabeth.«

»Maude leckt ihre Kinder so gern ab, aber ihre Zunge ist ganz rauh.«

»Wieso weißt du das?«

»Weil sie mich versehentlich abgeleckt hat.«

»Ich dachte, Elizabeth hätte dir gesagt, du sollst die Kätzchen nicht anfassen.«

»Meine Hand ist nur zufällig da reingekommen.«

Emma holte tief Luft und beugte sich wieder über ihr Buch.

Ein schöner Schmetterling, orangegelb und schwarz, flatterte über die Terrasse und setzte sich auf die Buchseite, die Emma gerade las. Sie hielt den Atem an, und nach einer Minute flog er davon.

Schließlich gab sie es auf und klappte das Buch zu. Sie konnte sich nicht konzentrieren. Und so blickte sie in den Garten und versuchte den Sinn der Dinge zu ergründen, die geschehen waren. So viele schlimme Dinge. So wie die schreckliche Szene, wo sie Addy allein im Segelboot gefunden hatten.

Daddy rief die Küstenwache und die Polizei an, zahllose Suchboote mit heulenden Sirenen und blitzenden Lichtern kamen angefahren. Und dann wurde Rachels Leiche am Strand unterhalb des alten Sommerhauses entdeckt.

Emma hörte die Dienstboten darüber reden und fühlte sich elend. Sie behaupteten, Rachel habe sich umgebracht, denn die Taschen ihres Regenmantels seien voller Steine gewesen. Kein Wunder – seit Jahren habe mit ihrem Verstand irgendwas nicht gestimmt. Und dann sagte Kate, es sei unheimlich, daß man Rachel an derselben Stelle gefunden habe wie damals die bedauernswerte kleine Lilith.

Ein Schauer rann über Emmas Rücken. Zahllose Fragen schwirrten in ihrem Kopf herum, doch sie sprach keine einzige aus. Daddy erklärte, Rachel habe einen schrecklichen Unfall erlitten, und er war so verstört – genau wie Elizabeth. Also hielt Emma den Mund.

Und am nächsten Tag starb die arme Mrs. Daimler. Auch darüber war Emma traurig, denn sie hatte keine Gelegenheit gefunden, der alten Frau noch einmal deren Lieblingsstelle aus dem »Geheimen Garten« vorzulesen.

Doch es ereigneten sich auch erfreuliche Dinge. Zum Beispiel verflog ihre Angst, weil sie wußte, daß Lilith verschwunden war. Und nach der Abreise von Land's End würden sie Elizabeth wiedersehen, denn sie wollte für eine Weile nach New York kommen. Und Daddy hatte versprochen, vor dem Schulbeginn im Herbst würden sie Elizabeth in Maryland besuchen und sich ihre Pferde anschauen. Das konnte Emma kaum erwarten.

Sie blickte über die Schulter zum Haus, doch dort war alles still. Deshalb nahm sie an, daß Dr. Roth noch nicht eingetroffen war. Die nächsten Tage sollte sie mit Addy bei ihm in der Klinik verbringen, während Daddy und Elizabeth die Begräbnisse vorbereiteten und alles andere erledigten. Emma hatte ihrem Vater versichert, der Aufenthalt im Krankenhaus sei überflüssig, denn seit Liliths Verschwinden fürchte sie sich nicht mehr auf Land's End. Trotzdem blieb er bei seinem Entschluß. Zunächst hatte sie das nicht verstanden, dann war es ihr klargeworden. Er machte sich immer noch Sorgen um Addy. Die Sache mit Lilith hatte er nie begriffen. Nun, dachte sie, bald wird er selber merken, daß Addy völlig okay ist, Und daran dürfte sich auch nichts ändern, solange ich mich um sie kümmere.

Plötzlich hörte sie ihren Vater rufen: »Komm her, Ads!« befahl sie. »Dr. Roth ist da.«

»Oh, verdammt!« Addy schob die Unterlippe vor.

Emma ging zu ihrer Schwester, streckte ihr die Hand hin und zog sie auf die Beine. »Keine Bange. Es wird nicht lange dauern, bis die Kätzchen alt genug sind, um ihre Mutter zu verlassen Und vergiß nicht — Elizabeth hat gesagt, du kannst sogar zwei haben, weil sich ein einzelnes einsam fühlen würde.«

»Oh, das ist wunderbar, nicht wahr?« Addy hüpfte über die Terrasse zum Haus. »Ich werde die allerschönsten Namen für sie aussuchen. Was hältst du von Weenie? Klingt das nicht toll?«

»Ich dachte, eins soll Mr. Freddy heißen.«

»Ach ja, das hatte ich vergessen.«

Emma rückte ihre Brille zurecht. »Am besten stellen wir eine Liste zusammen. Du nennst mir alle Namen, die dir einfallen, und ich schreibe sie auf, damit du sie nicht wieder vergißt.«

An der Tür blieb Addy stehen und drückte Emmas Hand. »Du bist so nett zu mir.«

»Ich weiß«, erwiderte Emma ernsthaft. »Aber dafür sind große Schwestern ja da.«

Judd winkte ihnen nach, bis das Auto hinter der letzten Biegung der Zufahrt verschwand. »Bitte, lieber Gott, mach Addy wieder ganz gesund.«

»Sie ist schon jetzt okay«, sagte Elizabeth hinter ihm. »Das weiß ich.«

Verwirrt drehte er sich um und sah sie auf den Stufen stehen, so wie damals, bei der ersten Begegnung. Langsam stieg sie zu ihm herab.

»Ich dachte, Sie wären schon weggefahren, Elizabeth.«

»Das hatte ich vor, aber dann beschloß ich, die Beerdigungen hier abzuwarten. Vielleicht könnten wir miteinander auf den Friedhof gehen.« Sanft berührte sie seine Hand. »Ich glaube, allein möchten Sie nicht dorthin. Jedenfalls wäre ich nicht dazu imstande.«

Er schaute sie an, und neue Trauer erfaßte ihn. Wie sehr sie Rachel in diesem Augenblick glich ... Schon oft hatte er in ihrem Gesicht einige Züge seiner Frau entdeckt, aber seltsamerweise nie gefunden, daß sie einander wirklich ähnelten. Plötzlich wußte er, warum. Elizabeths Augen waren voller Güte. Und seine arme Rachel hatte nicht einmal die Bedeutung dieses Wortes gekannt. »Ich danke Ihnen«, sagte er leise.

»Wofür?«

»Irgendein Grund wird mir schon noch einfallen.« Lächelnd nahm er ihren Arm und führte sie ins Haus.

Unheimlich spannend und von beklemmender Aktualität

Als Band mit der Bestellnummer 11 751 erschien:

Seit dem qualvollen Tod seiner über alles geliebten Frau und Tochter, Opfer einer verheerenden Umweltkatastrophe, ist John Munroe alias John Wyman nur noch von einem Gedanken besessen: die Verantwortlichen zur Rechenschaft zu ziehen . . .

Ein Meisterwerk der ›Königin des sanften Schreckens‹

Als Band mit der Bestellnummer 11 752 erschien:

Nach dem Tod der von ihr beneideten und bewunderten Schwester Ariel findet Jenny in Brendon den Mann, der sie liebt, und fängt mit ihm ein neues Leben an. Als sie jedoch erfährt, daß Ariel Brendons Geliebte war, holt der Schatten der großen Schwester sie ein, stürzt sie in Angst und Schrecken . . .